瞳文社
TONGWENSHE

# 何以遇见你

◎叶九意

HOW

CAN I

MET YOU

天津出版传媒集团
天津人民出版社

图书在版编目（CIP）数据

何以遇见你 / 叶九意著. -- 天津：
天津人民出版社, 2015.5（2020.3重印）
ISBN 978-7-201-09326-0-01

Ⅰ.①何… Ⅱ.①叶… Ⅲ.①长篇小说 - 中国 - 当代
Ⅳ.①I247.5

中国版本图书馆CIP数据核字(2015)第093606号

**何以遇见你**

HEYI YUJIAN NI

叶九意 著

出　　版　天津人民出版社
出 版 人　刘　庆
地　　址　天津市和平区西康路35号康岳大厦
邮政编码　300051
邮购电话　（022）23332469
网　　址　http：//www.tjrmcbs.com
电子信箱　reader@tjrmcbs.com

责任编辑　玮丽斯
装帧设计　梦　柔 杨思慧

制版印刷　三河市华东印刷有限公司印刷
经　　销　新华书店
开　　本　880毫米×1230毫米　1/32
印　　张　9
字　　数　234千字
版权印次　2015年5月第1版　2020年3月第2次印刷
定　　价　42.80元

# CONTENTS
# 目录

# CONTENTS
# 目录

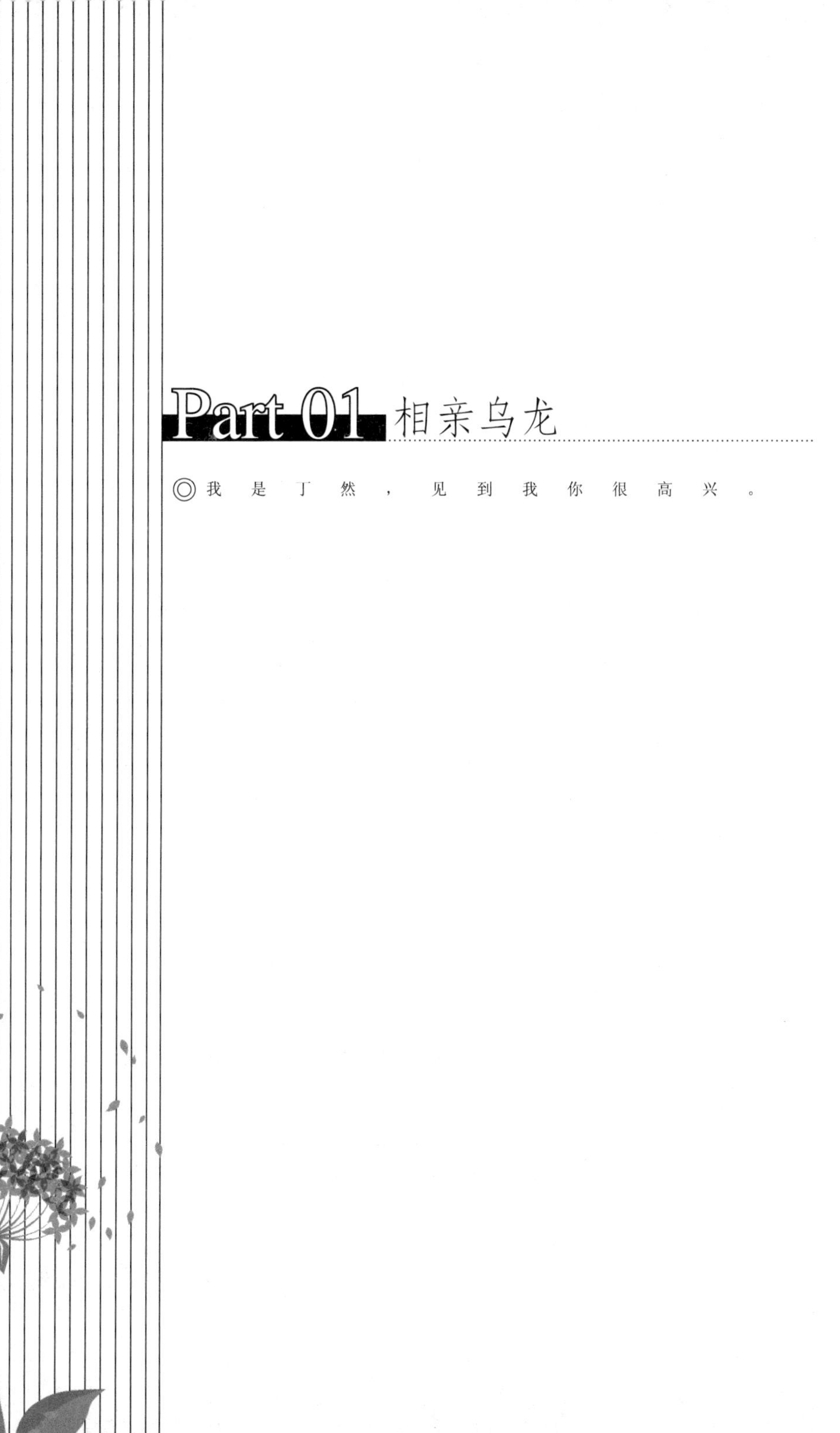

# Part 01 相亲乌龙

◎我是丁然，见到我你很高兴。

幾米说：人生总有许多巧合，两条平行线也可能会有交汇的一天；人生总有许多意外，握在手里的风筝也会突然断了线。

你永远不知道下一个惊人的巧合或惊险的意外会何时到来，但请记住，当它们光临的时候，无论你心里有多震惊，面上一定要淡定，不然前方等待的也许就只剩下破财免灾。

比如说，此时此刻喝着可乐敲着键盘的我。

“什么？你说那个男的叫什么……咯咯……啊！”

由于太过激动，我刚喝下去的可乐全喷到了亲爱的笔记本上，我赶紧抽了几张纸巾猛擦一通，庆幸自己的键盘上还贴了一层键盘膜的同时，小心地检查别的地方有没有问题。

郭女士嫌弃地看了我一眼：“都这么大的人了，还咋咋呼呼的，看看你的德性，有哪个男的敢要你？难怪这么大了也从来没个男朋友！”

“我这德性怎么了？还不是你生你养的？”我下意识地反驳了一句。

每每提到“男朋友”三个字，我的头就会犯晕，可是在第N次犯晕之前，我还是想起了刚才的罪魁祸首，赶紧回头望向老妈：“你说那个男的叫什么名字？”

“这么激动干什么？难不成你认识？”郭女士狐疑地瞥了我一眼，还是老实地回答我，“应该是叫……许默山。”

“家里搞房地产的？”我咽了一口口水。

“是啊。”

“还是个……总经理？”

“是啊。”郭女士顿了顿，发飙道，“死丫头，我说你刚才是不是没在听我说话啊……”

“等等！最后一个问题！”我深吸一口气，心提到了嗓子眼，“老妈，他的名字，‘许默山’那三个字到底是怎么写的？”

郭女士似乎很无语，翻了翻白眼：“‘许’是许仙的‘许’，‘默’……是沉默的‘默’，‘山’嘛，就是那个最简单的大山的‘山’。死丁然，平日里也没见你这么激动啊，真认识？”

就在她说出最后一个“山”字的时候，我眨了眨眼。这感觉就像是拿着彩票提心吊胆地核对中奖号码，发现前几个号码惊人一致，屏住呼吸的时刻，结果发现最后那个数字竟然也中了。

许默山，房地产，总经理——三个巧合串成一条线，这个世界实在是太奇妙了。

“我问你话呢，你发什么愣？”郭女士将我游离的思绪拉回来，有些不耐烦地问道，“你到底认不认识？”

“认……不认识！我怎么可能会认识这种‘高富帅’？”

郭女士的脸上写着“不信”两字，她问道：“你不认识，怎么知道他长得帅？”

我愣住了。

郭女士颐指气使地威吓道：“我不管你认不认识，你一定得打扮得漂漂亮亮地去参加这次相亲宴！你要是再敢推了，看我不……”

“不推了，不推了！”我立刻举手做发誓状，“告诉我时间和地点，我到时候一定去，一定去！”

我倒要看看这个许默山到底是何方神圣。

郭女士很满意我的反应，递给我一张小字条，上面用楷体写了几行小字，是餐厅的地址和桌号。

“后天晚上七点半，不许迟到，给别人留一个好印象，晓得吗？”

“晓得晓得！”我点点头，站起来将她从我的房间推了出去，“都相亲这么多次了，我已经有经验了好吗！”

“经验你个头！你要是有经验，我怎么会连女婿的影子都没看见？”

“快了快了，怎么说也是您生的女儿，有点儿信心好不好？”

郭女士一走，我茫然地站了一会儿，从书架里抽出一本书来。

哦，忘了自我介绍，我叫丁然，广告公司的一名小设计师，业余网络写手。因为一向不擅长取名，当初填写笔名的时候就索性填写了真实姓名。在一个文学城里跌打滚爬了四五年，总算有幸出版了几本书，其中一本就是现在我手里的这本——《许你天长地久》。

我之所以会有开头的那个不淑女的喷可乐举动，不过是因为我亲手写的这本小说的男主角也叫许默山，房地产商，总经理。

真巧，不是吗？

难道是老天爷实在无法忍受我腐败的单身生活，在我无数次在梦里呼唤之后，终于赐给了我一个梦寐以求的许默山？

开玩笑，生活又不是小说！

两日后，在郭女士一个接一个的电话之下，我下班后打车迅速回家，换上了前一天郭女士死命拉着我出门买的裙子。我补了补妆，要给对方留个好印象，然后出门。

打车到了“帕兰朵”意大利餐厅不远处的一个路口，我看时间还早，不由得放慢了脚步。路灯下的帕兰朵具有别样的风情，隐隐约约播放着一首年代久远的英文老歌。

路灯下，帕兰朵餐厅门口的停车处忽然有一辆抢眼的白色车子吸引了我的注意，车牌上两个交错的“M”提醒我，这是一辆迈巴赫，而白色的迈巴赫是我的小说里许默山的座驾。

虽然小说里是这样写的，但是我还真没在现实生活中见到过，忍不住好奇，凑过去多瞧了两眼。

不行，回去还要和霍小西炫耀一番，我要拍张照片做个留念。

我从手提包里掏出手机，瞧了瞧路灯的光线，觉得怎么拍效果似乎都不太好，但还是将镜头对准了车子。

突然，我的心里咯噔一下。

镜头中出现了一张帅哥的脸。

我是说，我透过帕兰朵的玻璃墙看到了餐厅里面靠窗的位子上坐了一个男人，而这个男人此时此刻正看着窗外，也就自然而然地将目光对上了窗外的我。

我和他瞬间四目相对。明明隔了好几米，还隔了一层玻璃，我却看到他皱了皱眉头，甚至还能感觉到他带着探究、几分惊讶和几分好奇的目光落在我身上，好像能透过我的血肉看清我的骨骼。

一种做贼心虚、人赃并获的羞耻感瞬间侵袭了我，我大窘，慌忙将身子掉转了方向，将手机塞进了手提包里，大步朝前走去。

踏进帕兰朵餐厅之前，我心有余悸地深吸了一口气，今天真是出师不利，虽然只是这么一件小事，但还是影响了心情。

服务员问我是否有预约，我点了点头，问了她9号桌的方向，便朝里面走去。

但是没走两步，我就觉得不对劲，这个方向……

我下意识地朝窗外看了一眼，果然能看到门外的那辆白色车子。

我又忍不住看了一眼不远处那个靠窗坐的帅哥，他此时已经低下头，似乎在看着什么文件。难道那个帅哥坐着的位子就是9号桌？他就是那个和我笔下男主角同名同姓同身份背景的许默山？

我眼前一阵发黑，不由得放慢了脚步。

他的头发干净利落，穿得也很整洁，上身是一件白色的衬衫，领口处微微敞开，带着几分随性。因为低着头，现在我只能看到他的侧脸，但光是这一张侧脸就能看出他出众的容貌，一定是棱角分明的。

真的是9号桌！许默山！他就是许默山？

我心中激动之余，更多的却是凄惨，万分后悔自己刚才在门外那没见过世面的举动——肯定在他心中留下了非常不好的印象。

在离9号桌还剩下一米的时候，我停下了脚步，抱着上断头台的决心，刚想开口询问，戏剧性的情节出现了。

“你别得寸进尺！”

11号桌的一位穿着大红裙子的性感美女忽然拍了一下桌子，站了起来，“啪”的一声，吓了我一大跳，刚欲出口的话硬生生地吓回了喉咙里，而更惊人的还在后头。她两个跨步走到了9号桌“许默山”的面前，一只手将他拽了起来，亲昵地挽上了他的胳膊，转过头用食指指着11号桌前的胖子，刁蛮地吼道：“看到没有？这个男人就是我的男朋友！也不拿面镜子照照你自己的脸，就你这怂样想要追求我？你知不知道这世界上只有两种人，一种是长得好看的，另一种就是长成你这样的！长得差也就罢了，居然还抠门成这样，吃一顿饭的钱都要女人出，你肚子里的油水是不是都是靠吃女人的软饭吃出来的啊？”

我傻眼了，呆呆地看着这一幕。

那个胖子被气得不轻，但一时之间也没反应过来，涨红着脸大口大口地喘气，凶狠地瞪着那性感美女。

我下意识地往我认定的“许默山”望了一眼，却看见他表情淡定自如，没有什么波澜，也丝毫没有反抗的意思。似乎感受到了我的视线，他的目光朝我扫了过来。

我脸一红，心中默念“非礼勿视，非礼勿听，非礼勿言，事不关己，高高挂起”，赶紧调转视线，看到了桌子上的数字标牌“9”，暗自思忖：难道是我记错了？难道对方订的不是9号桌，而是6号桌？这种可能性也不是没有。

我又下意识地回头朝6号桌看了一眼，果然是空的。

我大松一口气，朝6号桌走了过去，心中开始庆幸：原来那帅哥不是许默山，真是万幸！不过那男人的外表倒是真帅。

我找到了自己的位子，而那边的战火似乎还没烧完。那眼睛都快眯成一条缝的胖子喘了几秒，终于开始还击，唾沫星子横飞：“孙苗苗，我告诉你，你知道我是谁吗？是从美国回来的双博士！我今天坐在这里和你相亲，这就是给你面子，你别给脸不要脸！菜都是你点的，还专挑贵的点，你付钱怎么了？天经地义！你在外面早就有了小白脸，还来相亲，今天算是老子晦气，下回别再让老子见到你！”他气呼呼地放完狠话，拿了外套就要走。

“你求我多看你一眼，老娘都不稀罕！滚吧！”

我心中暗自发笑：这年头还真是什么样的相亲对象都有，难怪那美女说话如此犀利，不过……许默山应该不会这么差劲吧？

“啊！”那胖子离开的时候忽然凄厉地痛呼一声，我一看，原来他的胳膊被那个帅哥拽住了，脸上的肥肉因为疼痛扭在了一起。

这很神奇，那帅哥居然只用一只手，似乎毫不费力就将他制住了，看样子也是个练家子。

“小白脸，你干什么？”

帅哥的脸色很阴沉，他皱着眉头，只说了两个字：“道歉！”

我顿时觉得他的形象高大伟岸起来，情不自禁地想起了打倒怪兽拯救地球的奥特曼。原来他不仅长得帅，而且非常有男人味，而他身边的性感美女也惊艳地打量着他。

“你……”那胖子的脸涨成了猪肝色，他大吼起来，“服务员！人呢？这就是你们餐厅的待客之道吗？”

服务员其实早在孙苗苗吼出来的时候就聚过来了，但似乎对这种情况都不是很有经验，在一旁不知所措，最后还是把目光投向了那位帅哥：“这位先生……”

“道不道歉？”那帅哥似乎无动于衷，双手将胖子扣了起来，动作干脆利落，只听“咔”的一声，又引得胖子痛呼起来，“只要你道歉，我立刻放你走。”

“你……”那胖子环视了一周，喘着粗气，终于发现自己处于下风，咬牙说道，“好，我向你道歉，放手！”

“我是说向这位小姐道歉。”

“你……”那胖子又狠狠地瞪了一眼在一旁有几分得意的性感美女，脸色青一阵红一阵，“好，孙苗苗，我向你道歉！”

帅哥终于放手，胖子摇晃了几步，才慌乱地向门口跑去，离开前还不忘放句狠话：“小白脸，孙苗苗，你们给我等着，老子一定给你们好看！”

服务员也松了一口气，讪讪地互相对视几眼，纷纷散开。

我终于忍不住“扑哧”笑了一声。

胖子的这句话太具喜感了，让我想起国产动画片里那灰太狼的口头禅——我一定会回来的。

这时，那帅哥淡淡地望了我一眼，我浑身一颤，止住了笑容，如坐针毡，随手倒了一杯水作掩饰。

性感美女孙苗苗也“扑哧”笑了一声，笑起来睫毛弯弯，一双丹凤眼有种说不出的妩媚。她挽着那帅哥的手，娇笑道：“今天真是谢谢你了。”

帅哥微微一笑，不动声色地将自己的胳膊从美女的手中抽出来，退开一步，淡淡地说道：“举手之劳而已。”

咦？这帅哥不是孙苗苗的男朋友？

孙苗苗似乎丝毫不介意，甩了甩大波浪卷的长发，依旧笑得灿烂，她搭上了他的肩膀：“帅哥，你一个人吗？你帮了我这样一个大忙，不如我请你喝一杯？”

“不用了。”那帅哥微笑道，笑起来英俊而迷人，“我的女朋友已经来了。”

说完，他拿了自己的外套和文件，不急不缓地往前走了两步，笑着望了我一眼，然后坦然地坐在了我的对面。

我瞠目结舌，刚喝进去的一口茶水差点儿喷了满桌。

“你们……”孙苗苗愤恨地瞪了我一眼，哼了一声，提着她的包，踩着高跟鞋离开了。

服务员一见不对劲，小跑着追了上去：“小姐，您还没付账。”

孙苗苗冷笑一声，朝我对面的帅哥指了指，语气嚣张而不可一世：“人是他赶走的，自然让他来结账！”

说完，她趾高气扬地绝尘而去。

我目瞪口呆地望着对面的人，发现自己完全不在状况内——这到底是怎么回事？

对面的帅哥皮肤白皙，五官深刻，棱角分明，但英俊的脸给人的感觉是温和的，并不盛气凌人，也不拒人于千里之外。他身上有淡淡的古龙水香味，笑起来很温柔，和刚才制住胖子时的冷冽表情截然不同。

他朝服务员点点头，表示那两个人的账单可以记在他这桌上。

“先生，你……”我怀疑地看了他一眼，如果孙苗苗刚才拽住他的胳膊是为了躲避那胖子的纠缠，那他现在坐在我的对面，也是为了摆脱孙苗苗的纠缠吗？

对面的帅哥似乎看穿了我的想法，微微一笑，向我伸出了一只手：“丁小姐，我是许默山，初次见面。”

许默山？

我的脑袋如同烟花在天际炸开，只剩下一片轰鸣。

我下意识地伸出右手握了握他温暖的手：“是，我是丁然，见到我你很高兴。”

他收回去的手一顿，眼中闪过一丝讶异。

我大窘，整张脸都烧了起来：“我，我……口误！我的意思是……”

许默山善意地一笑，笑容如沐春风：“我明白，丁小姐不必紧张。”

我想：完了，这个男人简直有着致命的吸引力。

我别过脸，朝11号桌望了一眼，服务员已经在收拾东西了。

“刚才那是怎么回事？”

他意味深长地看了我一眼，低笑两声：“如你所见，一场意外。”

我再次发窘。

是的，刚才我在外面的时候，他就已经看到我了，而从我进门朝这个方向走来开始，他就知道我是丁然。刚才我是从头到尾看了一场戏，而眼前的许默山明明被卷入了这场戏中，却一直在旁边观察我的反应。

而偏偏这样的许默山完全符合我在小说中定义的男主角许默山的气质。

难道现实生活中真的有一个近乎完美的许默山？

我故作轻松地说道：“这年头相亲，实在是太疯狂了。”

许默山轻笑，意有所指地看着我：“的确如此，不过我的运气……似乎没有那么糟糕。”

他的话奉承了我，我呵呵地笑了两声：“那我的运气可以算是非常好了。”

我们两个相视一笑。

说实话，我对眼前这个许默山是非常好奇的，我还没见到他时，他就已经有三个地方和我小说中的许默山相符了。而见到了他的容貌，听到了他的声音后，我更是觉得他的气质从容优雅、浑然天成，几乎都要以为他根本是从《许你天长地久》中跑出来的。

但毕竟还是有差别的，我笔下的许默山温润如玉，善解人意，温柔体贴，而眼前的许默山学识渊博，说话风趣幽默，处处彰显几分睿智；我笔下的许默山是毕业于美国哥伦比亚大学的工商管理硕士，而眼前的许默山本科是S大，后来在英国帝国理工学院读了一年金融，接管许氏地产其实有点儿专业不对口；我笔下的许默山因为太过优秀，身边从来不缺少爱慕之人，而眼前的许默山相貌、学识、家底样样拔尖，这样的人……居然会来相亲？

我觉得匪夷所思，便问出了口。

许默山换了一个坐姿，脸上露出几分无奈，说道：“因为我和你一样，都有一位相当着急的母亲。”

我的脑海里条件反射地浮现出郭女士那滔滔不绝的样子，顿时有种“同是天涯沦落人”的感觉，惺惺相惜地叹道：“原来中国的母亲都是一样的。”

“还是不一样的，你肯定无法想象我的母亲急到了什么程度。”他似乎有些啼笑皆非，又带着几分自嘲的笑意，“不如你猜猜这是我第几次相亲？”

这么说肯定不是第一次了，我回答得保守一点儿：“第三次？”

他摇了摇头。

“那……第六次？”

他还是摇头。

我有些泄气：“我猜不出来。”

许默山有些懊恼，薄唇吐出一个惊人的数字：“第二十五次。”

我倒抽一口冷气，看许默山的目光顿时带上了见到大侠的崇敬佩服之意，就差说一句“小女子甘拜下风”了。

“你想笑就笑吧。”

“哈哈……”我低头看着面前的橙汁，肩膀忍不住抽动起来。

他这样的极品帅哥竟然也会有二十五次相亲经历？

“我……我能问为什么吗？”

许默山眉头微蹙，表情有些不自然：“缘分这种东西强求不来。”

也许是一开始的乌龙事件缓解了我们两人之间的气氛，除了一开始紧张以外，这次相亲是有史以来我最自在的一次。许默山怎么想我的、会不会看上我，我是不知道，但是我知道自己对许默山是非常满意的。就算我们两个不能在一起，这次的相亲经历也足以让我回味无穷——不是每一次相亲都能这样“惊心动魄”的。

然而，更让我惊心动魄的事情还在后面——

当许默山打开门外这辆白色迈巴赫的车门，示意我上车的时候，我惊讶得差点儿咬住自己的舌头：“这，这辆车是你的？”

这是……第四个巧合？这也太巧了吧？

许默山似乎回想起了一开始的那一幕，打趣地笑道："是啊。"

"我……"我大感尴尬，有些语无伦次，"你别误会，一开始我就是见到这个车牌惊奇来着，没，没想打它的主意……"

"这车的确有点儿高调。"许默山微笑着示意，"上车吧。"

我稍稍后退了两步，不敢坐进去，但是在许默山询问的目光下，还是妥协了。我终于有机会亲身体验一下这辆自己曾经"百度"过的车子了。

相亲，作为寻找结婚对象而出现的目的性极强的一种社交手段，已经在中国社会的七大姑八大姨的推动下发挥了极大的作用，俨然进化成了一种社会现象。根据我为数不多的相亲经验来看，如果男方在相亲宴上对女方有好感，会主动要女方的电话，或者约定下一次见面的时间。

但是，许默山并没有要我的电话，也没有和我约定下一次何时见面。他只是很绅士地将我送进了我家小区，还体贴地将我送到楼下，看着我进了楼，才离开。

我在楼道里看着他的车子渐行渐远，心里有些黯然：好不容易瞧上了一个好的，人家却没瞧上我。又开始暗暗检讨自己的举动，一开始在帕兰朵餐厅门口盯着别人的车子看，还被人家抓个现行，可不是出师不利吗？

罢了，反正这样的高富帅注定不会属于我丁然。高富帅娶个灰姑娘，那是人人向往的童话；高富帅娶个白富美，那是门当户对的现实。而我丁然，既不是心地善良的灰姑娘，也不是万众瞩目的白富美，人家瞧不上我也是正常的。

让我头痛的还是郭女士那张脸。果然，我一进门，穿着大红睡袍的郭女士就三两步冲了上来，急切地问道："怎么样？怎么样？"

我筋疲力尽地将包甩在了一边，坐到沙发上，抓起茶几上的一个苹果，

"咔嚓"咬了一口，含糊不清地说道："还能怎么样？黄了！"

郭女士顿时阴云密布，恨铁不成钢地瞪了我一眼："你个死丁然，怎么又黄了？这回你大姨说对方是个青年才俊，你怎么不知道好好表现呢？"

我觉得很无辜，说道："我已经尽了最大的努力好好表现了啊，你也说了，人家是青年才俊，哪里瞧得上我啊？"

郭女士语塞，怒视着我，几秒后化为一句长叹："我怎么就生了你这么个不争气的女儿！"

说完，她风风火火地回了主卧，"砰"的一声关上了房门。

洗完澡，吹干头发，我从书架上再次抽出了我写的那本《许你天长地久》，随手翻了几页，里面的男主角许默山完美而英俊，可是再完美的男主角也是女主角苏桢的，而不是我这个作者"后妈"的。

我对镜中人扯了扯嘴角，又做了个鬼脸，呈"大"字形躺在床上，开始辗转反侧，睁着眼望着天花板发呆。

我居然失眠了，满脑子都是许默山那张英俊耐看的笑脸，越想越郁闷。闷了半天，我拿起手机——霍小西这家伙肯定不知道睡觉前还有一件事必须要做，那就是关机！

果然，彩铃整整响了两轮，霍小西的咆哮声才从电话那端传来："丁然，你要是不给我一个合理的解释，我明天就把你砍了！你知道现在是几点吗？凌晨12点8分！"

我早有准备地将手机挪到了一边，这才说道："小西啊，我今天去相亲了……"

"那又怎样？"她还是很愤怒，"又不是第一次相亲了，你用得着激动成……"她忽然顿了顿，"你该不会看对眼了吧？"

我心里十分苦涩，说道：“我看对眼，人家没看上我啊。”

“那又怎样？山不来就我，我便去就山！现在这社会，女追男的成功案例多了去，放心吧，我一定支持你！”

真是诡异，我便去就山……许默山的名字里还真有个“山”。

我有些感动：“但重点不是这个，重点是，对方的名字……叫许默山……”

“许默山？怎么这么耳熟？”

“就是我小说里男主角的名字啊……”

“啊！”霍小西恍然大悟，激动地说道，“缘分啊！那就更应该牢牢抓住了！”

“还有很多巧合，实在是太诡异了……他家里也是搞房地产的，他也开一辆白色的迈巴赫！”

霍小西倒抽了一口冷气：“你确定这不是你在做梦？”

“我确定、一定，以及肯定！”于是我把今天发生的一切都告诉了她。

霍小西听了，在电话那端哈哈大笑：“二丁啊，我觉得你的相亲经历都可以写成一本书了，题目就叫《我的囧囧相亲史》，肯定大火！”

“我才相亲多少次啊，他还相亲了二十五次呢！他的经历肯定比我丰富多彩。”

霍小西分析道：“二丁啊，我们还是把目光放到近处吧。他相亲了这么多次都没成，肯定是眼高于顶。和你相谈甚欢，还送你回来，也许人家根本不是对你有多少好感，而是绅士仗义。你看那对奇葩的账单，他都息事宁人地帮忙付了。”

“我也知道，我就是和你倾诉倾诉，不说出来，我的心里总是憋得慌。”

我不提也就罢了，一提霍小西就来气：“你还敢说，这个时间点来电话，也就我这个真爱还能做做你的军师了！”

“我可不敢做你的真爱，我怕到时候傅景行在整个S市封杀我！”我忽然有种不好的预感，“对了，这么说……傅景行现在……”

“哦，他睡了，我在厨房呢。”她忽然尖叫一声，“啊，阿景，你怎么出来了？”

我默默地放下手机，真是羡慕嫉妒恨啊……

不过这样一来，我心里轻松不少，立刻把许默山抛到了脑后，沉沉地睡去。

# Part 02 新财务总监

◎“丁然，多年不见，我请你吃饭？”

人的一生如果只有一万天，我到底是真的活了一万天，还是将一天重复了一万次？

周一上午，一如既往的地铁拥挤，一如既往的步履匆匆，一如既往的上班。

我从地铁口出来，抬头看了一眼已经挂上天空的太阳，心想如果从太阳的角度俯视整座城市，只怕我们所有人都不过是微不足道的尘埃。但是身为尘埃的我们，却不得不夜以继日地拼搏奋斗，维持自己渺小但至关重要的生计。

我习惯在路上把脑袋放空，思考小说情节，思考各种乱七八糟的东西。所以有时候遇到熟人，我一般都是后知后觉的。

在写字楼一楼等电梯的时候，忽然有一个男人在身后叫住了我："丁……然？你是丁然？"

我一回头，没想到头发一甩，全甩在了脸上。我郁闷地拨开了凌乱的发丝，像拨开层层迷雾，终于看到对方瘦削而俊朗的脸庞，带着几分意外。

这样引人注目的五官，让人想要忘记都很难。我几乎毫不费力就从尘封的记忆中搜寻出他的名字："你是林励泽？"

"真的是你。"身材挺拔的男人定定地看了我三秒，见我认出了他，便愉悦地笑了起来，瞥了一眼电梯，"你在这里上班？"

如果我没记错，他是我的高中同学，确切地说，我们只当了一年的同学。高中文理分班之后，我选了文科，他选了理科，从此很少有交集。高中毕业后再也没有联系过，没想到这么多年了，他居然还能一眼把我从人群中认出来。

他还是那么引人注目，又高又瘦，站在人群中如鹤立鸡群，让人无法忽略。原本精致的五官变得更加深刻，尤其是那双狭长的眼睛，闪着熠熠光辉。

如果记忆中的那个少年还算青涩，那么眼前这个穿着笔挺的西装的人，就是十成十地散发着侵略性的成熟男性魅力。

我点点头：“对啊，你怎么会在这里？”

“叮——”电梯抵达，门开了。

我按了一下数字键“4”，他却没有动。

“看样子我们要成为同事了。”他看着电梯的数字键，微笑道，“我也去四楼。”

“啊！难道你就是新来的……”如果我没记错的话，傅景行收购了我们广告公司之后，就派来了一个……

“财务总监。”他笑道，露出洁白的牙齿，好像瞬间又敛去了所有的锋芒。

我对他肃然起敬——能在傅景行手下做事，也算是混迹得相当不错了。不过，他现在被派到我们公司来，这算是流放吗？

他似乎读懂了我眼神里的意思，笑了笑，眉目间带着三分英气：“我原来也以为自己是无缘无故被‘流放’。现在看到了老同学，反倒有些期待。”

我挑了挑眉毛，电梯抵达四楼，又寒暄了几句，各自走到自己的部门。

所谓平面广告设计师，就是大到巨大的商业喷绘海报，小到邀请函、请柬、抽奖券，都是我们这帮人来设计。其实我大学的时候学的是旅游管理，又学了广告学的双学位，再加上从小有点儿绘画基础，才进了集宣公司做了一名平面广告设计师。但是干广告远远没有我想象中的那么容易，正如著名编剧六六所说的：“起得最早的是干广告的和收破烂的，睡得最晚的是干广告的和按摩院的，不按时吃饭的是干广告的和要饭的，加班不补休的是干广告的和摆地摊的。”

但我还是属于比较幸运的，遇到了一位“老巫婆”，还算比较欣赏我的设计风格，知道我不擅长和客户打交道，就让我只在办公室设计。这也是公司几乎破产的时候，我也不愿离职的原因。后来大老板傅景行把我们广告公司收购之后，托了霍小西的福，我的福利又好了一截。但唯一有一点不好，就是从此我见到大老板傅景行总觉得矮了一头，就像老鼠见了猫，成天胆战心惊的。

我刚在自己的格子间坐下，屁股都还没坐热，今年刚毕业的李想就捧着自己的咖啡杯风风火火地冲进来，兴奋地喊了一句：“姑娘们，号外，特大号外啊！”

“怎么了？哪里着火了？”办公室一枝花Linda斜着眉打趣道。

“去你的！”李想重重地将咖啡杯放在自己的桌子上，如同一个小喇叭一般朗声宣布道，“同志们，我们集宣终于迎来了史上第一帅哥啊！新来的财务总监！超级无敌帅！”

一石激起千层浪，李想一句话里三个惊叹号，就像扔进防空洞的三颗炸弹，炸出了办公室内多少单身女同胞的花痴心，整个办公室顿时沸腾起来。

“真的假的？”

“你在哪里见到他的？这不是新来的吗？”

“想想，快去打听打听，他有没有女朋友？”

李想嘿嘿地笑道：“刚才我在茶水间碰见的！他是不是有女朋友我不知道，不过我已经知道的八卦是，他不喜欢喝咖啡，喜欢喝茶！绿茶的茶！”

众人都沸腾起来，Linda率先采取了行动，优雅从容地站了起来，对着众人说了一句：“我想预支下个月的薪水，去问问财务总监的意见。”

“厉害啊！”

众人纷纷向Linda投去敬佩的目光，看着她婷婷袅袅地走了出去。

李想还冲她喊了一句：“Linda，加油！我看好你！”

我不禁感到好笑，却不知为何隐隐有些不安。

没过多久，Linda就回来了，眼冒精光，容光焕发，高跟鞋踩得节奏感十足。

“怎么样，财务总监批了吗？”李想从电脑前抬起头来，坏笑道。

Linda回眸对着众人暧昧一笑，婷婷袅袅地回到了自己的座位上，什么都没有说。

“Linda，你也太不厚道了吧，八卦好歹也一起分享一下吧！”

几个女同事纷纷怂恿，她终究经不住煽动，扫视了办公室里所有如狼似虎的单身女一眼，抬高了优雅的脖颈，高深莫测地说了一句：“林总监绝对没有女朋友。”

“哇，Linda，你连这都打听出来了？”

Linda坐在自己的摇椅上，弹了弹粉红的指甲，微笑道：“一个男人到底有没有女朋友，我可是一眼就看得出来。他的衣着品味、他身上的气味、他对女人靠近时下意识的反应……”

“好厉害！”李想崇拜地看着Linda。

我忽然想起《粉红女郎》里的万人迷，对待男人也自有自己的一套理论，不禁“扑哧”笑了一声，没想到引得同事纷纷看了过来。我赶紧看向电脑屏幕，装作被电脑屏幕上的内容吸引，什么都没有听到的模样。

隔壁的李想却凑过来，说道：“丁姐，你怎么从刚才到现在一句话都不说？难道你对新来的财务总监不感兴趣？”

既然躲不过了，我只好说道：“哦，我刚才在电梯里已经见过了。”

李想“啊”地叫了一声：“丁姐，原来最不厚道的是你！你早就见过帅哥，却不跟我们分享。怎么样，帅不帅？有没有怦然心动？”

“心动你个头！”

我被缠得头皮发麻，幸好老巫婆走了进来，通知道：“姑娘们，九点开会，赶紧干活，别瞎聊天了啊！尤其是你，李想！”

我松了一口气，李想被点名批评，吐了吐舌头，乖乖地坐了下来。

在电脑前忙活了一上午，本来打算和同事们一起吃午餐的，没想到等电梯的时候，新来的财务总监也恰好迈着大长腿笑着走了进来。姑娘们立刻眼冒红心地纷纷打招呼：“林总监！”

“你们好。”林励泽风度翩翩地笑了笑，黑色的西装衬得他英俊潇洒，“我刚来公司，以后还请大家多多关照。”

“哪能啊，是我们请林总监多多关照才对！”李想压低了声音，然而大家还是能听见，“不要扣我们工资就好了。”

大家纷纷笑了起来。李想是我们办公室的活宝，有她在的地方必定有笑声。

电梯刚好抵达，林励泽的视线忽然放在我身上：“丁然，多年不见，我请你吃饭？”

周遭顿时陷入坟墓一般的沉寂。

三秒后。

“丁姐，你居然和林总监是老同学？天啊，你藏得也太深了！”李想叫了起来，整个电梯都震动了一下。

同事们震惊地看着我，尤其是Linda，脸都绿了——自从上次傅景行收购我们公司时多看了我两眼，还顺便和我们老板提了我几句之后，她看我总是没什么好眼色，天知道我有多冤。为了以后在办公室的前途，我硬着头皮，一边走进电梯，一边冲他摇了摇头，拒绝道：“我和同事们已经约好了……”

“没有！”李想夸张地说道，“她绝对没有和我们约好一起吃饭！林总监，丁姐就交给你了，你们两个好好叙旧，好好叙旧啊！”

“我……”

李想猛地揽住了我的肩膀，凑到我耳边说道：“丁姐，你太不厚道了，反正现在这个巨大的八卦就交给你了，下午回来的时候，我们要林总监的全部资料！”

真头痛，头真痛。但是她的话都说到这分上了，我怎么能拒绝？

其实我和林励泽的同学情谊当真没有那么深，且不说我们只当了一年的同学，即便是当年只是高一的时候，他就已经锋芒毕露，不但成绩顶尖，而且英俊帅气，唯一的缺点大概就是偏科十分严重。春心萌动的少女有很多，就是我有一段时间也难免怦然心动，但是那段还未萌芽的感情很快就被扼杀在摇篮里。在那以后，一直到我去了文科班，他留在理科班，我再也没有和他讲过一句话。

我们就近挑了一家湘菜馆，看上去红红火火。落座后，林励泽给我倒了一杯热水，问了一句：“这几年混得如何？”

“也就那样吧，大学毕业之后就工作了，一直到现在，也还算稳定。”我微微一叹，很多时候都不想回忆过去，可岁月总是会残酷地提醒你你的年纪。没见到林励泽，我都难以想象，现在的我距离高一已经快十年了。

他点点头，猝不及防地问我一句：“还没结婚？”

“啊？没结婚，还早呢。谁要这么想不开这么早走进围城？”话是这么说，可是心里……

唉……又想起郭女士逼我参加的那些相亲宴了。

林励泽笑了笑，调整了一个坐姿，平添了几分自信：“你知道吗，杨悦今年年初的时候生了一个男孩。”

我吃了一惊：“不是吧？”

杨悦是我们高中同学，当年《超级女声》红遍大江南北，李宇春的发

型更是引得多少少女纷纷效仿。而杨悦早在李宇春大红之前就已经展现了所谓的中性美，是个不折不扣的男人婆，头发剪得比男生还短，性格比男生还野，没想到她现在已经有了孩子。

“是啊，当时我们男生都猜她一定是班上最后一个嫁出去的，现在嘛……”林励泽的眼中有几分促狭，意有所指地看着我。

我觉得自己被他笑话了，于是坐正了身子，咳了咳，正色道：“不就是没结婚吗？这不是还早吗，真要结婚，不就是几块钱的事吗？”

“你有男朋友了？”他似乎有所误会，脸色微变，“难道是傅总？”

“副总？什么副总？”我茫然地问道，我们公司的副总是个大腹便便的中年人，孩子都上初中了。

林励泽的眉头舒展开来，似乎松了一口气：“不是副总？”

“什么副总？哪个副总？”我还是一头雾水。

他这才反应过来，笑着解释道：“我是说傅景行傅总……”

“喂！你想什么呢？”我听到那个名字，顿时胆战心惊，脱口而出，“傅景行的女朋友是霍小西好吗！怎么可能是我？”

“霍小西！”林励泽露出了惊讶的表情，“竟然是霍小西？”

霍小西是我的初中同学，高中我们不是一个班，但好歹也是一个学校出来的，知道她的人也不少。

“你竟然不知道？他们今年年底就要结婚了。”

“老板的隐私，做员工的最好不要乱打听。”他笑了笑，说道，“那你呢？”

“我？我什么？男朋友？”我苦笑道，拿出早熟悉得不能再熟悉的台词，“我就盼着老天爷大慈大悲、良心发现，赐我一个高富帅，对我一见钟情，再见深情，爱我如痴如狂、欲罢不能，让我从此脱离相亲苦海，回头是岸，立地成佛。”

林励泽愣了三秒，盯着我的苦行僧脸细细打量，然后很没形象地哈哈大笑起来。

我有些恼火：我没有人要，就这么好笑吗？

我忽然想起Linda的那个言论，语气颇为不友善：“那你呢？有女朋友了吗？还是已经结婚了？”

他止住了笑容，喝了一口水，随口答道：“八字都没一撇呢，怎么结婚？”

咦？她居然还真猜中了。

我挑眉问道：“怎么，你也没女朋友？”

“以前倒谈过两个，无疾而终。至于现在，每天都这么忙，哪有时间找女朋友？反正也不急。”他顿了顿，露出一个微笑，“不过，既然事业已经走上了轨道，家里如果有个女主人……似乎也不错。”

一提起这个，我就满肚子火：“你们男人急什么？三十几岁结婚都没问题，不像我们女人，再过两年要是还没人要，就真的是剩女、‘剩斗士’，再接下来就是‘斗战剩佛’……”

社会对女人总是不公平的。男人四十不结婚照样还可以娶一个二十岁的黄花大闺女；女人四十不结婚，别说找不到一个二十岁的英俊小伙子做老公，连一个六十岁的老头都不一定能找到。因为男人，就算是八十岁的男人，也总是喜欢十八岁的小姑娘。所以，网络上也会有“剩女”这种说法，而很少有“剩男”这种名词。

“所以，你也被逼着相亲了？”

“不然还能怎么办？”一提起相亲，我就满腹的苦水，“理想很丰满，现实很骨感。我已经被现实逼得没要求了，只要相亲对象不那么奇葩，我将就妥协一下也就立地成佛了，可偏偏一个个都是奇葩！真不知道那些男人是怎么想的，说得好听，要知书达理的贤内助，说白了，还不是想找个免费保姆？上得了厅堂，下得了厨房，顺便还能暖暖床！”

林励泽面露诧异地看着我：“丁然，怎么这么多年没见，你看上去倒像成了一个……愤青？”

我这才意识到自己在林励泽面前实在太过随意——我在不熟的人面前从来不会敞开心扉，从前这种肆无忌惮的话我也只敢在霍小西面前说，而现在在林励泽面前，我居然想都没想说了出来。

我心中警铃大作，面上却不动声色地转移话题：“甭提了，全是让我妈逼的，对了，你知道……”

接着，我们一边吃饭，一边交换了各自所知道的同学的出路，某某读了什么大学的研究生，某某于两年前移民到了澳大利亚，已经是华侨了，某某又去了很厉害的世界五百强，某某做了一名崇高的人民教师……一顿午饭吃得倒也还算愉快。

最后结账的时候，他忽然回头问了我一句：“对了，前些日子我还在商场遇见了杨悦，她说她现在天天在家里带孩子，无聊得很，要我拉几个同学去看看她，你要不要一起去？”

我下意识地想要拒绝——和他一起去，这算什么？

可他似乎料准了我会拒绝，连续报了两个高中同学的名字：“他们也说要一起去，这么多年没见了，要不要一起见见？”

我想了想，还是答应了：“行吧，你定个时间，到时候跟我说一声。”

下午回到办公室，李想果然对我“大开杀戒”。

我看着活蹦乱跳的李想，觉得自己真的老了——虽然我好像从来没有那样有活力过。

李想眯着眼哼了哼，我想如果她此时此刻手里拿着一把剑，肯定会毫不犹豫地架在我的脖子上：“丁姐，还不从实招来？哀家还能考虑从轻发落，不然，哼哼……”

我息事宁人地笑道：“他真的是我的高中同学。没想到现在人家都混到了财务总监，我还是一个小小的设计师，唉……”

“不要转移话题！”对面的王怡笑着插了一句，“想想，我们最想听什么八卦，你知道对不对？”

“我知道，我知道！”李想又冲着我龇牙咧嘴，眼冒红心地说道，“丁姐，林总监喜欢什么样的女人？”

果然，如狼似虎的女同事们目光刷刷刷全聚集过来，如果我头顶有一块凹面镜，说不定都可以开一个太阳灶了。

我哭笑不得：“我怎么知道？我当年和他也不熟啊……”

“那好，我换个问题，嗯……高中同学，啊，毕业照！有没有毕业照？”

“没有。”我摊了摊手，“高一分班后我们就不是同学了，毕业照不是一起照的。”

“啊——”她面露失望，又想了一个问题，“那他上高中的时候就那么帅了吗？”

“这倒不错。”我笑了笑，“他当年……也算得上是校草候选人之一吧。”

“哇——”

李想越来越激动：“运动呢？他擅长什么运动……”

“篮球吧……”当年篮球场上总能一眼看见他的身影，每每看到篮球从他的手中推送出去，在天空中画出一道完美的弧线，然后进篮圈，周围总会有一片女生的尖叫声。

“那他的性格呢？”

“不太友善……”

“什么？”李想大吃一惊，“怎么可能？”

我一愣，这才意识到自己竟然暴露了内心的想法：“没，没有！我是说当时他比较沉默寡言，不爱搭理人……”

“哇……”

周围冒出的这一堆粉红泡泡是怎么回事？

于是，开工前的半个小时，李想就像周扒皮一样把我那些残缺破损的记忆扒落了足足一层，总算勉强满足了这群人的八卦心。

下班的时候，我正打算去坐地铁，一辆黑色奥迪在我面前停下，林励泽摇下车窗冲我一笑：“丁然，你家还住在世纪名都？”

我有些排斥地后退了一步：“是啊。”

“那我送你一程吧，反正顺路。”

“不用了，我自己坐地铁就可以了。”

开什么玩笑，要是被同事撞见我坐他的车，估计我又得被扒掉一层皮。

他眯了眯狭长的眼睛，说道：“听说短短的一个下午，关于我的八卦一下子就传遍了……”

我顿时心惊肉跳，想都没想就打开车门钻了进去，慌忙向他解释：“我也是被逼的，这事你不能怪我！”

要怪就怪你非要装作和我很熟的样子，暴露了我们曾经是同学的事情。

林励泽打着方向盘，大笑道：“哈哈哈……”

我又被他捉弄了，他的性格果然还是和当年一样恶劣。

我承认，当年青春期荷尔蒙分泌旺盛的时候，对着这么一张帅气的脸，我也曾经春心萌动过一回。本来暗恋是一件多么美好的事：每天放学的时候偷偷地看他一眼，每次他站起来回答问题就可以名正言顺地瞥他一眼，每回路过篮球场都可以偷偷瞥他一眼……可是我们班主任喜欢经常调整学生的座位，好巧有一次将他调整到了我的正后方。一开始我那颗心脏还扑通扑通地跳个不停，每天正襟危坐、认真听讲，唯恐给坐在后面的他留下什么不好的印象。可是没过几天，我就发现了他邪恶的真面目，整个青春期的幻想都在瞬间崩塌。

当年，在教室那么纯洁神圣的地方，在同学的友情还是那么纯洁的年代，在那个上生物课大家都会脸红心跳的阶段，他就已经开始和他的同桌——某个猥琐的胖子一起对班上女生品头论足了。

一开始我还没反应过来，等我顿悟他们讲的其实是黄段子之后，林励泽这个大帅哥的形象瞬间颠覆。我毫不犹豫地给他打上了一个"禽兽"的标签，再也不想靠近他，甚至天天数着日子想要调换座位，精神恍惚了好一阵子。

时过境迁，现在想来，当年自己实在是天真。

"怎么不说话？"

"啊？"我回过神来，"没事，刚才在想一些事情，呃，工作上的一些事情。"

"看样子我魅力大减啊。"他故作失望地叹了一口气，"我这么一个大帅哥坐在你旁边，你居然还能因为工作上的事情频频出神？"

我扯了扯嘴角："你还和当年一样自恋。"

"当年？丁然，话说，当年我是不是欠了你的钱没还？怎么你到现在还记着我的缺点呢？"

我被逗乐了，撇了撇嘴："是啊，当年交团费，我帮你垫了一块二，你到现在没还呢。你说这一块二要是放在银行里，十年过去了，怎么着也熬成二块二了吧？"

"说得还煞有介事！"他瞥了我一眼，"行了，改天再请你吃一顿饭，连本带利还给你行了吧？"

"别，你饶了我吧！"我求饶道，"今天请的这顿已经够了，真的……”

“怎么，这么不待见我？”他冷冷地扫了我一眼。

我龇牙咧嘴地说道：“自古美色都是祸水……林总监，你初来乍到，不知道我们办公室全是女人，我还想过几天太平日子……”

他挑了挑眉毛，没有再说话，因为我家已经到了。

没想到我刚从林励泽的车上下来，就碰上了刚回家的郭女士。郭女士拎着几个大袋子，似乎刚从超市回来，老远就叫住了我：“丁然，你给我站住！”

我几步走上前，接过她手中的两个袋子：“你怎么现在才回来？”

“这不是在你大姨家多坐了一会儿吗？”她看到林励泽的那辆黑色奥迪，瞬间两眼冒光，“这位是……”

林励泽已经从车上下来，接过郭女士手中的另外两个塑料袋，礼貌地说道：“阿姨，我是丁然的高一同学，不知道您还有没有印象？”

“啊，我想起来了！”郭女士恍然大悟道，“我参加过家长会，你就是那个班长是不是？高高瘦瘦的……”

我扶额说道：“妈，您瞎说什么呢？是以前坐在我后面的那个……”

“怎么可能？你后面那个不是大胖子吗？”

林励泽一阵尴尬，咳了两声：“我是那个大胖子的同桌。阿姨，我叫林励泽。”

我没忍住，笑出了声。他一定很郁闷，当年他的长相虽算不上万众瞩目，但也是那种让人过目不忘的类型，没想到留给人的印象却不如他那猥琐的胖同桌深刻。

郭女士“啊”了一声，顿时面色讪讪：“小林啊，阿姨年纪大了，记性不好，你别见怪啊……”说完，她还不忘瞪我一眼。

“没事。”林励泽体谅地笑了笑，睁着眼说瞎话，“我妈都说我这几年变化大，快认不出我了。”

我忍不住翻白眼：他这模样还算变化大，那我简直就是去了一趟韩国做了整容手术。

林励泽把东西拎到了我家门口才告辞，郭女士殷勤地留他吃饭，被他客气地婉拒了。

关上门，郭女士如狼似虎地叉腰开始盘问：“好啊，死丫头，我说这么多次相亲你都黄了，原来早就有对象了！说，进展到哪一步了？”

我无语了：“您在说什么啊？他是我们公司新来的财务总监，今天刚上任，我们快十年没见了，哪里会有进展？不过恰好是高中同学，今天顺路送我一程罢了。”

“财务总监！”郭女士又开始恨铁不成钢地嫌弃我，“你看看人家，当年都是一个班出来的，人家现在都是财务总监了，你呢？还是一个小小的设计师！唉……”

“小小的设计师怎么了？你前两天不是还说女的找个好工作不如嫁得好吗？你怎么不说现在人家霍小西都快成总裁夫人了呢？”

“是啊，霍小西这丫头运气怎么这么好呢？”郭女士陷入了惆怅，“不像你，好好的一个青年才俊，你偏偏抓不住！”过了一会儿，她又自顾自地欣喜起来，“不过小林也不差，小伙子模样也挺好。同事好啊！每天抬头不见低头见的，日久生情嘛！又是高中同学，彼此知根知底的，总不至于欺负你……”

“妈，您怎么什么人都能扯到这上头去啊？兔子不吃窝边草，知不知道？我要是真和他处对象，以后抬头不见低头见，得多尴尬啊！”

“这倒也是……而且这小伙子模样太俊，只怕不太牢靠。”郭女士喃喃自语了几句，我以为她要放弃了，正打算松口气，没想到她接着说了一句，“看样子还得我来帮你打听打听，唉，你看你大姨家楼上的那家小伙怎么样

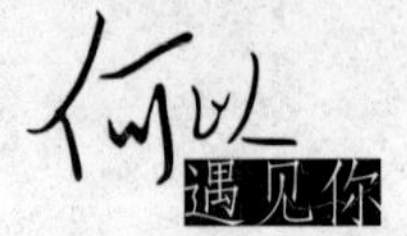

啊……”

我懒得理她。

自从我们公司来了个新的财务总监，公司的整体风貌焕然一新。单身女同胞们居然每天都早早地来了办公室，再也不狼狈地踩点出现了，打扮得也赏心悦目了，跑茶水间也跑得勤了，工作更是一个比一个积极。

也许是那天我的话起了效果，林励泽倒是再没有表现出和我很熟络的样子，平日里见面也只是打声招呼，让我稍稍松了一口气。一开始李想她们还会缠着我询问有关林总监的事情，但很快发现我这里实在没有更深层次的八卦之后，她们就转了战场，放过了我。

这天，我还在公司修改设计稿，加了一会儿班，外面的天色已经暗了下来。霍小西忽然来了一通电话，声音透着一丝期待：“二丁，你说你上回的相亲对象是不是许默山？许氏地产的许默山？”

我一愣，不知道她怎么会突然提到这个：“是啊，怎么了？”

“你知道吗？我刚刚接到一个采访任务，采访对象就是那个许默山！许氏地产的许默山！我现在终于相信你那晚不是做春梦了！”

原来她之前一直都觉得我是在做春梦？

“所以呢？”

“二丁，检验我们友情的时刻到了，我需要你的帮助！”霍小西在电话那端非常激动，“帮我约他吧，帮我约他吧！”

“不是——”我手一抖，差点儿忘记保存我的设计稿，抱怨道，“我哪里有他的电话啊？那次相亲不是炮灰了吗，我们之后就再也没有联系，人家说不定压根就不记得我了！”

“不会的，你们的相亲那么惊天地泣鬼神，他就算不记得你，也会记得那次相亲的！”

“……”

“我有他的电话，不过是他办公室的，现在他肯定已经下班了。不过，你不是说你大姨给你联系的相亲对象吗？你大姨肯定能打听得到！二丁，我这个月的奖金就靠你了啊！”

我真想翻白眼，她都要当总裁夫人了，还在乎这点儿奖金？

“你自己不可以联系吗？再不济，傅景行也能帮你啊，干吗非要找我？”

“才不要他帮我！我有我自己的事业，和他有什么关系？我的人可以不独立，可我的经济要独立！要是自己能搞定，我也不找你了。你不知道，我刚刚联系了，接电话的是秘书小姐，她的声音非常好听，普通话也很标准，有点儿像央视的……”

“说重点。”

她泄气地说道：“她说许默山从不接受采访。”

我微怔，许默山看上去这么好说话的人，居然从来不接受采访？

我说道：“这就说明是原则性问题，就算我帮你约，也不一定……”

“二丁……”霍小西的语气忽然变得有点儿像郭女士，“我说你怎么这么不开窍呢？你不是对许默山有好感吗？没有交往下去还觉得挺可惜，那就主动出击啊！我这是给你一个机会，让你主动联系他，如果你被拒绝了，那是他的原则问题，与你无关；如果他接受了，那就说明他对你也不是没有好感啊，都愿意打破原则了！二丁，你做人不能这么被动，现在都什么年代了。想想相原琴子，天才君入江直树那么难搞定的人都被她搞定了，你的智商总不能比她还低吧？”

“有没有搞错，那是少女漫画，能一样吗？”

“少女漫画怎么了？少女漫画是艺术，艺术源于生活，高于生活！从这种层面上来说，相原琴子就是你的精神动力、智力支持、思想保证！”

事已至此，大概话题已经彻底跑偏了。不过她这么用言语炮轰下去，我就是金刚石都得被她磨成绕指柔了。我一边匆匆收拾东西准备下班，一边又听霍小西咬牙下了一剂猛药："如果他同意接受采访，我就带你去吃哈根达斯！"

"成交！"

我给大姨打了个电话问许默山的电话，没过几分钟她就给我发了一条短信——一串电话号码。

走进地铁站前，我犹豫了一会儿，稍微想了想措辞，还是鼓起勇气给他打了电话。勇气这种东西，就是要一鼓作气，不然犹豫太久，就枯竭了。

电话"嘟嘟"响了三声，一个低沉沙哑的声音从那端传过来："你好，我是许默山。"

我的心居然怦怦乱跳，我说道："许先生，你好，我是丁然，就是那个我们上次……相亲……那个……"

许默山似乎轻轻地笑了一声："我知道，你是丁然。"

我一愣，忽然不知道该说什么，刚才打好的腹稿似乎一下子抛到了九霄云外，还是他提醒了我："我现在在市中医院，你有什么事吗？"

"啊！"我的思绪终于被拉回来，"是这样的，我有个朋友，是在报社工作的，想采访一下你。她之前联系过你的秘书，但是听说你不接受……"

我的声音越来越小，因为实在是不好意思——人家凭什么给我面子呢？

电话那端果然是一阵静默。

我讪讪地说道："不好意思，许先生，给你添麻烦了，就当我没打过这个电话吧。"

"等等。"在我打算挂电话的时候，许默山忽然开口，声音似乎很沙哑，"什么时候？"

我简直不敢相信我听到的，他这是答应了？

我差点儿咬到自己的舌头："明天，你看行吗？"

他顿了顿，说道：“明天可能不行。你看周日如何？不过不是工作日……”

“没问题，就这周日吧！”我激动地说道，“许先生，真是太感谢你了，改日我请你吃饭！”

电话那头的人笑了笑：“好啊，不过还是我请你吧。”

“那……没什么事，我就先挂了？”

“嗯，好。”

不知道是不是我的错觉，他的最后一个字似乎说得格外温柔。

收起手机，我的脸颊有点儿发烫。

在走进地铁前，我给霍小西发了条短信：“成了，就这周日。”

没过三秒，霍小西的电话就打了过来，声音的穿透力极强：“二丁，我爱死你了！”

我把手机挪开些许，一阵汗颜：“行了，别忘了哈根达斯。我觉得我亏了，你只请我一顿哈根达斯，我却要请许默山吃一顿饭，啊……”

霍小西紧张地问道：“怎么了？”

“许默山说他现在在医院……”

“怎么？他病了？天啊，他病了还答应你！二丁，我敢打包票，他对你不是没有好感的，快点儿乘胜追击！你现在在哪里？”

“地铁上呢……”毕竟是公众场合，我压低声音说道，“正准备回家。”

“二丁，你情商也太低了吧，难怪二十五岁了感情还是一片空白！回什么家啊，现在就买点儿东西去医院看他！生病时心理防线最脆弱了，此时不出手何时出手？该出手时就出手！”

“喂……”

我根本插不进话，霍小西还开始现身教学：“当年阿景追我的时候就是这样的，我发高烧，他把我从五楼背下来送我去医院，我当时就觉得这辈子非他不嫁了！你好歹也是个言情小说家，怎么不会把理论技巧用到自己身上呢？”

我被她教育得热血沸腾，又想起刚才许默山的嗓音似乎有点儿不正常，可能是发烧，恰逢地铁到站，于是想都没想就从4号线上跳了下来，准备转乘去市中医院的1号线。

“行了，我知道了！我这就去医院！”

挂了她的电话，我又给郭女士打了个电话，原来以为她会盘问一阵，没想到她一句话都没问，高兴地说道：“去吧，去吧，早点儿回来啊……啊，晚点儿回来也没关系，只要晚上回来就行！”

我感到惊讶，挂了电话才想起来，大姨应该早就已经通过风报过信了……

我先在医院附近的超市买了一些水果，市中医院的就诊部已经下班，我瞧了瞧，径直走进了住院部。

一股浓浓的消毒水味扑鼻而来，让我的脑子猛地清醒——我这是在干什么？霍小西疯，我竟然被她煽动跟着发疯了？

我转过身往门口走去。

可是刚走到门口，又低下头看了看手中的水果，觉得有点儿可惜。

脑海里好像有两个小人开始吵架。一个说：“来都来了，干吗不进去问问？”

另一个说：“没打招呼就过来，未免太唐突了，再说如果许默山只是发个小烧，怎么可能会住院，说不定现在早就已经回家了！”

“不管他有没有回家，问一下又不会吃亏。如果许默山真的没有住院，再走也不迟啊……”

我有点儿头痛，想了想，还是决定问问前台。

前台的护士耐心地帮我查询了一下，告诉我根本没有许默山这个病人。我心里轻松不少，道了谢之后，果断地决定离开。

没想到还没走两步，正前方三两步开外，竟然真的出现了高高瘦瘦的许默山。他穿着一件淡蓝色的休闲衬衫，手上拎着一袋吃的，满脸意外地看着我：“丁然？”

我更吃惊，脱口而出道：“你还真的在这里？”

他这个模样，哪里是生病之人？

许默山微怔，看着我手中的东西，似乎明白了什么，嘴角勾出一抹淡淡的笑意，眉毛微扬：“你是来看我的？”

“我……”我胸闷气短，脑子倒是转得挺快，“没！我朋友病了，我是来看他的！”

“你朋友？”他的语气充满怀疑。

我有些心虚，调转视线寻找目标，看到不远处的电梯口似乎推出一张轮椅来，想都没想就指了过去：“就是他！”

“你确定？”

我傻眼了，那电梯口出来的似乎是一个患老年痴呆症的老爷爷，他身后推车的是一个中年妇女，看到我指着他们，还警觉地瞪了我一眼。

我收回不礼貌的手指，下意识地后退一步，差点儿撞上了许默山。

他眼疾手快地扶了我一把：“小心！”

我欲哭无泪地说道：“我不确定……”

许默山闷笑起来，自然地从我手中接过了水果袋子：“既然来了，就过来瞧瞧吧。我虽然在医院里，住院的却不是我，要不要去瞧瞧我的外甥？”

我感到挫败无力，只能跟在他后面——为什么一到许默山面前，我就总是犯傻出错呢？

“小家伙得了阑尾炎，已经在医院住了四五天，我姐这几天白天有事脱不开身，就托我来照顾。”许默山解释道。

“那你这几天也一直在医院？”

他一怔，笑道：“那倒没有。晚上我姐还是会过来的，我只负责小家伙的一日两顿饭。”

他打开房门走了进去，居然还是一间高级病房。

“舅舅，你回来了啊。你再不回来，我就要饿死了！”许默山的外甥居然是一个穿着病服的小胖墩，约八九岁的模样，虽然在说话，眼皮却抬也没抬，一直盯着眼前的iPad。

许默山把iPad夺了过来，轻声呵斥道：“你居然还在玩？小心你的眼睛，小小年纪就想戴眼镜吗？”

小胖墩似乎有点儿怕这个舅舅，许默山一呵斥，他就不吭声了。他转过头来，这才注意到我的存在，本来有点儿暗的眼睛一亮，眼珠子开始骨碌碌地转起来。

“咦，这位姐姐是谁？”

这么一句话就让我对这个小胖墩产生了好感：要知道现在的熊孩子多没眼色，见面就来一句“阿姨”——这一句“姐姐”叫得我心花怒放。

我面露喜色，没想到许默山却面无表情地说了一句：“叫什么姐姐，叫阿姨，打个招呼。”

许默山，你什么意思……

小胖墩张大了嘴巴，似乎欲言又止，但还是一脸受气小媳妇的表情朝我乖乖地点了点头：“阿姨好。”

我一口气堵在胸口，差点儿岔气：许默山，你到底什么意思？

许默山把打包的粥拾掇了，递给病床上的小胖墩，又招呼我坐下，把iPad递给了我：“你先在这边坐一会儿，我去洗点儿水果。”

“他现在能吃水果了吗？要不要榨成汁？”

许默山含笑看了我一眼：“没事，他吃不了，我们吃。”

“……”

小胖墩吞了一口粥，在那边含糊地叫了一句：“舅舅，你欺负人！”

我忍俊不禁，手上闲着无事，打开了iPad屏幕，页面上居然是植物大战僵尸2的惊悚画面——僵尸侵占了你的大脑。

大概是刚才许默山直接把平板抽走了，没有暂停游戏的缘故。

“你居然也玩这个？”

小胖墩忽然哇哇叫了起来：“啊！这关我玩了好久，又被舅舅害死了！”

我卷了卷袖子，义气地说道：“没事，这关我玩过了，我帮你玩！”

“咦，你居然也会玩？”

我看了他一眼：“你都能玩，我为什么不能玩？”

小胖墩说道：“可舅舅不让我玩。”

我劝诫道：“你舅舅是对的。你现在年纪还小，不能沉迷于游戏，也要保护好视力，不要等戴眼镜了才后悔莫及。眼镜这东西一戴就会后悔一辈子。”

“可舅舅不是这样说的。”

“呃？那你舅舅是怎么说的？”

“他说这游戏太简单了，我应该尝试一下高智商的游戏。”

“比如……”

“比如……”小胖墩哼了哼，似乎非常不满，“背诵唐诗三百首。”

我被逗乐了，哈哈大笑道：“你好像很怕你舅舅？”

“是啊，舅舅很凶的。喂，你看着点儿！”小胖墩紧张起来，拿着勺子指挥道，“滚筒僵尸又来了，用地刺啊！地刺！”

“喂，你这样我看不到，你到这边来！”他努力往边上挪了挪，示意我坐到床上去，“对，金币！捡金币啊！”

于是，我坐在小胖墩的床边，在他的指挥下玩着《植物大战僵尸》。植物和僵尸就是一出相爱相杀、虐恋情深的苦情戏，双方厮杀得异常惨烈，我们沉浸其中，连许默山什么时候进来的都不知道。终于打通了一局后，我和小胖墩都松了一口气。

我扭了扭脖子，才发现许默山正坐在椅子上静静地看着我，在灯光的渲染下，他的目光似乎格外认真，我的心跳没由来地漏了一拍。

我迎上了他的目光，他居然没有避开，依旧静静地看着我。我感觉喉咙有些干，于是将手中的iPad还给了小胖墩，站起来说道：“既然没什么事，那……那我先走了。”

“这就要走了？”许默山微怔，看了看墙上的钟，“再过一会儿我姐就过来了，再等一下，我送你回去。”

我摇摇头：“不用麻烦了，反正地铁也挺方便的，现在也不是下班高峰期了。”

他忽然问了一句：“你吃晚饭了吗？”

“啊？”我这才意识到自己还没有吃饭，“没事，我回家再吃也是一样……”

“我也没吃。”

我一愣，想起了什么，说道：“那要不我请你吃饭吧，我还没谢谢你呢，那个采访……”

“那我们现在走吧。”他拿了钥匙就要出门。

“啊？”我看了一眼病床上的小胖墩，“那他怎么办？”

“再晚一些他妈妈就要来了，到时候你想走也一时半刻走不了。”他嘴角微扬，眼里满是笑意，“我姐似乎比我妈还要操心我的婚事。我身边出现的任何女性，她一个都不会放过。”

# Part 03 书里书外

◎你在这里犯花痴，你们家傅景行知道吗？

我和许默山一起在一家川菜馆简单地吃了一顿，我很快就发现气氛没有上次相亲时那么融洽了，慢慢变得尴尬。

因为我和许默山几乎没有什么共同话题，这和林励泽一起吃饭的感觉不一样，林励泽和我毕竟有过同窗的情谊，可以聊的话题太多了。而在许默山面前，很多话我都不敢说。

许默山忽然问我："和我一起吃饭是不是很无聊？"

"怎么会？"我摇摇头，赶紧解释道，"我一向宅惯了，不太会说话而已，你别介意。"

他笑了笑，没有再说话。

终于到了饭局的尾声，我抢账单的时候，许默山只是微微一怔，并没有阻止我。

我稍稍松了一口气，欠了人情还给他就好，要是一直欠下去就麻烦了。

许默山又将我送到了我家楼下，我解下安全带，有些不好意思地说道："今天谢谢你了，许先生。"

他轻轻地笑了，在昏黄的路灯下，他的侧脸似乎格外柔和："是我谢谢你才对。是你到医院来看我，还请我吃饭，不是吗？"

我讪讪地说道："那是应该的。你这么忙，还答应了我朋友的采访，总之还是谢谢你。"

"那我们现在是朋友了吗？"

"啊？"

他微笑道："是朋友的话，你可以试着叫我'默山'。"

"默山？"我一怔，几乎毫不费力地就叫出了这个名字——就像是我的输入法里，默认的就是这两个字一样，曾经我笔下的苏桢这样亲昵地叫唤过多少次。

“好。”他眼里满是笑意，“以后有事也直接给我打电话吧。”

“谢谢，谢谢……”不知为何，看着他的脸，我居然有种“皇恩浩荡”的感觉，“那……我先上去了。”

“嗯，去吧。”

“你开车小心。”

我看着他那辆白色迈巴赫消失在我的视线里，上楼的脚步也变得格外轻快。

我立刻打电话给霍小西，恨不得和她分享。可是电话接通后，我还没来得及说一个字，那头就传来了傅景行冰冷的声音：“丁然，你以后要是还敢在这个时间骚扰霍小西，第二天就不用去上班了。”

“妈呀！”我吓得一个哆嗦，手机从手里滑落下去，“啪啪”地滚落了半层楼后，“砰”的一声停住了。

我心一沉，一个箭步冲下去，捡起手机——屏幕居然已经碎了！

我心痛极了……

亏死了，亏死了！明天我要找霍小西赔偿！

谁让我不敢开罪傅景行？我决定了，我要在我新连载的小说《极速时光》里狠狠地虐一虐傅景行！

《极速时光》是我在文学城里新连载的小说，灵感就是来自于傅景行和霍小西的故事，但是被我稍微进行加工改编了，添加了一点儿玄幻元素。

现实的生活中，霍小西是因为救了傅景行的妹妹而遇到他的，但是在《极速时光》里，顾小西之所以能够救肖景行的妹妹，是因为她在奔跑的过程中无意进入了时光隧道，回到了三天前。

又有几日没有更新了，章节的底下是一片催促更新的留言。

“丁大大，为什么没有更新？奴家等得好心焦……快更新啊！”

“丁大大，到底怎么回事啊？顾小西怎么穿越到了三天前啊？”

……

我一一回复道：“不好意思啊，最近被老妈逼着相亲，没有及时更新，晚上马上码出来！”

“嘿嘿，秘密马上会揭晓的，这是要大虐的节奏啊！”

一一回复完这些留言，我又想起了一件事。

其实，我的读者是这两年才开始多起来的。最开始的时候，我新手入门，写的是一本仙侠文，每天看着惨淡的数据叹气，无比羡慕那些在网站上大火的文章，心里又默默地给自己打气，也是安慰自己——只要坚持下去，总有一天能熬成大神！

为了赚读者的留言，我想尽了办法，天天在章节下面“作者的话”那一栏设问，吸引读者回答。可就算这样，数据依旧惨淡，到后来我都没动力写下去了。编辑大人直接建议：不如开新文吧。

我深受打击，想了很久，打算写都市青春小说。刚开始连载《许你天长地久》的时候，我采取了同样的提问方式，试图来抓住读者。

这样一想，许默山这个名字其实也不是我取的。因为在男主角出现第一个侧影的时候，我就在“作者的话”里留言：“亲们，有谁能帮我给男主角取一个靠谱的名字？”

我以为这个问题还会被无视，根本没抱希望，结果出乎我的意料，就在我把第一个章节发出的五分钟后，我刷新后台，就看到了一条留言。

“不如叫‘许默山’。”读者的ID叫“陌上花开”。

我很喜欢那句诗：“陌上花开，可缓缓归矣。”

再加上纪念我新文的第一个读者，我当即大笔一挥，将男主角命名为“许默山”。

而“陌上花开”这个读者也一路追看了我的文章，成为我瓶颈时期最大的动力。然而遗憾的是，自从我连载完《许你天长地久》之后，这个读者就好像昙花一现，消失不见了。

双休日一直窝在家里码字，这也是我的老习惯了，宅女的生活一向那么简单。周日晚，郭女士出去跳广场舞，门铃叮咚响，竟然是霍小西笑嘻嘻地找上门来。

她的头发又黑又直，不去拍洗发水的广告简直就是浪费人才。只见她穿了一件白色的小西装，倒是有记者的范儿。

哦，是的，今天周日，她刚采访完许默山。

她双手递了一个纸盒子给我。

“什么东西？哈根达斯什么时候长成这个模样了？”

“什么哈根达斯？”霍小西翻了翻白眼，又带上了几分歉意，“阿景不是害你把手机摔坏了吗，这是他赔给你的。”

说起这件事我就来气，毫不客气地接过了纸盒子：“他倒是挺有自知之明的！”

“那是，我们家阿景敢作敢当。”霍小西忽然伸出双手攀上了我的肩膀，两眼冒着精光地盯着我，“丁然，长这么大，我第一次觉得你的眼光没有问题！许默山实在是太帅了，年轻英俊多金，你要是不把他拿下，你就愧对丁然这个身份！”

我笑道：“那你觉得傅景行和许默山哪个更帅？”

“这哪有可比性？他们两个完全是不同的风格嘛！傅景行那是座大冰

山、工作狂、腹黑面瘫；而许默山却是韩剧里面的标准男二号，暖男，笑起来简直就是迷死人，风趣幽默体贴人！”

我沉默了半晌，说道：“你在这里犯花痴，你们家傅景行知道吗？”

“我哪里敢让他知道！”霍小西挥了挥手，“不多说了，他还在楼下等着呢，我上来一趟把手机给你，哈根达斯这一顿先欠着吧，改日再请你。”说完，她飞奔下了楼梯。

我冲楼道喊了一句：“喂，你什么时候写完了采访稿，发给我看看！”

“知道了！”

没多久，在外面跳广场舞的郭女士就回来了，一进门就问我：“刚才霍小西来了吗？我好像看到她了。”

“是啊，她来给我送手机。”

“你的手机怎么了？”

“她男朋友害我摔了手机，她赔了我一个。”我关掉小说页面，开始刷微博。

“我说这几天你怎么把我床头的闹钟拿走了呢！”她走进来，在我的书桌上放了一张券，瞟了一眼我的电脑屏幕，阴阳怪气地说道，“又在刷微博，每天刷微博能刷出一个男朋友来吗？”

我对她这种言论早就见怪不怪，完全可以左耳进右耳出，只是对桌上的这张券很感兴趣：“什么东西？”

“演唱会的门票。”

“你哪里来的这种东西？”差点儿再次引发悲剧，我简直不敢相信，拿起门票仔细检查，“天啊！居然还是王喻天的！没过期吧？这不是下周六吗？”

王喻天可是我最喜欢的歌手，没有之一！

“今天移动公司搞活动，老客户充话费有抽奖活动，我运气好，抽中的。”郭女士今日似乎没有往日的气焰，不过我完全沉浸在兴奋中，并没有在意。

我完全沉醉了：“居然还有这种活动！我说我从小到大运气怎么这么不好呢，老妈，肯定是您把我的运气都抢光了！”

郭女士一听，双眉一拧，满脸嫌弃：“真不知道你们是怎么想的，都这么大年纪了还追星，难怪嫁不出去！一张破门票就可以让你这么激动，这份热情如果用来学习，你当年早就上清华北大了；要用来处对象，现在肯定都生娃了，至于到现在还没谈个男朋友吗？”

“相亲算什么！这辈子能听一次王喻天的演唱会，死而无憾啊！”我狠狠地亲了门票一口，给了郭女士一个拥抱，“老妈，我爱死您了！”

郭女士抖了抖，浑身僵硬。

但是我很快发现了一个问题，演唱会是在下周六，林励泽约我去看杨悦的时间也是下周六。

我有些郁闷，按照先来后到的顺序，我应该和林励泽去看杨悦。但是想想轻重缓急，我觉得免费去看王喻天的演唱会的机会要是错过了，我一定会后悔一辈子。而去看杨悦，周六不行可以周日去，周日不行那就下周六，总归是可以协调的。

于是，第二天，我问林励泽能不能改个时间。林励泽的表情有一瞬间的僵硬，随即又恢复过来：“那有什么问题，这又不急，你有急事，就先去吧。”

我很感激。

演唱会是周六晚七点三十分开始，然而我七点到场的时候，整个体育场

内几乎人山人海，人头攒动，人人手中都有一根荧光棒，我也不例外地在门口买了一根。

这小小的一根荧光棒居然花了我二十块钱，真是无处不见商机。

大片的粉丝歌迷团已经激动地坐在那里，她们手里举满了类似“喻天，我爱你”之类的彩色标牌，在灯光下闪闪发光，毫不掩饰对王喻天的喜爱。

我没想到郭女士抽到的这张门票位置竟然如此好，看样子移动公司真的是下了大血本。内场前区的位置是最正面的，离演出舞台也是最近的，到时候可以很清楚地看到王喻天的身影，如果运气好的话，甚至有机会和王喻天握手。

王喻天是我大学时代就开始红的歌手，只比我大两岁。也就是说，他今年也只有二十七岁，可是他的声音好像饱经沧桑，有种看透人世的苍凉。而且他的很多歌曲都是励志且鼓舞人心的，每当我写作遇到瓶颈的时候，总喜欢躺在床上听他的歌，可以让人的心宁静下来，相信阳光总在风雨后。

当音乐响起，抱着一把吉他的王喻天出现在众人的视线里，全场的歌迷都开始疯狂地尖叫起来。就连我这样本性内向的人也不禁被周围的气氛带动——反正这里没有人认识我，疯狂一次又何妨？

然而，就在我打算尖叫的时候，喉咙里仿佛被灌了铅块，硬生生地卡住了。

我右边的空位上出现了一个人的身影，瞬间吸引了我的目光，让我把整个世界都抛在了身后，即便是这样喧嚣的场合都好像忽然寂静下来了。

许默山。

这三个字似乎有一种与生俱来的魔力。

他今天穿着一件简单的格子衬衫，见我打量他，他挑了挑眉毛，朝我微微一笑：“不乐意见到我？”

他的笑容在绚烂的灯光下反射出惊人的光彩。

“我的这张门票其实是你给的？”

我好歹也是写言情小说的作家，此时此刻我要是再猜不出来，我就白写这几年的小说了。

“你不喜欢？”

喜欢！怎么不喜欢！可是……

我的心扑通扑通跳得厉害：“你，你要送我门票，也不必用这种迂回的方式啊，明明……明明可以打电话……”

“我怕你拒绝我。”许默山淡淡地微笑，似乎有几分怨念，“你不接我电话。”

“啊！你给我打电话了？”我吃了一惊，忽然想起那几天我一直是处于无手机状态，我立马掏出手机为自己辩护，“我，我那几天手机摔坏了，我不知道……你看这还是新的……”

许默山看了一眼，愉悦地笑了起来：“原来是这样。”

“是啊，就是这样，所以我不知道你打电话给我了……实在是不好意思。”

“那如果是我约你，你会来吗？”

我顿时哑然。

当初郭女士说是抽奖抽中的，我当然毫不犹豫地来了，反正是免费的，不来不就浪费了吗？可如果是许默山请我来，那这又是一个人情，而我最怕欠别人人情——出来混总是要还的。就像傅景行当初在公司帮了我，就是一个很大的人情，以至于我到现在见到傅景行还总觉得欠了他什么。

许默山见我不回答，体谅地微微一笑：“你不要有心理负担，反正这两张门票也是别人送我的。你不是最喜欢王喻天的歌吗？好好欣赏吧，只当我不存在就好。”

是的，之前吃晚饭时我好像提到过我喜欢王喻天的歌，他居然有心记着。

我有点儿想哭——这么大一个活人坐在我身边，我怎么做到视他为无物？但面上还是点头答应了。

我将目光移到了王喻天的身上，很奇怪，前一秒我还觉得他的身姿英俊迷人、无人能敌，这一秒我却觉得他身上的光芒瞬间暗淡了。

更尴尬的是，我们身后的粉丝团异常强悍，居然在一首歌结束之时，异口同声地高喊：“王喻天，我爱你，我要和你睡！”

这声音振聋发聩，让我浑身战栗，时不时胆战心惊地朝一边的许默山瞟两眼。他的嘴角依旧挂着那抹笑容，英气风发，就像是古代超脱飘逸的白衣侠客，笑问红尘，不为世俗所扰。

王喻天从舞台上走下来，俯身和粉丝握手，场内的气氛再次达到了高潮，所有人几乎都朝前面走去，我却不敢动弹，如坐针毡。

眼看着王喻天往这边走过来，我咬咬牙，告诉自己许默山此时此刻就是一个西瓜，不要顾及他！

我往前凑了过去，将自己的手递上去，恰好王喻天俯下身，似乎微笑着朝我看了过来，握住了我的手。他对着麦克风说了一句：“谢谢。”

麦克风的声音传遍全场，明知道只是一句简单的感谢，我却觉得那两个字是对我说的，那个笑容也是对我露出的。我瞬间有种被幸福击中的感觉……

等我回到自己的位子上，差点儿被其他涌过来的粉丝挤到一边，脚下一个踉跄，幸好一只温热的手扶了我一把：“小心！”

我刚站稳，后面的人一撞，就这样撞上了许默山的胸膛，鼻梁撞得生疼，脑袋也有点儿蒙，而让我的大脑停止思考的却是许默山身上淡淡的古龙香水味。

时间停滞了两秒，我像触了电烫了手一般从他的身边跳开，平稳呼吸，装作一副若无其事的样子和他道谢，再也不敢多看他一眼。

演唱会结束，观众陆续退场，已经将近晚上十点。我和许默山一起出来，虽然很累，但我激动的心情还未平复，毕竟这是我第一次来现场看演唱会。

许默山微笑着问我："觉得怎么样？"

我开心又感激地说道："许默山，实在是太感谢你了，这次的经历我永远都不会忘记的！我要请你吃宵夜，你一定不能拒绝！"

许默山微微一笑，双手一摊："我本来就没打算拒绝。"

这世上有一种人，站在那里什么都不做，配上几分恰到好处的月色，就已经是风华绝代。而许默山显然就是这样一种人，我明明没有喝酒，却好像已经醉了。

我开心地说道："我可没有很多钱，去不了高档餐厅，只能拉你去二十四小时营业的麦当劳，这也没关系吗？"

许默山满含笑意地耸耸肩："我随意。"

于是我就真的拉了许默山去了麦当劳。深夜的麦当劳的确没有白天那样人头攒动，我结了两个人的账，拿了东西面对面地坐在位置上，喝了一大口可乐，一阵透心凉总算缓解了干涩的喉咙。我说："你送我这样一份大礼，我都不知道怎么谢你了。"

"没事，反正这门票也是别人送我的，不用了也是浪费。换得你这样高兴，也算是物尽所值。"

"你下回要是有什么我能帮上忙的，尽管找我，我一定赴汤蹈火，在所不辞。”

“好。”

许默山将一根薯条沾了番茄酱，塞入嘴里，动作自然而流畅，我却忍不住“扑哧”一声笑了起来。

我只是想起了八点档电视剧里演的狗血剧情：某某高富帅被女主角带到路边摊吃东西，满脸嫌弃却看着女主角吃得香，忍不住吃了一口，吃了第一口就忍不住再吃第二口，等他忍不住吃掉所有东西时，就不得不去卫生间……

而我对面的许默山见到我笑出了声，下意识地以为自己的脸上沾了番茄酱，拿了纸巾便擦了擦。

我更是忍俊不禁，整个肩膀抽动起来。

他发现纸巾上没番茄酱之后，更加不解了：“什么东西这么好笑？”

“没……我只是觉得把你拉到这里来吃东西，你突然变得接地气了。”

他失笑，扬着眉头，有些调侃地反问道：“吃汉堡喝可乐就是接地气了？”

“你不知道，除了电视剧和小说外，我还真没见过你这样近乎完美的高富帅，哦，除了傅景行，不过他已经是霍小西的了……”

“丁然，我只是个普通人罢了。”他微微叹息，“你不要把我想得那么高高在上。”

“嗯，我尽量。”

我们再次相视一笑。

我回到家的时候已经将近凌晨，我从小就是个乖乖女，除了高中的夜自修，平日在晚上九点以后回家就已经是稀罕事了，而近日更是刷新了我的记录。

匆匆洗了个澡，我倒在床上，闭上眼，我的眼前还浮现出许默山的笑容。我觉得今晚的这一切恍如一场奢华的梦，在我心头烙下了不可磨灭的印记。

我把自己的头狠狠地埋进了枕头里，却忍不住在被窝里偷笑：我25年的单身生涯是不是终于可以结束了？

我以为许默山送我演唱会的门票，还突然出现在演唱会，陪了我一个晚上，想来对我应该是有好感的。然而之后的一周，他再也没有任何表示。没有电话、没有联系，甚至连郭女士那里都风平浪静。我抑制不住地失落，大概又是我自作多情了。

霍小西的言论是，我既然对他有好感，就应该乘胜追击、死缠烂打、无所不用其极，直到将他拿下。

然而我拿着手机，看着那个名字，却始终鼓不起勇气。

如果许默山对我没有意思，为什么他会和我一起去演唱会呢？

我很快给自己找了个比较可信的理由：也许许默山只是因为我说过我喜欢王喻天，所以他看到那两张门票就想到了我。

我越想越觉得有可能。如果之前就对一件事物有过印象，就很容易在接触到第二件相关联的事物时产生联想，而且是第一时间的联想。就比如说，我们现在说到小沈阳，就会在第一时间想到赵本山。

这个答案让我很泄气。

于是，最近一段时间内唯一和许默山有关的，就是霍小西将已经刊登出来的关于许默山的采访报道发了电子版的链接给我。这是一个人物专栏，上面报道的都是精英人才的事迹，标题有点儿唬人：《许默山：专注城市理想》。

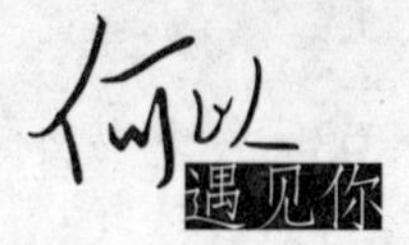

文章主要介绍的是许默山对新开发的商业街的展望，说实话，看着这份报道，我总是无法将这个在S市地产界叱咤风云的许默山和我脑海中的那个笑容对应起来。

我虽然没有谈过恋爱，但是这并不意味着我真的迟钝，当“许默山”这三个字一次次地出现在我脑海里的时候，我就察觉到自己对许默山的感情其实已经不单单是“有好感”这么简单了。

吸取上次的手机教训，我不敢找霍小西这个狗头军师出主意，斟酌再三，在更新《极速时光》的时候，在“作者的话”里问了这样一个问题：“姑娘们，如果有一天你自己也写了一本小说，刻画了一个像肖景行这样的男主角。但是有一天，你去相亲的时候，发现相亲对象的名字也是肖景行，而且像肖景行一样完美，你们会怎样？”

很快有很多留言，果然读者们的留言大多数围绕这个问题。

猩猩相惜：“扑倒，一定要把这个男的拿下！”

繁华散尽人归：“同扑倒！一定要把肖景行拿下！”

增增：“这一定是做梦，我不想醒过来……”

我的额头滑下了三条黑线。在这个年代，原来姑娘们的思想已经如此奔放了，但是有一条留言让我大跌眼镜，后面的跟帖也很多。

读者ID为“路人Y”，她说：“丁大大，之前你回复说你去相亲了，这该不是你的亲身经历吧？大大，千万要淡定，记住，你是肖景行的亲妈啊！亲妈怎么能觊觎儿子？”

如此彪悍的留言下面果然有一系列回复：“大大，顾小西这么可怜，你就不要和小西抢景行了……”

“大大，不要理楼上！肖景行就是上天赐给你的缘分，哪有这样的巧合？此时不下手，何时下手？”

“顶楼上！”

“大大，你还是瞧瞧现实生活中有没有一个顾小西吧，如果有，你就不要掺和了，成全你的儿子和女儿吧！但如果没有一个顾小西……嘿嘿，那还等什么？直接扑倒！”

……

我差点儿泪崩。

要不要代入感这么强烈？我只是为了让读者更好地自我代入，才会把许默山换成了现在的男主角肖景行。可是经过她们这么一说，我的相亲对象俨然成了傅景行。天啊，如果真的是这样，霍小西会抄起一把菜刀杀到我家来的！

哦，不，在那之前，傅景行那冰冷的眼神就会先把我秒杀千遍的。

但是不得不承认，路人Y的话还是很有道理的。

我是许默山的“亲妈”，哦，不对，是“后妈”，因为《许你天长地久》的结局是个悲剧。

我从书架中抽出了自己写的那本书。

《许你天长地久》讲的是这样一个故事：女主角苏桢是先天性心脏病患者，小时候因为父母离异，延误了最好的治疗时机，但除了无法进行剧烈的运动之外，也一直正常地成长着，还顺利地考上了大学。可就是在上了大学之后，她发现自己的心绞痛越来越频繁。她从小都是安静的女孩子，一直都是规规矩矩地成长着，在一次心绞痛昏死之后，她意识到其实这世上有太多的事情她还没有体验过，就这样离开人世，未免太遗憾。比如，她还没有好好地谈过一次恋爱。

苏桢第一次遇见许默山，是因为差点儿撞到了许默山的那辆白色迈巴赫，昏倒在地，被许默山送到了医院。然而事实是，苏桢并没有真的“撞上”那辆车，而是在撞上之前的最后一刻，因为心悸而晕倒。司机以为这是一个看到豪车故意撞上来的骗子，劝许默山报警。而许默山却抱起了苏桢，将她送到了医院。他发现了苏桢的心脏病，知道她已经活不过半年，而手术成功的几率也不足30%。他心疼这样一个女孩，处处照顾她、带她去实现她所有未完成的梦想，在这个过程中发现自己渐渐爱上了坚强的苏桢。最后，在许默山的劝说下，苏桢答应做手术，可是那时候苏桢的病情已经恶化了，手术成功的几率只剩下15%。在手术之前，苏桢最后一个愿望是坐一次过山车。因为她从小就是心脏病患者，所以从来没有体验过那种飞上云霄的刺激感，她想真正地体验一次。许默山不忍心，答应了。在过山车上，苏桢在许默山的耳边高喊，她想要和他天长地久，在许默山心里留下了一个不可磨灭的烙印。最后，苏桢的手术失败了，许默山独自对着游乐园的过山车微笑。

苏桢，天长地久，原来这样难，也这样容易。

我忽然暴躁地将书扔在了一边。

意识到自己做了什么之后，我脸色一白，甚至有些震惊，手脚变得冰凉。

真要命，我看着自己的书，看到许默山的温柔都是给别人的，居然开始嫉妒起苏桢来。

# Part 04 探望故友

◎已婚妇女的眼睛好像都有一种说不出来的犀利和毒辣。

我们设计部的小姑娘们居然很快就和新来的财务总监熟稔起来，不但私下里议论他，见到他时还敢当着面打趣。

林励泽偶然知道我们设计部的小姑娘们总是私下里议论他时，居然还大大方方地笑了笑：“是吗？原来我在你们设计部这么受欢迎？看样子以后我要多去你们那里串串门了。”

我看着他欠扁的笑容，忍不住翻了翻白眼，在心里再一次强化了一遍“禽兽”这个标签。

唯一的不愉快的事情是，有一天Linda怒气冲冲地走进办公室，高跟鞋踩得咚咚响。当时李想好像无意中又提到了一句“林总监”，Linda就像吃了火药一般说了一句：“林总监林总监，能不能不要张口闭口都是林总监？烦死了！”

李想一愣：“Linda，你怎么了？和林总监闹矛盾了？”

王怡倒是个知情的，说道：“刚才Linda邀请林总监周六去看电影，林总监却说周六有约拒绝了，分明就是不给面子嘛。”

Linda冷冷地说道：“王怡，不用你多嘴！”

王怡讪讪一笑，没有再说话。

我心里咯噔一下，不敢插一句话。

周六是我和林励泽约定去探望杨悦的日子。我拎着果篮找到了林励泽提供的集合地点，却发现那里只出现了林励泽一个人。他并没有穿正装，而是穿了一件灰色的休闲衬衫，正倚在车门旁打电话，语气颇为恼火，还能听到几个断断续续的关键词，如“宿醉”“头痛”之类……我又有种不好的预感。

果然，林励泽挂掉了电话，脸色有些阴郁："那两人都放了我们鸽子，看样子只能我们两个去登门拜访了。"

"都放了鸽子？"

"嗯，一个昨晚部门聚餐喝了个烂醉，一个今天婆婆杀到。你怎么看？"

我虽然很不愉快，但还是答应两个人一起去探望。既然已经到了门口，总不能再对杨悦爽约吧？

杨悦很热情，门铃响了两声，就打开了门迎接我们。房门打开的一瞬间，一股浓浓的奶香味迎面扑来，让我呼吸一滞。

见到杨悦的第一眼，我差点儿脱口而出：天啊，这真的是高中的男人婆杨悦吗？怎么胖成了这个样子？

不过幸好，我及时管住了我的嘴巴。

"你们来啦？"杨悦笑着打招呼，她的视线触及到我，顿时满脸兴奋，"嘿，大作家！你今天一定要给我签个名！"

我大吃一惊："你怎么这么说？"

"小样，还给我装蒜？这么明显的'丁然'两字，你当我是瞎了吗？"杨悦好笑地说道，"怀孕的时候，我让老公去书店帮我买几本小说看看，没想到我随手翻了一本，作者竟然叫丁然！一开始我还以为是同名同姓呢……"

我脸色一白，勉强笑了笑，套用霍小西的言论："天下叫'丁然'的人这么多，说不定是同名同姓……"

"你少来！"杨悦翻了翻白眼，"前些日子我还看见霍小西了，她说这个丁然就是你，还说天下间除了你，谁这么没脑子用真名当笔名，又不是郭敬明……"

霍小西，你这个损友、大嘴巴、该死的！为什么杨悦也会认识霍小西啊？本地好友里知道我写小说的明明只有一个霍小西，这个城市真的这么小吗？

林励泽好奇地冲我眯了眯眼，嘴角微微上扬：“呃？丁然，你竟然还写小说？写的什么小说，改日我也去买一本瞧瞧。”

我大窘：“你还是别看了！女人看的言情小说，你一个大男人看什么！”

他有些愕然。

这时候，突然传来开门的声音，我们三个齐齐回头，发现一个男人拎着一个塑料袋站在门口，错愕地看着我们。

“你回来了！”杨悦迎了上去，转身对我们笑道，“这位是我的老公，家里的茶叶没了，他去了一趟超市。老公，这就是我跟你说过的我的高中同学。”

又是一番寒暄。

到后来，竟然是两个男人在那里聊起来了，无非是商业的那些事，而我和杨悦觉得无趣，跑到了另一间屋子聊天。让我无语的是，杨悦居然整整买了二十本《许你天长地久》，笑眯眯地摊到了我的面前。

我扯了扯嘴角：“你这是干什么？”

杨悦笑道：“我昔日高中同学现在成了大作家，好歹我也要去炫耀一番，这些书都是我要送人的，看我对你多好，还帮你带动了发行量。”

好吧，说实话，有人找自己签名还是挺高兴的。

“你和林励泽现在是同事？”

“是啊，新来的财务总监。”

“真巧！”她挑眉调侃我，“看样子你们两个还真是挺有缘分的，高中的时候你们的关系就不错啊。”

我瞪大眼睛说道：“大姐，你哪只眼睛看到我和他关系不错了？我和他整整一年都没说过几句话好吗？”

“是吗？”她似乎在努力回忆，大概也记不清了，干脆放弃谈论往昔，“那不说当年，就说现在好了。我那天跟他提了一下，说让他带几个同学过来看看，结果他就带了你过来，倒是让我吃了一惊。”

“什么呀，你不知道吗？”我就知道会有误会，急忙辩解，“他原来约了三个人一起过来，可谁知道那两人都爽约了，现在的同学情谊怎么都这么淡啊，太让人寒心了。”

“呃？是吗？”她挑了挑眉毛，那眼神可真是意味深长。

我急了：“而且他现在是我们的财务总监，长得又那么风流倜傥，我哪里敢和他扯上关系？我怕被办公室里的姐妹们大卸八块啊！所以办公室恋情什么的，我是绝对不会碰的。”

“那算什么？现在发展办公室恋情的又不是一个两个。”她不以为然地说道，“我和我老公就是办公室恋情。”

我吃了一惊：“真的假的？”

“当然是真的。”杨悦的脸上露出幸福的神色。虽然体形因为生产有点儿横向发展，但隐隐还是能看出她眉间的风情和妩媚——再也不是当年的那个假小子了。

“你们怎么成的啊？”

她有几分得意地说道：“当初他追求我的时候，我就让他把工资卡交出来，他真的交出来了，我觉得他挺有诚意的，就答应了。”

“就这么简单？”

“就这么简单。”她笑着打趣道，“大作家，现实生活中的爱情哪有那么多轰轰烈烈，你该不是因为写小说写多了，过于向往完美的男人吧？这么多年，你居然还没什么变化，难不成一次恋爱都没有谈过？”

我瞠目结舌，这都能看出来？我觉得已婚妇女的眼睛好像都有一种说不出来的犀利和毒辣，郭女士是这样，杨悦是这样，就连霍小西也是这样。当然，霍小西还没有结婚，但是她和已婚妇女没多大差别了。

“看你这表情，肯定是了。你该不会是想嫁一个像许默山那样的男人吧？可是现实生活中哪里有许默山那样的男人？林励泽就很现实啊，你看，他还带你来看我……”

“谁说现实中没有许默山那样的男人？”

“还真有？”这次换她吃了一惊，“真的假的？”

我不愿多说，只说了一句：“肯定有。”

杨悦无语，像看怪物一样看着我：“丁然，都二十五岁了，你居然还有一颗少女心。”

“……”

这时，一旁摇篮里的婴儿哇哇地哭了起来，哭声震天。杨悦赶紧站起来，将孩子从摇篮里抱起来，检查他的尿布：“果然又尿了。老公，老公！快点儿将外面的尿布收进来，又要换了！”

我觉得奇怪：“咦？你们用的是尿布，不用尿不湿吗？”

“用尿布比较卫生，尿了就马上换掉，尿不湿用多了可能会感染。”杨悦经验丰富，但还是抱怨道，“你都不知道照顾一个孩子有多麻烦，晚上睡也睡不好，从怀孕起，就一直在为宝宝操心。”

我觉得前途有点儿惨淡。

这时，杨悦的老公拿着尿布走了进来，两人就开始互帮互助地给孩子换尿布。我和林励泽看着，你看看我，我看看你，都十分尴尬。

可换了尿布的孩子还是在啼哭，杨悦就抱着他，轻轻地摇动，嘴里还说着轻柔的话。这放在十年前，打死我都想象不出在杨悦身上还会出现这样的画面。

等婴儿的哭声渐小，杨悦忽然看向我：“丁然，你要不要抱抱？”

“啊？”我一愣，“我不会抱啊……”

“你试试。”她笑着走过来，将孩子递给我。

我如临大敌，小心翼翼地接过，生怕不小心把他摔了。

“对，就这样，一只手托着头部……”一股奶香味扑面而来，让我皱了皱眉头。

比我想象中的要沉。

我问道：“他有多重啊？”

“生下来的时候八斤六两，算重的了，比预产期晚了一周才生下来呢。”

我刚适应这重量，想稍稍调整一下姿势，没想到孩子哇哇大哭起来。我再次发蒙，整个人慌乱起来：“这怎么办啊？”

那边父母还没说什么，一边的林励泽开了口：“你试着哄哄他。”

“怎么哄啊？”

说得容易！

“摇一摇……”

我试了试，可是浑身僵硬，完全动不了：“我不会啊……要不你试试？”

林励泽征询地看了一眼一旁的杨悦，杨悦坏笑着点了点头：“好啊，林励泽，你试试？”

林励泽从我怀里接过了婴儿，我终于松了一口气，有种把手榴弹扔给别人的感觉。而这时，让我震惊的事情发生了——那孩子一到林励泽的怀里，居然不哭了！

这……这真的是男孩子吗？照理不应该是同性相斥、异性相吸吗？

杨悦的老公也颇为震惊，还笑着打趣道：“这孩子该不会是你亲生的吧？”却被杨悦拎了拎耳朵：“你瞎说什么呢？”

林励泽笑了，有些得意地冲我挑衅道："看样子还是我比较有孩子缘。"

我撇了撇嘴："是啊，祝你将来成为超级奶爸！"

杨悦夫妇还留我们两个吃饭，我们婉拒告辞。

林励泽一边开车一边问："去哪里吃饭？"

"随便找一家餐厅就行。"

林励泽侧过头看了我一眼："怎么有气无力的？"

"岁月真是一把杀猪刀啊……"我叹了一口气，"杨悦居然成了这个样子，居然成了这个样子！天啊，太可怕了，婚姻果然是坟墓！我得了结婚恐惧症，不行，我不要结婚了，还是一辈子打光棍吧！"

林励泽好笑地看着我："凡是女人，总要经过这么一个阶段的，不是吗？"

"可是女人要付出的代价也太大了吧？怀个孩子，身材都要走形成那个样子，还要换尿布、喂奶……以后读幼儿园、上小学、初中、高中，一直都得操心下去啊，从此人生就要围着孩子转！我以前没见过真人版的，没什么概念，觉得大概也还行，可是现在活生生的例子摆在面前，就是血淋淋的教训啊！太可怕了！"

"可是就算你不想结婚，你妈也会催你结婚的，不是吗？"他笑了笑，有些不以为然，"你之前不是还说参加过疯狂的相亲吗？"

"是啊，相亲大势浩浩荡荡，顺之则昌，逆之则亡。我以前觉得这很正常，毕竟相亲也算是让男女双方认识的一种方式，可现在我觉得这实在是太惨绝人寰了！"

"怎么？"

"相亲的目的是什么？是为了结婚。可结婚的目的是什么？是为了生孩子！也就是说相亲的目的就是生孩子。天啊，前一秒你还完全不认识他，但是下一秒你就要为他生孩子，这简直比古代的盲婚哑嫁还要惨！”

林励泽诧异地看着我：“你这是什么逻辑？我怎么听着完全不对？”

“我这是浓缩版的逻辑，浓缩就是精华。”我越想越激动，“不行，国家是怎么制定政策的啊，怎么二十五岁就算晚婚了呢？二十五岁才能结婚比较符合逻辑啊！凭什么我现在刚二十五岁就是剩女了？害得郭女士天天琢磨着怎么把我嫁出去，大好的青春年少，怎么能这样全耗在孩子身上啊……”

林励泽哭笑不得，试图将我的思绪引导到正轨上来：“但若是你爱上一个人了呢？你也不愿意和他结婚，共同孕育一个孩子吗？”

我一愣，脸有点儿烫。

爱一个人？为什么我的脑海里会突然浮现出那个人的名字？

他并没有察觉到我的不对劲，只是笑着问道：“到底想吃什么？”

我往路旁一看，随手一指：“前面那家怎么样？”

“你倒是会指，随手这么一点就是一家法国餐厅。”林励泽笑着打方向盘，“既然如此，就那家吧。”

“我哪里指了法国餐厅？”我瞪圆了眼睛，“我指的分明是川菜馆。虽然法国大餐很诱人，但哪里比得上色香味俱全的中国菜？”

“好，那就吃川菜。”他停了车，“你先在这里等我一会儿，我先去停车。”

“好嘞。”

我跳下车，目送他的车子朝停车场的方向驶去，回过头无意识地朝周围打量了一眼，目光瞥到那家法国餐厅的旋转门时，不由得一愣。刚刚进去的那个人，那样挺拔的背影……太像许默山了。

没过多久，林励泽就拿着车钥匙走了过来。

我却鬼使神差地冲他一笑，说道：“我突然想吃法国大餐了，要不我们还是去法国餐厅吧。”

他一愣，眯了眯眼睛，坏笑道："刚才是谁说的法国大餐再诱人，哪里比得上……"

"是我是我是我！"我赶紧厚着脸皮承认，不轻不重地推了他一把，"林总监，我要饿死了，快点儿进去吧！"

"行了，走吧。"林励泽笑得很愉悦。

走进餐厅后，我不动声色地朝四周扫视了几眼，却没有发现许默山的身影，不由得有些失望，大概真的是我看错了吧。

"丁然，看什么呢？怎么愣住了？"林励泽喊了我一声，我傻笑一下，赶紧跟上他的脚步。

落座后，服务生把菜单放到我们桌上，我刚想抬头说"谢谢"，目光就瞟到了前方左侧坐着那个我心心念念却开不了口的人。他刚好背对着我，正在低头看文件，似乎在等什么人——原来刚刚所见并不是错觉。

我的心仿佛被灌进了重重的铅，揪扯着我的血管沉沉地下坠。

他在相亲，他一定又是在相亲。

林励泽伸出手掌在我面前晃了晃，再次把我拉回了现实，他又顺着我的视线看了一眼，"遇到熟人了？"

"没有，我有点儿后悔来这里了。"

"怎么了？"

"因为我根本不会点法国菜。"

他笑道："你到底哪来的这么多奇怪的理由？哪有因为不会点菜就不吃的道理？先看看开胃菜。"

"好啊，那你点吧，我就按照你的来一份。"

他的笑意更深了："还真是会偷懒。"

虽然我已经很努力地想要管住自己的视线，但目光还是忍不住偷偷往许默山那个方向投去。

林励泽点完菜没多久，我看到许默山的对面终于坐下了一名穿着紫色长裙的女士，两个人礼节性地握了握手，然后落座。

她抬起头来，我正好看到她的容颜，不禁一愣。她长得好像《甄嬛传》里的沈眉庄，浓眉大眼，卷发及肩，乍一看容貌并不惊艳，但是大方优雅的气质浑然天成，微笑起来嘴角上扬，让人忍不住想多看一眼。

"……有什么打算，丁然？"

"啊？"我再次回过神来，"你刚才说了什么？"

林励泽皱眉问道："怎么今天心不在焉的？是不是身体不舒服？"

"没，没事，你刚刚说什么？"

"我问你国庆节有什么打算啊，有没有什么出行计划？"

我下意识地回答道："谁这么想不开，要在国庆节出行？没看见每年的新闻都在播报吗，到处都是人挤人，拍的照片全是集体照，又有什么意思？"

他笑着叹了一口气："这些道理全中国的人都明白，可是我们这些给人打工的，除了法定假期，还有什么时间出去玩？这么说你没有什么安排了？"

"好像还没有……"

"要不跟我一起去爬黄山？"

"黄山？我以前爬过……啊！"我突然想起了什么。

"怎么了？"

我呵呵笑道："我得去上海一趟。"

"去玩？"

"也算是吧，火车票都订好了。"

"好吧。"林励泽无所谓地耸了耸肩，"看样子我得自己一个人出行了。"

我眨了眨眼，说道：“小心车子堵在高速上。”

“你这是在咒我吗？”

“怎么会？我这是善意的提醒。”

由于许默山的对面已经坐了人，我再这样肆无忌惮地注意他们，难免会被那美女发现，于是我收回了目光，专心致志地和林励泽吃了一顿饭。等我们用完餐结账的时候，我才发现许默山那一桌已经空了。

我看着那空空的桌子，心里竟然也是空荡荡的。

# Part 05 签售会偶遇

◎“反正我等着也是等着，不如我来做你的助手？”

去年我写的新书《情歌思源》在全国上市了，借着国庆节的风头，出版公司和上海的某家大型书店要联合举办一系列的签售活动，邀请了很多畅销小说作家，而我居然也有幸在队伍的末端。在10月6日，携带我的新书，有一场小型签售会。

这是我第一次被邀请去参加图书签售会，难免有些紧张。由于郭女士并不知道我在网络上写小说，甚至还略有小成地出版过几本书，我便对郭女士说国庆要去上海探望大学同学，顺便玩一下。

郭女士的不满全写在了脸上，双手叉腰数落我："你不是早就去上海玩过了吗，怎么又要去？我还琢磨着国庆的时候有一场相亲会，让你去参加呢！据说很多都是精英，还有不少是'海龟'，不行，你给我取消了去相亲！"

我大感头痛："怎么又要相亲？这回打死我都不去了！"

说实话，杨悦的事还真给我心头留下了一层阴影。

"你要是有着落了，我用得着这么逼你吗？你以为我乐意，还不都是为了你？真是皇帝不急太监急！上回那个小许他妈让你大姨送来演唱会门票，我还以为你们两个有戏呢，结果到头来又是空欢喜一场！"

在餐厅撞见的那一幕就像是扎进心底的一根刺，我故意的漠视却被郭女士的话打破了。

三天前霍小西支支吾吾让我去看《S城周刊》，我才知道原来许氏地产竟然准备和某银行的千金联姻了。我和许默山之间拥有的可能只是一场相遇相识的缘分。

郭女士凶狠地瞪了我一眼："不行！我都给你报好名了，这次的相亲会，你不去也得去！我都跟你爸说好了，这五个月我干吗不跟你爸去西安而在这里守着你？就是要把你的终身大事定下来！”

反抗无效，我只好举白旗投降：“行了，我去还不成吗？”

郭女士终于如释重负。

然而，有一句话叫“明修栈道，暗度陈仓”，还有一句话叫“先斩后奏”。在郭女士风风火火地准备让我去参加相亲会的时候，我在9月30号的晚上下了班，直接坐上了去上海的火车。开玩笑，要真去参加那相亲会，我就是傻子！

“丁然，你个死丫头，等你回来，看我不收拾你一顿！家法伺候！”接到郭女士的电话时，我已经坐上了去上海的火车。这年头的单身女人真是不好混，除了相亲之外似乎已经没有别的行程了。

出行的时候，我喜欢住国际青年旅店，每一间青年旅店都有自己独特的风格，再加上价格相对低廉，深受背包客和学生的喜爱。虽然多人间的安全性差一点儿，但是可以认识从不同城市过来出游的同道中人，围在一起天南地北地聊着，有时候他们的经历还可以给我一些写作的灵感。

我入住的这家旅店离外滩不到一百米，边上就是南京路，也算是处于上海的市中心，倒是十分方便。让人眼前一亮的是，旅店的房间走廊都布置成了船舱的模样，屋内床位错落有致，置身其中就好像摇身一变成了大力水手。

屋子里入住的其他三个女生都是赶着黄金周从周边的城市出来游玩的大学生，叽叽喳喳很快就聊成了一片。有个从泰安来的高个子女生精力充沛地跟我们分享自己在全国各大旅游城市当沙发客的经历。

“我当时去烟台的时候，是住在一位外教老太太的家里。其实她也刚来中国没多久，还特地发短信问我有没有带毯子，我回复我没有带，她说没有关系，现在去超市买。我当时真的特别感动，而且我到的时候还在下雨，又遇到了堵车，她一直在一座雕塑下面等我……”

“还有一次是在天津，主人家里有一间空房，就直接给我住了，我拉开窗帘，看到的就是天津最美的夜景……”

“哇——”旁边的几个女生发出赞叹声。

我对现在背包客的胆大心细不由得感到艳羡，脑海中也慢慢浮现出一个喜欢大江南北旅游的背包客女孩的形象，忍不住问道：“那做沙发客住别人家里，安全又如何保证？”

她很有经验地告诉我：“我用的是Couchsurfing，是美国人创办的网站，中国现在也有了相关的论坛网站专门提供沙发，可是总感觉里面鱼龙混杂，特别混乱。而Couchsurfing是个全英文网站，在中国的普及率还不高，其实一般会用这个网站的中国人素质都不会太差。而且有个很好的地方，就是它有点儿像淘宝，之前有人入住过后可以写评价。我尽量找之前有过好评价的地方，这样会比较安全。当然，最重要的还是随机应变，一旦发现什么不对劲，就赶紧跑，还要注意不要打草惊蛇。”

我点点头表示理解：“那这回你怎么不当沙发客了？”

她笑了笑，无奈地说道：“没办法啊，决定得太晚了，我已经发出了二十多封email，可是回复我的人要么自己也要出门，要么已经接待了客人，我只好忍痛住旅店了，居然还涨价……”

我们都笑了。

我决定回头一定要好好研究一下沙发客的经历，说不定可以写一个故事。

两天后，编辑麦粒打电话来跟我确定签售会行程，我基本没有什么意见，只是问道：“我还需要做什么准备？”

麦粒在电话那头笑了：“嗯，一般作者都会盛装出席，毕竟大家都不想让读者失望嘛。到时候你只要打扮得美美的抵达书店就OK了，剩下的都交给我们。不过提问环节，读者可能会问一些尴尬的问题，你稍微准备一下就好。”

“好的，我知道了。”

我想了想，在接下来的几天里去了一趟理发店，又逛了逛商场。我不敢轻易尝试新发型，只是稍微修剪了长发，做了一个护理。而服装则是选定了一条黑色长裙，又搭了一件白色西服，简洁干练。

出发之前，我化了个淡妆，对着镜子照了一番，还比较满意，于是打车去了书城。

新书的海报让我有些发窘——“美女作家丁然签售会，10月6日谱写最美情歌”。

然后是我一张被放大的照片。

美女作家？美女作家！

书城里已经聚集了不少人，我看到很多人手里都捧着《情歌思源》，成就感油然而生。

一个作家最快乐的事情莫过于有读者喜欢自己的书。

“丁然！”一位戴着鸭舌帽的女孩眼睛发亮，朝我遥遥招手，“我是麦粒啊！”

我眼睛一亮，朝她走了过去。

虽然我和麦粒已经合作过两年，可这是我第一次见到她的庐山真面目。平日里除了网上的交流，便是她在电话那端像个高利贷主一样逼我：“丁然，你快点儿交稿！”

她的修改意见经常老道而一针见血，今日见了才知道她竟然是这样娇小的年轻姑娘。

“来啦，来来来，我给你介绍。”她将我拉到了一位三十出头的男人面前，“这是书城的王经理，待会儿由他当主持人。王经理，这位就是我们的美女作家丁然了。”

我和他简单地寒暄了一番，麦粒又笑着给我介绍：“看到那张桌子了吗？待会儿你就坐在那里，看今天的情况，我估计等会儿来的人不会很少。等一下我会在旁边帮你翻书。丁然，你可要做好心理准备，说不定到时候手会酸得连字都不会写了。”

我笑道：“那就麻烦你到时候给我捏捏了。”

我本来只是开个玩笑，麦粒却哈哈一笑打了个响指，说道：“包在我身上！”

陆陆续续到来的书迷越来越多，书城越来越热闹，我也越来越紧张，手心出了细汗，签售会总算正式开始了。

“现在有请我们的美女作家——丁然！”

我深吸一口气，缓缓地走上前，拿着麦克风，微笑道：“大家好，我是丁然，很高兴与大家见面。”

底下是一片欢呼声和掌声，看到书迷们高举着手机的模样，我更加紧张了。原来受到万众瞩目的感觉是这样的，我还真不习惯。

“今天到场的书迷有很多，非常感谢大家的到来。今天是丁然的第一次签售会，大家开不开心？”王经理似乎非常擅长调动现场的气氛。

“开心！”

我笑道：“谢谢，谢谢大家！”

他继续说道：“为了节约我们宝贵的时间，我也不多说废话。今天机会难得，我们第一次和丁然面对面接触，大家心里一定有很多八卦想问对不对？想不想和丁然面对面交流？”

“想——”又是异口同声的声音，让我想起那天演唱会的情形，当然此时此刻并没有演唱会时那般疯狂。

“那好，现在我给大家十秒钟的时间，待会儿大家就提三个问题好不好？只有三个问题哦，大家把握机会。”

十秒钟之后，一个胖胖的女生高高地举起了手：“丁大，我想问一下，你长得这么漂亮，有没有男朋友？”

没想到第一个问题就如此劲爆，书迷中间哄笑一片。

我镇定下来，对着麦克风微笑道：“首先谢谢你的夸奖，今天有很多人夸我漂亮，我受宠若惊，也许是这几天我的减肥取得了一定的效果。至于男朋友，我只能说，我相信他一定会在不经意间出现在我的生命里……嗯，也许现在时机还不够成熟，所以他还没有出现。”

“哇——”

我说完，示意主持人，他的眼里似乎闪过一丝诧异，随即又笑道：“好，下一个问题。”

又有个小女生拿到了麦克风：“丁大，你的下一部小说有什么打算？”

我想了想，回答道：“我这几天住在青年旅店，听说了一个很有意思的经历，产生了一个想法。不过，这也只是一个想法罢了，还没有具体构思。如果有可能，我会尝试着写一写。其实每一个写书的人都知道，脑子里的想法有很多，却不是每一个想法都可以写成书的。不过，我会努力，只要还有一个人喜欢看我写的小说，我就会坚持写下去。”

“好，现在最后一个问题。”

一个女生对着话筒大声地问道：“丁大，你爱我们吗？”

全场哄堂大笑。

我也忍不住跟着笑了：“爱，非常爱。真的非常感谢大家今天来签售会，我真的没有想到会有这么多人。我会很努力地签名，不辜负大家的期望。”

主持人及时圆场：“好，谢谢我们的丁大，也谢谢在场的书迷。为了今天签售会的顺利进行，请大家有秩序地排队好吗？谢谢大家的配合，那么我们的签售活动正式开始。”

我总算松了一口气。

一本又一本的书递过来，我拿着黑色的签字笔一一签名，微笑地应读者的要求写上祝福，偶尔会有几个读者要求合影，我也积极配合。签名的环节有点儿像流水线，麦粒在一旁翻书，把书递过来。

而有的读者是自己带了书过来的，就会打开扉页让我签名。

一开始我还很有激情，可是半个小时之后，我开始笑容僵硬，头晕眼花，右手发麻，看着“丁然”两个字，只觉得好像是两个错别字。

我放松了一下肩膀，抬起头朝人群看了一眼，惊讶地发现，现在的队伍居然比刚才又长了许多。门外的队伍都排成了S形，还有许多年轻的女孩子在书店门口张望，好多人都围在一起窃窃私语，好像有点儿骚动。我只当是国庆人多，更加不敢耽误，埋头继续签名。

又不知过了多久，我打开桌上的矿泉水喝了一口。其实我并不渴，只是想借机放松一下手臂。这时，身边翻书的人笑着开口：“要不要帮你捏捏手？”

我下意识地点头：“好啊。”

半天没有等到动静，我看到队伍中的人还是不断地往前面张望着，而关注的对象似乎不是我。我这才后知后觉地意识到，刚才不是麦粒的声音！

我转过头，好巧不巧地看到那人有些犹豫地看着自己的手掌。我吓了一大跳，“噌”地从座位上站了起来，差点儿把椅子打翻。

“你，你怎么会在这里？”

那人见我终于发现他的存在，从容地微笑道：“你怎么一副见了鬼似的表情？”

这份自信、这份惊艳、这份意外，就和当初演唱会他突然出现在我的视线中一模一样。

我还是那个问题：“你怎么会在这里？”

他思考了一会儿，缓缓地说道：“嗯，我刚才路过书城，看到这里很热闹，多看了一眼，看到了窗上贴着的海报，看到了你，便走了进来。”他顿了顿，回头瞥了一眼身后笑靥如花的麦粒，继续冲我微笑，带着三分调侃，“不知道这个算不算‘不经意地出现’？”

我的脸颊一烫：“你……”

旁边排队的读者的声音飘进我的耳中：“哇，这是表白吗？我是见到真的表白了吗？”

“天啊，真的好帅啊！”

“不是说没有男朋友吗？”

眼前的许默山居然是活生生的，他一身白色的衬衫，袖口微微卷起，极为简单的打扮，却将他风度翩翩的气质衬托出来。突然出现在我面前的他，就好像是从电影里走出的男明星，完美得近乎不真实。

耳边响起一阵阵议论声，眼看着场面越来越热闹，我急了：“你能不能……能不能……”

我语无伦次，想了半天也不知道该说什么。

他失笑，目光十分温柔：“我在一旁等你？”

我一口答应了：“好。”

他点了点头，刚转身，脚步一顿，看了一眼手边的一摞新书，扫了一眼已经被他弄得躁动不安的队伍，冲我一笑：“反正我等着也是等着，不如我来做你的助手？”

说着，他又看了一眼身后的麦粒，似乎在征询意见。

麦粒两眼发光，拼命点头。

“可是……”

“没什么可是的。”她当机立断，大步冲过来把签字笔重新塞到了我的手上，“然然，读者们还等着签字呢，别耽误时间了。我先休息一会儿，待会儿和许先生轮班，不会虐待志愿者的。”

我又扫了一眼人群，无奈之下只好坐了下来继续签字，心里却是越来越混乱。身边的人每递过一本书，我眼角的余光就能扫到那双手，而那修长的手指、那块精致的男士手表，一次次地撩动着我的心弦。

没想到会这样成功，书城的货存几乎售罄。麦粒和王经理的喜色溢于言表，邀请我一起吃晚餐。我看着不远处正和几个女孩交谈的许默山，皱了皱眉头，委婉地拒绝了邀请。

麦粒也没有多说什么，只是把我拉到一边，说道：“丁然，今天可要好好谢谢你的男朋友！”

我严肃地纠正道：“他不是我的男朋友。”

“哎呀，那不重要。你没看见，很多女孩手里其实有一本书的，可是到了这里又买了一本，你知道为什么吗？”

我一惊：“不是吧？又买一本？”

“对啊，就是因为那本书是许先生递过来的。”她的眼睛里冒出了粉红色的泡泡，“这果然是个看脸的时代啊！”

我回头看了一眼许默山，只见他的目光刚好朝我扫过来，冲我微微一笑。

我赶紧移开目光，质问麦粒：“你怎么认识他？”

“我不认识他啊。”

她说得理所当然，让我更加不解：“那你怎么会让他顶替你？”

麦粒笑了笑，故作神秘地说道：“因为他对我说了一句话。”

“什么话？”

“他说——”她的声音拖得长长的，盯着我的眼睛，笑得有几分诡异，“他叫许默山。”

我倒抽一口凉气，胸口仿佛被一块巨石砸中，两耳轰鸣。

“许默山”是我第一本小说的男主角的名字，麦粒是我的编辑，当然最清楚不过。

10月的上海依旧是炎炎燥热，但是夜晚的黄浦江畔微风徐徐，湿润的风扑面而来，竟是难得的凉爽。左岸是异域风情的街道，上海曾经受异域文化所影响遗留下来的建筑物洋气而厚重。黄浦江的对岸便是那赫赫有名的陆家嘴，灯火璀璨，东方明珠和环球金融中心果然是一道让人无法忽视的景色。

华灯初上，外滩街上散步的行人不少，也许是抓住国庆节的尾巴尽情游览。迎面走来的有很多拿着相机拍摄夜景的游客、外国人，似乎只有把自己埋藏在人群中，才会发现自己其实这样渺小。

和签售会的工作人员告别后，我和许默山径直来到了这里散步，并肩走在路上，气氛沉寂得可怕。

我不开口，他也没有打破这沉默。既然他不说话，我就更不知道该说什么，只好漫无目的地走着，装作被周围风景吸引的模样。而等我驻足的时候，却发现身旁的人不知何时不见了。

我回头，几步开外，许默山笔直地站在原地，似乎有些愣怔，目光复杂地看着我。不知道是不是路灯的渲染，我第一次发现他的眼睛是这样黝黑深邃，如同浩瀚宇宙里的黑洞，有种神秘的力量吸引着我，忍不住想要靠近一些，再靠近一些。

我和他就这样隔着几步遥遥对望，引得路人频频侧目，我却愣愣地看着他，不知道他到底是什么意思。

良久，他波澜不惊地问道：“丁然，今天我突然出现，你是不是不太高兴？”

“没有。”我摇摇头，“我没有不高兴。”

“你有。”他说道，侵略性地靠近了一步。

“我没有。”

“你明明不开心。”他又靠近了一步。

我开始后退：“我明明很开心。”

他笑了笑，剑眉一挑：“哦，原来你很开心。”

我顿时气结：“许先生，玩这样的文字游戏很有趣吗？”

“我只是想让你放松一下。”他轻轻地叹了一口气，“我不知道为什么，好像每一次你见到我，都会变得很拘束。难道我有这么可怕吗？”

我心里不是滋味，但还是努力让自己笑得没有破绽：“不是这样的。只是……很久没有见到你，不知道该说些什么。”

他似乎有些动容，动了动嘴唇，我抢在他前面开口，笑道：“不过……听说你要订婚了，恭喜啊，到时候可别忘了给杯喜酒喝。”

许默山的眉头皱得更紧，目光飘过来，语气很淡：“我要订婚了？我怎么不知道？”

“啊？”我愣了一下，“不是都见报了吗？”

他仔细地盯了我半晌，忽然轻轻地笑出了声。他笑起来的时候眼角一弯，生出几丝细纹，有种别样的亲切感。我不自在地别开脸，却听到了他温柔的声音：“这种捕风捉影的新闻，几时又能信了？”

“不能信吗？”

我只知道，霍小西刚开始工作那一年，天天跟我抱怨自己被束缚了，因为很多东西不能写。

“不能尽信。”许默山的声音不急不缓地传入我的耳中，“那天和我一起吃饭的那个人叫顾夏笙。她是我朋友的妹妹，三年前去了瑞士，直到上个月才回来，我们一起吃了一顿饭。许氏和顾丰银行一向有合作，我和她又年纪相当，媒体难免会打擦边球，暗示我和她会联姻。”

我诧异地看着他，他唇角的笑意更深，目不转睛地注视着我：“如果你是在为这个别扭，我可以解释。”

我依旧愣愣的，缓了好久才明白：原来那天在法国餐厅，我看见了他……其实他也看见了我。

他目光微闪，说道：“如果你还在相亲，不如……”

“不好意思，请问能帮我们拍张照吗？”许默山的话被打断，原来是两个背着双肩包、梳着马尾辫的女孩举着相机在许默山面前停下。

他侧头望了我一眼，温和地笑着点了点头：“可以。不过夜色很暗，估计照出来的效果不会好。”

其中一个女孩兴奋地摆摆手：“没事，就在这路灯下照吧。”

两个人的身后正好是东方明珠，她们露出了灿烂的笑容，摆出了剪刀手。

“咔嚓咔嚓——”她们换了好几次姿势，许默山很利落地照了几张。

“你们看看吧。”他将相机递过去，“如果照得不好，我可以再帮你们照几张。”

“谢谢！”女孩笑了，对着相机摆弄了一番，露出了甜甜的笑容，“照得很好，谢谢！”

“不客气。”

“那个……”女孩的眼睛亮了亮，有些不好意思地朝自己的同伴看了一眼，得到了眼神的鼓励，鼓起勇气又望向许默山，“我觉得你长得很帅，能和你合张影吗？”

许默山再次怔了怔。我被逗笑了，现在的小姑娘竟然都如此奔放，难道80后是要被时代淘汰的人了吗？

这时，许默山含笑瞥了我一眼，目光意味深长，带着几分调笑：“这个嘛，你最好经过我女朋友的同意。”

“啊？”

“啊！”和我的质疑声同时响起的是女孩的惊叹声，并且迅速把我的那声“啊”盖住了。

她好像这个时候才见到一边的我，脸一红，后退几步，甚至还夸张地鞠了一躬：“对不起，对不起，打扰你们了！”

说完，她拉着同伴的手一溜烟地跑远了。

我有些郁闷，转过头问许默山：“我长得有这么凶神恶煞吗？”明明今天很多人夸我是美女作家来着……

许默山闷笑了两声，忽然朝我伸出手。我吓了一跳，本能地后退一大步。他的手就这样尴尬地停在了半空中，硬生生地握住了空气。

他诧异地看着我，我也惊诧地看着他：“你……”

他笑了笑，替我顺了顺耳边被风吹乱的发丝，声音低沉而轻柔：“没有，你今天很漂亮。”

他伸过来的是一只手，扔过来的却是一把火，我的整张脸瞬间熊熊燃烧起来，几乎要将我整个人吞噬。我唯一的念头是，上海的灯火竟是如此璀璨。

后面的记忆出现了一段空白，他将我送到旅店门口，我红着脸，有些仓促不安地和他告别：“那……那我先上去了。”

他温柔地说道：“嗯，我明天早上来接你。”

我一时没反应过来：“干什么？”

他浅笑道：“一起回家。”

我没出息地溜之大吉：“你……你小心开车！”

住了好几天的旅店里只躺了一名室友，是和我一起住了好几天的湖北姑娘。她见我进来，一下子就从床上跳了起来，冲我喊道：“丁然？你是不是写小说的那个丁然？”

今天有很多读者都见过我，我估计也藏不住，讪讪地点头：“是，是啊。”

“啊！”她利落地下了床，手舞足蹈地走过来打量我，“天啊，你居然是丁然！我还看过好几本你的小说呢，和你住了好几天我都没认出来。你今天在这里是不是有签售会？给我签个名吧！”

“你今天也去书城了？”

“没……”她兴奋地摇摇头，“我是看了图才觉得是你的，你看，贴吧上晒图了！”

我看了她的手机才想起来，去年有粉丝专门为我创建了一个贴吧，时不时会出现一些好玩的帖子，比如《猜猜这是丁然笔下谁说过的话》《丁然的小说你最喜欢哪一本》等等，我有时候心血来潮也会去看看。而此时此刻让我震惊的是，如今贴吧里被置顶的帖子的赫然是《爆料！签售会惊现丁然男朋友，帅到没朋友》。不过是今天下午发的帖子，现在竟然已经盖到了两百多楼。

帖子的第一页赫然是穿着白色西装外套的我埋头签名，而一身休闲白衬衣的许默山站在我身边，微笑着为我翻书的模样。我痴痴地看着这张照片，原来我和他站在一起的画面竟然是这样的。

回帖有很多，我粗略地浏览了一下，楼主把故事讲得天马行空，什么“丁然公然对粉丝隐瞒男朋友身份，男朋友只好现身为自己正名”“男朋友温柔似水，一直含情脉脉地注视着丁然，现场粉丝纷纷动容”“楼主忍不住色心大动，狠心掏钱买了一本男朋友摸过的书”……

奥利奥：“人肉！求楼主人肉男朋友！”

风中大雾：“此贴必火！”

第二套广播体操：“为了支持男朋友，我也要路人转粉！”

宁采花：“所谓人生赢家，就是有钱、有颜、有闲、有帅哥男友！”

……

我差点儿笑喷，又有点儿哭笑不得地把手机还给了湖北姑娘。她眼巴巴地看着我，问道：“我能跟你合个影吗？”

我没有拒绝，只是苦笑道：“你不要晒到网上去，好吗？”

她想了想，说道：“好吧。”

我用自己的小号登陆了贴吧，在底下回帖：“知情人士爆料，丁大和此人只是朋友关系。”

很快就有人回复：“知情人士爆料，丁大和此人必有‘奸情’！”

奥利奥：“男女之间从来没有纯粹的朋友关系。详情请参考《情歌思源》第一百零六页第七行。”

我默默地望着天花板，居然有一天被自己写的东西堵了嘴。

后来陆陆续续又住进了几个女孩，听说我是作家，又拉着我聊了好久，一直到凌晨两点才沉沉地睡去。

第二天早上，我是被郭女士的咆哮声吵醒的：“丁然，你个死丫头，你是不是死在上海了？离家出走这么多天，居然连个电话都没有！你今天要是再不回来，看我不扒了你一层皮！”

郭女士的声音比世界上的任何一款闹钟都要有效，三秒钟杀死睡眠细胞不留痕，一句话就把我震得从被窝里坐了起来：“马上回！今天就回！”

“哼！这还差不多！对了，上回你大姨从上海带来的鸭脖挺好吃的，带点儿回来。”

我无语了：“鸭脖哪里都有卖，还大老远从上海带回去？”

“你个死丫头！放个国庆假，就知道自己一个人出去逍遥快活，让你带点儿东西回来，你还推三阻四，枉费我含辛茹苦把你拉扯这么大，真是白养你了！”

太阳穴又开始隐隐作痛，我只好有气无力地答应道：“知道了，我会买回去的，好了吧？大姨到底是在哪家店买的鸭脖，让你这么念念不忘？”

“嘿，我还真问过！”她兴奋地报了一个地名。

我还真听说过那个地方，可是……

我不淡定了，一边掀被子一边抱怨道：“你知道那里有多远吗？上海这么大，从我这里过去坐地铁估计都要一个多小时，还要找那家店铺，11点我还要坐火车回去呢，现在……啊！”

我看到墙上的挂钟，竟然已经九点二十五分了！

我和许默山约了几点？九点？

“怎么了？见鬼了啊？”

我摇身一变，变成机关枪：“妈，我现在有急事，不跟您聊了，回去再跟您说，鸭脖会给您带回去的，我先挂了啊！”

“喂，丁……”

我风风火火地开始穿衣、洗漱，对着镜子忍不住绝望了：天啊，我怎么又做了这种蠢事？

果然，等我退了房，拖着行李箱冲出旅店的时候，许默山的车子已经等在门外了。

我上了车， 拼命地跟他道歉，他却递给我一个袋子。

“小笼包？”

“刚才路过南翔馒头店买的。”他有些可惜地说道，“打包回来怕是失了味道。”

我惊异地看着他：“天啊，这不是要排很久的队吗？”

南翔馒头店可是上海城隍庙出名的小吃。

他只是微笑道：“趁热吃吧，慌慌张张地跑出来，应该还没吃早饭吧？”

我觉得自己说什么都是错，只好一个劲地跟他说“谢谢”，拿着小笼包，又有点儿不好意思在他面前大快朵颐。

他笑了笑：“你放心吃吧，我没有下毒。”

我恨不得在车底下挖个洞，搭他的顺风车回去绝对是个错误。

然而更错误的是，我还得厚着脸皮请他绕个道。他眼中闪过一丝讶异，倒也没有多说什么，一笑而过，把车子开了过去。

鉴于我不辱使命地将郭女士要的鸭脖带回来了，她总算勉强原谅了我“离家出走”的恶劣行为：“这件事就这么算了，下次……”

“再也不敢了！”我赶紧保证，只要不让我再去参加什么相亲会……

没想到我怕什么就来什么，只听她说道：“听他们说好像元旦还有一场相亲会，到时候你可得乖乖地去，要不然……哼，看我不打断你的腿！”

我在心里哀号，脱口而出道：“您要是真打断了我的腿，可就得养我一辈子了。”

“丁然！”郭女士再次爆发。

“老妈，放过我吧！”我果断撤离现场。

# Part 06 疑云初生

◎ 我这二十五年里得积攒了多少人品，才能碰到这样一个近乎完美的许默山啊。

国庆之后，开始恢复忙碌的上班生活。积压了一周的工作压在各人头顶，一整天办公室里都忙翻了。

设计平面广告，客户至上，所以我的电脑里的设计文件命名也是蔚为壮观：素材、初稿、修改稿01、修改稿02……定稿终极版、定稿终极版修改……

遇到特别挑剔的客户，命名就无穷无尽了。

目前我正好遇到一个特别挑剔的客户，已经不知道是第几次返回修稿了，鉴于催着明天交，我只好硬着头皮加班继续修改。

门口突然出现一阵骚动，几个同时留下来加班的、离门口近的同事“哇”地惊叫起来。就这个动静，不用看都知道是林励泽来了。

Linda第一个娇笑出声：“林总监，还没下班吗？您这是来陪我们加班吗？”她倒是忘了之前她还被林励泽气得牙痒痒。

我抬起头，恰好见到林励泽拎着一塑料袋的盒饭走进来，友好地笑道：“大家今天都辛苦了，加班餐归我请，顺便祝大家国庆假期结束愉快。”

“林总监，你这话说得不厚道啊。”李想表情夸张地哀号道，“哪有人喜欢假期结束的，我恨不得每周只上两天班！”

“当着财务总监的面你敢这样说？小心总监扣你工资。”Linda不知为何意味深长地瞥了我一眼，哼了哼，“想想，你这话也不对，如果只有上班才能见到想见的人，那假期就是煎熬，假期结束当然愉快了。”

林励泽笑道：“我随口说了一句话，你们怎么能分析出这么深奥的大道理来？你们到底吃不吃？”

“吃啊，怎么不吃？林总监的面子怎么能不给啊！”

几个人过去了，我没有动，Linda眼尖地注意到了：“丁姐，你怎么不吃？林总监可是把‘每个人’都算进去了。”

恰好林励泽的目光也扫了过来，我皱了皱眉头，说道：“我不饿，你们先吃吧。”我努力让自己的注意力集中在稿件上。

“哇，还有鸡腿！”李想迫不及待地咬了一口，含糊不清地说道，“林总监，你不愧是我的新男神！”

“得了吧。”王怡打趣道，“你到底有多少个男神啊？李敏镐、钟汉良也就算了，人家好歹也是大明星，连借你几块钱的楼下的小王都成了你男神。想想，你有点儿底线好不好！”

那边的几个同事都笑了，Linda的注意力也被转移过去。我刚松了一口气，林励泽却不知何时站在了我身后：“还在修改稿子？”

“是啊，客户明天就要，说是颜色不好，可我怎么都调不出更好的配色方案。”

“会不会是这里的颜色太暗？”林励泽弯下腰，手往我面前的电脑屏幕上一指，“这个地方紫色太暗，不如你朝紫红色的方向调整试试？”

我眼睛一亮，眼前一片豁然开朗，惊喜地说道：“好像有点儿道理，林励泽，你真是一语惊醒梦中人啊！”

他谦逊一笑：“我也不是专业的，不过是站在旁观者的角度罢了。”

旁边的李想立刻激动了，嘴里还嚼着米饭，大声地说道：“旁观者清啊！林总监，你火眼金睛，帮我也看看吧！我也愁呢！”

于是林励泽又被邀请到各处“指点江山”，找到了问题所在，我很快就修改好了稿件，果然整体效果好了很多。我满意地点了“保存”，将之命名为“定稿终极版”，伸了伸懒腰：“啊——终于好了。同志们，我也可以下班了！”

“真幸福啊！丁姐，把我也带走吧！”李想愁眉苦脸地嚷嚷道。

Linda阴阳怪气地哼了哼：“谁要把你带走啊，把林总监带走才对吧！”

我皱了皱眉头，最近Linda怎么处处针对我？十句话里面九句带刺。

林励泽却好像根本没有听到Linda话里的讥讽，还顺着竿子爬了下去，爽朗一笑：“原来你们这么不欢迎我。看样子我是真的得走了，大家继续加油。”说着，他大步往自己的办公室走去，“丁然，等我一下，我和你一起下班。”

我浑身一僵，一旁的李想夸张地捂住了自己的胸口，满脸痛苦地叫了一句：“Oh，no！林总监，你竟然抛弃了我们！”

大家都笑了起来。

许默山已经很挺拔了，没想到林励泽看上去好像比许默山还要高几公分，整整比我高了一个头。我在电梯里打趣他：“你的假期怎么样？黄山的人多不多？我在上海可是差点儿被挤成大肉饼。”

他笑道：“我本来打算3号出发，可是看了新闻，的确被吓坏了，只好推迟出行计划，所以是5号才去的黄山，避开了人流高峰。”

“哦，那还挺不错的。那前几天你都干吗了？”

“看你写的书。”

“不是吧，你还真看了？”

“怎么了？你写书不就是让别人看的吗？”

我紧张地说道：“话是这么说，可前提是那些读者都不认识我啊，认识的人去看我的书，很奇怪啊！你看了哪本？”

“嗯……”他意味深长地瞥了我一眼，“如果我没记错的话，应该是你出版的那几本都看了。而且，我在网上查了一下你的资料，发现你这次去上海居然是去参加签售会。”

“呃……”我讪笑一下，“那个……我不是故意不告诉你的……”

“行了，你不用这么紧张，没告诉就没告诉，我又不会把你怎么样。”

他见我这副没骨气的样子，挑眉一笑。

“其实我写小说这事连我妈都瞒着，让杨悦发现，我已经很不好意思了，现在连你都……唉……真是惭愧。”

“这又不是什么丢人的事。不过你竟然会写这样的书，我倒真觉得挺意外的。”刚好电梯抵达，他让我先行。

“你说我当初怎么就这么懒呢？真应该取个笔名的！”

“所以……”他被逗笑了，“你这是成名的优越感？”

“哈……”我的笑容猛地僵住了，因为前方五米开外，一身休闲装的许默山倚靠着车门，先是冲我微微一笑，又冲着林励泽颔首致意。

林励泽惊诧地说道：“是他？”

我一愣：“你认识？”

他的表情一下子变得僵硬：“他是来找你的？”

我脸一红，朝许默山看了一眼，说道：“应该……是吧。”

“你……”

林励泽刚想说什么，许默山已经走了过来：“这位是……”

我赶紧介绍道：“这位是我们公司的财务总监林励泽。林总监，这是许默山许先生，我的……我的朋友。”

“朋友？”林励泽的表情更加古怪了，就像吃了一剂黄连，目光停留在许默山的脸上，“许默山？”

我心里一颤，差点儿吓得心脏病突发。

林励泽说他看了我全部的小说！全部！

我脑子充血，刚想解释什么，许默山却已经从容地朝林励泽伸出手，露出一个完美的微笑：“林先生，经常听丁然提起你，幸会。”

林励泽半眯眼睛，不动声色地扫了我一眼，友善地和他握手：“我倒是第一次知道丁然还有许先生这样的朋友，幸会。”

许默山微笑道：“的确，从相亲到现在，我和丁然认识的时间并不算太久。”

“相亲？”林励泽的脸色一变，向我求证。

我不得不硬着头皮开口，不知道为什么，在林励泽面前会莫名的心虚：“是啊，我大姨给我介绍的相亲对象。”

“原来如此。”他微微眯眼，看着许默山，意有所指地说道，“之前倒是听丁然提起过，说总是被逼着相亲，又总遇不到好的，差点儿被逼疯。现在看来，丁然的话也不尽然。”

许默山只是含笑点点头：“不管怎样，能在相亲宴上结识，也算是一种缘分。”

“缘分这种东西的确妙不可言，就像两个月前我一定想不到，高中毕业若干年后，居然会成为昔日同窗的同事。”

“昔日同窗？”

我笑了笑，说道：“是啊，我们曾经是高中同学。”我头皮发麻，压根不敢去看林励泽的神色。

许默山笑了笑：“原来如此。”

“没有什么事情，我先告辞了。”和我们打招呼之后，林励泽径直往前走了两步，忽然动作一滞，回过头来。

我心里咯噔一下，看见林励泽微眯着眼睛，笑得很是诡异：“这车不错。”

我的心脏提到了嗓子眼，耳边却听到许默山谦和有礼的笑声：“谢谢，开了好几年。”

告别后，许默山带我去餐厅吃饭，我收到了林励泽的一条短信，顿时没有了食欲：“许默山？”

我看了一眼对面动作优雅的许默山，犹豫了很久，回复道：“同名同姓的巧合罢了。”

我战战兢兢地等待着他的短信，生怕他说出什么犀利的言辞，可是他再也没有回复。

我明知道这只是巧合，不知道为什么，一想起他那诡异的笑容，心里总有种不安。

这种不安还是让霍小西打擦边球打了过去，只是我当时不以为然。

周五晚上，霍小西约我出来逛街，言辞犀利地控诉我：“二丁，你到底还是不是我的伴娘？你算算已经多久没有陪我逛街了？有你这么没有存在感的伴娘吗？”

于是我跑来哈根达斯刷存在感。

明明英文原文只是一句类似于“爱屋及乌”的广告词，当被翻译成“爱她就带她去哈根达斯”后，居然成了哈根达斯最经典的广告词，吸引无数年轻人纷至沓来。

看着周围一对对甜甜蜜蜜、如胶似漆的情侣，我和霍小西两个“老女人”凑成一桌实在是大煞风景。而更要命的是，霍小西还点了一个色彩斑斓、如梦似幻的冰激凌火锅，我轻轻一叹：这颜色……实在是甜蜜得令人发指！

“哈哈。”听了我的抱怨，霍小西笑得花枝乱颤，“林励泽这么个大男人，居然跑去看你写的言情小说？”

我恨得牙痒痒，瞪了她一眼：“还不是你害的！”

她笑得更加欢快了：“我哪里知道背后还有这么一层关系？哈哈……你说这个世界怎么就这么小呢？”

我叹了一口气。

她对我挤了挤眼：“那他看了到底有什么想法？”

我愁绪万千，说道：“他见到了许默山，当时脸色都变了。我不敢多看他，更要命的是，他还夸许默山的车子不错。你不知道，当时我的魂差点儿吓出来了！”

霍小西说道：“这有什么好惊吓的？不过是巧合而已，最多不过是好几个巧合撞在一起。他觉得奇怪是正常的，回头和他解释一下不就行了？你这是……”她眯了眯眼睛，不怀好意地打量着我。

我下意识地往后靠：“你干吗？”

她狐疑地打量着我，那眼神好像灵异故事里的巫婆，连声音都带着几分莫测：“二丁啊，你该不会是……被当场捉奸的尴尬吧？”

我舀了一勺冰激凌塞进她的嘴里：“捉奸你个头！”

她冷不防被我偷袭，冻得直哈气：“喂，我都和你说了，抹茶味的不好吃，你还塞！”

“谁让你乱说话。”

“没心没肺！”她总算把那口冰激凌吞了下去，又看似漫不经心地问了一句，“那许默山呢？”

“什么许默山？”

“喂，你有没有搞错？”霍小西瞪圆了眼睛，“林励泽那家伙从杨悦那里听说你写小说，立马去拜读了，而许默山……他现在是在追你吧？他甚至还出现在你的签售会现场了吧？他会对你的小说不好奇？他要是看了你的小说，会对自己在很久以前就成为你小说男主角的事情不惊讶吗？”

我一愣，我还真没想过这一点。

“那有什么？有几个男人是喜欢看言情小说的？特别是许默山这样的……难道你家那个资本家会看？”

“怎么可能！我家阿景哪有时间看这种书……”她一顿，忽然捂着肚子笑了起来，“不过有一回我好像逼他看了一本总裁文，哈哈……你都不知道他当时脸上的表情，哈哈……”

“……”

我严重怀疑霍小西每次拖我出来逛街的唯一目的就是秀恩爱，以此来刺激我这脆弱的心灵。

这时，桌上的手机震动了一下，屏幕上出现了一条短信，我不禁傻笑起来。

“怎么了？笑得这么开心。”霍小西问道。

我嘿嘿笑着，一边回复短信一边说道：“许默山约我明天去钓鱼。”

“啧啧啧！”她神色悲痛地摇了摇头，“真是时代不同了。今天我约你出门，三个电话威逼利诱才把你从被窝里拖出来，可是人家许默山发一条短信，你就春心荡漾，灵魂出窍了……唉，真是物是人非事事休，往事不堪回首，只闻新人笑……”

我被她在诗词上的造诣弄得哭笑不得，又舀了一勺冰激凌：“得了吧，想想当年你家大冰山追你的时候吧，是谁天天在我面前念叨，什么闷骚的男人温柔起来才最要命！”

“哈哈……”她又乐了。

虽然已经接近11月，可是天气诡异地温暖燥热。

因为要去钓鱼，我不敢穿得太正式，只穿了一件牛仔衣，搭了一条白色的休闲裤出门，顺便戴了一顶鸭舌帽。

许默山开了一辆路虎，后备箱里似乎塞了不少东西。

我上了车，却见许默山今天也穿得极为休闲，牛仔裤搭配休闲衫，如果没有这财大气粗的路虎作为背景，倒像一个初出茅庐的大学生。

我在车上总是忍不住偷偷地打量他，看着他如刀削般的英俊侧脸，暗自庆幸：我这二十五年里得积攒了多少人品，才能碰到这样一个近乎完美的许默山啊。

近一个小时后，车子停了下来。这是一条静静流淌的河，河水并不浑浊，阳光正好，河面波光粼粼。河岸两边是垂杨柳，斜坡处绿草如茵，只有些许微微发黄。河边正在垂钓的人倒也不少，有头发花白的老人，也有几个一起出游的年轻人，三三两两，为这地方添了一点儿人气。难得从繁华的城市来到这样的地方，呼吸到新鲜的空气，心似乎都跟着沉静下来。

我深吸了两口气，有感而发："在S城住了这么多年，倒从来不知道还有这样的地方。"

许默山笑着把钓具取下来，说道："以前我也不知道，还是大学的时候参加了自行车协会，跟着车队到处转悠，才知道这近郊的风景。知道了这么个好地方，就忍不住常常来钓鱼，也算是放松心情。"

很少见他谈及过去，我不由得觉得好奇："那你都是自己一个人来钓鱼？"

他动作一滞，笑了笑："有时会一个人来。"

"那你可真会享受。"我笑着过去帮他，没想到他的工具竟然这样齐全：钓竿、饲料、小水桶、折叠椅、遮阳伞，看样子他在这方面的确很有经验，"想必欣赏你钓鱼会是一件很愉快的事情。"

"你不钓？"

我眨了眨眼，说道："我不会钓啊。"

"那有什么问题？我教你便是，我以前也教过……"他顿了顿，似乎连自己都在诧异。

"教过谁？"

"没什么。"他淡淡一笑，把其中一根看上去比较轻盈的钓竿递给了我，"你可以试试这根，专门为你准备的。"

我迫不及待地打开钓竿检查——虽然我对钓鱼这事一窍不通。

许默山找了很久，终于找了一个合理的位置放置折叠椅。

他说，若是某片水域中鱼的密度较大，空气中会夹带着较浓的鱼腥味，选择一个钓点直接关系到垂钓的效果。

钓鱼的学问远比我想象中要复杂得多，许默山一开始跟我讲了很多知识和诀窍，我都记不住，他便手把手地教我。

过近的距离，我闻到了他身上淡淡的古龙香水味，耳根再次烧起来。

我跳开了两步，为了掩饰自己的尴尬，扯着嘴角笑道："我一口也吃不成一个胖子，要不你也不用教我了，反正我也不在乎自己能钓几条。不如我自己一个人琢磨，你只管钓你自己的，我也只管钓我的。"

他有些诧异地看了我一眼，随即微笑起来："这样也好。"

我便坐在一边自己研究，等待的时间比我想象中的要长，阳光照耀在身上又是那般暖洋洋的，让人忍不住眯上眼睛……

迷迷糊糊中，我身边的人喊了一句："小秋，递个水桶。"

我一惊，犹如从梦中惊醒，诧异地转过头，声音有些刺耳："你刚才在叫谁？"

许默山似乎浑身一震，手上的力量骤失，"扑通"一声，原本上钩的鱼落入了水中，溅起了一大朵水花。

他有些发怔地转过头来看着我："我叫了谁？"

我很肯定地盯着他："你叫了'小秋'这个名字。"

"当真？"

"当真。"

他眼神一暗，陷入了沉默。

看着他这副模样，我的胸口好像被什么东西堵住，压得我喘不过气来。我偏过头看着波光粼粼的河水，不敢抬头看他。

良久，他微微叹息道："她是我的前女友。"

“你还喜欢她？”我脱口而出道。

“不，不是的。”他摇摇头，顺着我的视线望向了湖面，“只是想起了以前……以前为了开导她，常常带她出来钓鱼，刚才恍惚了一下，都快忘记其实小秋她……已经过世很久了。”

“过世？”我吃了一惊。

“我出国留学的那一年，她出车祸过世了。”

“那你……”我心里惊疑，好像无意中窥探了他心底的秘密，有些慌乱，不知道该说些什么。

“我出国之前，我们就已经分手了。我原以为她可以过得更好，没想到她却……”

“抱歉。”

秋风习习，送来他浅浅的叹息：“该说抱歉的应该是我，我不应该和你说这些。”

我笑着打圆场：“好了，我们谁也不要道歉了，我们出来不是钓鱼的吗？许先生，你刚才可是吓跑了一条鱼啊！”

“丁然。”他伸出手拉住了我的手，眼神格外认真。

我呆呆地看着他，感觉到他的手很温暖。

在阳光照耀下，他对我浅浅地笑着，眼神里传递着温柔：“我已经很久没有这样放松了，谢谢你陪在我身边，然然。”

一块石头不经意间落入河中，溅起了朵朵水花，涟漪一圈一圈地荡漾开来。

# Part 07 羽毛球赛

◎ 谈恋爱是个好事情，谈过恋爱你才能发现自己是个傻瓜；你不去谈恋爱，你就永远以为自由就是生活的全部。

网上说，谈恋爱是个好事情，谈过恋爱你才能发现自己是个傻瓜；你不去谈恋爱，就不知道原来你那么自大、狂妄、自恋、自我中心、玻璃心、自私、缺乏责任心、懒惰、没有照顾自己的能力和耐心、缺爱所以黏人、自作孽、不要脸；你不去谈恋爱，你就永远以为自由就是生活的全部。

我和霍小西都是单身的时候，我的周末是这样度过的：和霍小西一起去逛街、看电影，或者在咖啡厅坐上一下午，细数路过的美男子。后来霍小西有了傅景行，我一个人单身的时候，我的周末是这样度过的：在家抱着电脑看电影、敲着键盘写小说，偶尔被郭女士折磨着去参加几场痛彻心扉的相亲。虽然小日子单调，但我也没觉得有多不好，只要郭女士不时常念叨我的婚姻，还乐得自在，而现在……

郭女士见我一改宅女本质，天天乐滋滋地往外跑，终于忍不住将我堵住，问道："死丫头，你是不是偷偷找男朋友了？"

我冲她得意一笑："是啊，亲爱的老妈，您不用再帮我找相亲对象了。"

没想到她没有半点儿喜色，反而狐疑地打量我："对方什么来头？不要让别人骗了。"

"哎呀，我先卖个关子，反正你会满意的。"我冲她眨了眨眼，拿了钥匙就走，健步如飞如同练了凌波微步。

"喂，你这个死丫头！"

与许默山相处越久，我越发现他几乎无所不能，这点不止一次让我深深地感到挫败。

上次他带我去爬山，我身上明明只背了一个小包，却累得气喘吁吁，而他身上背了一个重重的登山包，却依旧气定神闲，还回过头来拉我。我咬了咬干涩的下唇，和他打商量：“要不这样吧，你的包看上去也挺沉的，我替你背包，你来背我怎么样？”

他讶然地抬起头，黝黑的眸子里笑意很浓：“好啊。”

说着，他把包取下来交到我手上，作势要蹲下来背我。

我提起他的背包一个踉跄，无语地说道：“我开玩笑的，你怎么当真了？”

他转过头愉悦地闷笑。

今天他约我去羽毛球馆打羽毛球，我特地扎了马尾辫，在外衣里面穿了一套宽松的运动服才出门。见到许默山的高大背影，看见他也穿了一件深蓝色的运动衫，手里握着两个球拍，远远看着，就像是球馆的教练。

我轻轻地走到他的身后，想拍一下他的肩膀吓吓他，没想到他像是背后也长了眼睛，恰好在我走过来的时候转过身，冲我微微一笑，说道：“你来了？”

我的手在半空中急刹车，我甩了甩手，冲他傻笑道：“今天怎么想到来打羽毛球了？”

许默山动作自然地把球拍递到我手里，说道：“一位朋友新开的球馆，前几天刚开张，就过来捧个场。”

我挥了挥拍子，说道：“我都好几年没有打羽毛球了，待会儿你一定要让我，你该不会让我一直捡球吧？”

他唇角一勾，说道：“怎么对自己的球技这么没有信心？”

我故作深沉地配合他：“我只是至今都没有发现你的罩门，与高手过招，丑话先说在前头是绝对没有错的。”

他低低地笑了，伸手帮我把耳边的碎发捋到耳朵后面，温柔地说道：“你好像总是有很多道理……”

“但你不能否认，我的道理都没错……”

“丁然，你竟然也在这里？”一个熟悉的声音从身后传来，我僵硬地回头，果然见到一身粉红色运动衫的Linda站在我身后，今天难得没有那么妖娆，只是目光探究地打量着我身边的许默山，故作亲密地迎了上来，“这位就是丁姐的男朋友吧？你好，我是Linda，是丁姐的同事。”

许默山谦和地说道：“你好，我是许默山，很高兴见到你。”

我看着Linda笑靥如花的模样，有种不好的预感：“你今天一个人来的？”

果然，Linda笑得更微妙了：“怎么会？是林总监请我来玩的，你瞧，他不是来了吗？”

她说着，朝我的身后挥了挥手。我僵硬地回过头，果然看到林励泽走了过来。

我暗暗叫苦。自从上次林励泽见了许默山，在公司明显对我疏离了很多，偶尔见了面也总是一副和我不熟的样子，与之前的行为大相径庭。我原本以为是因为许默山的关系，他有所误会，还想找个机会和他解释一番，没想到他却慢慢地和Linda熟稔起来，反衬得我自作多情。这些日子经常能在食堂看到他和Linda一起用餐，有说有笑的。Linda在公司一直与我不对盘，我也不是主动惹是生非的人，她对我的挑衅，只要没有触及我的底线，我也懒得理会。好不容易可以在周末放松，没想到还这样碰巧地遇见了他们两个约会，真是要命。

林励泽见到我们，眯了眯眼睛，像老熟人一般和我们打招呼：“丁然，许先生，原来你们也在这里，真巧。”

许默山颔首微笑：“林先生，又见面了，的确很巧。”

我也跟着打招呼：“林总监。”

林励泽却好像没有见到我，只是扫了一眼球馆，笑着建议道：“很久没有认真打过球，难得在这里遇见熟人，不如我们几个凑一起双打？”

Linda娇笑道："这可是个好主意，原本我想着和林总监一起玩，实力悬殊会不尽兴呢。"

许默山没有表态，只是伸出手摸了摸我的头发，征询我的意见："然然，你觉得呢？"

"啊？"我看到几双眼睛齐刷刷地看向我，于是脱口而出道，"呃，我没意见。"

"那就这么定了。"Linda粲然一笑，好像又想起了什么，撒娇似的对我说道："丁姐，待会儿可要让让我啊，我从小到大运动细胞都不太好。"

林励泽看似无意地笑着安慰她："放心吧，她的运动细胞只会比你更差。高中的时候，她的800米考试从来没有及格过。"

"你——"我气急了，这虽然是事实，可是被他这么一提，怎么就这么不舒服呢？

我刚想反驳几句，手却被一只温暖的手握住。许默山轻轻地冲我摇了摇头，然后笑着对那两人开口："看样子我是任重道远，到时候还望两位手下留情。"

于是，比赛开始了。

一开始我和许默山的配合并不好，林励泽的球总是打得诡异，朝中间的方向发过来，我凭着本能去接，没想到许默山也凭着本能来接球，两个球拍撞在一起反而输球。当然，林励泽和Linda的配合也没有好到哪里去。

但是输几个球之后，我就发现顺利多了，因为我发现凡是朝中间飞来的球，许默山总是让给我来接。他的球技比我好太多，可他知道我习惯去接球，就把球让给了我。虽然我未必能接到球，但至少不会出现两人撞在一起的尴尬画面。

每次输了球，我就觉得自己很对不起许默山，他却只是温柔地对我笑，表示没有关系。

我们的对手似乎也察觉到了这一点，不再故意把球往中间的方向打，似乎存心要耗费我的体力，大部分的球都冲着我来。当然，我也不是坐以待毙的人，就把球尽量往Linda的方向打。

很快，这种战术就起到了一种效果，那就是这场双打赛几乎成了Linda和我两个人的对战，两个男人似乎形成了一种默契，在放任这种现象的发生。在球场上，我也懒得顾虑太多，只管自顾自地打球。

林励泽的话其实没有错，我的运动神经从小就极弱，800米从来都是踩着点及格或者不及格。但我也不是所有的运动都不擅长，游泳和羽毛球就是我比较能拿得出手的两项运动。很快，Linda就被我打得没有体力了。

而这时候，林励泽终于开始插手，而许默山也不会放任林励泽来攻击我。

于是，场上的对战戏剧性地发生了转折。好好的一场双打赛，从我和Linda的单打，变成了许默山和林励泽的单打。

他们两个人的神情都很凝重，高手过招，招招致命。

我怔怔地看着球来来回回地跑，就是不肯落地。每每擦到了网就开始提心吊胆，许默山接到了球，我就把心放一放；林励泽接到了球，我的心又提了起来……

一场球赛竟然持续了一个多小时才结束，最后以我和许默山的获胜告终。

许默山和林励泽友好地握手，我听到许默山笑着夸赞道："林先生好球技。"

林励泽假惺惺地笑道："许先生才是好球技，我是自愧不如。"

Linda说道："林总监，这回你可是提供了错误情报，丁姐的羽毛球明明打得这样好，我可是被丁姐狠狠地虐了一顿啊！"

林励泽冲她一笑："是我的疏忽。毕竟已经过了这么久，我记错了也说不定。”

许默山微笑道：“Linda小姐的球技也非常不错，不用妄自菲薄。”

Linda笑得花枝乱颤：“许先生，你真是高明。你夸我的球技好，却是在拐着弯夸奖丁姐的球技更好。丁姐能找到你这样体贴的男朋友，真是福气。”

许默山侧过身笑着看了我一眼，随口说道：“能遇到丁然，是我的福气。”

我的脸“噌”地红了。他怎么能当着别人的面这样说？

我侧过头不去看他，却蓦地看到林励泽复杂幽深的眼神，他的脸色阴沉得吓人。

就算是输了球，他也不用这样摆臭脸吧？

许默山提议道：“楼下有一家咖啡厅，不如我请各位一起去喝点儿东西？”

“不了，待会儿我和Linda还约了一起去看电影，就不打扰两位了。”林励泽这会儿倒是恢复了正常，就好像刚才是我的错觉。

听到他的拒绝，我总算松了一口气。不知道为什么，每次林励泽和许默山撞在一起，我就觉得自己浑身的细胞都在紧张，一句话都不敢说，只怕越说越错。

林励泽和Linda先行告辞，我们去储物间收拾东西。我还在思考这个问题，忽然脖子上一片冰凉，原来是许默山将一块毛巾搭在了我的脖子上。

他温柔地替我擦了擦脸颊，调侃地笑道：“满头是汗，不过是一场球赛，打得这么拼命做什么？”

我被逗笑了，瞪了他一眼：“你还说我？你自己呢？还不是打得那么拼？我都看到战火熊熊燃烧的特效了！”

他扑哧一笑：“我倒是想从头到尾保持优雅的风度，只是对手强劲，不得不尽力迎敌。”

“哈哈……原来你也有遇到对手的一天，我一直以为你是无所不能的。”

他一怔，神色有些复杂，欲言又止地叹了一口气：“你怎么会认为我无所不能？没有人无所不能的，然然，我不是小说里完美的人物，我只是一个普通人。”

“我知道呀。”我嘻嘻笑道，“我只是在表达我对男朋友许先生的敬仰之情，如同滔滔江水奔腾不止……”

他笑了笑，突然问道：“什么声音？”

“是手机在震动。”我说道，“是你的手机吗？我的手机是有铃声的。”

许默山点点头，找到了自己的手机，扫了一眼屏幕，脸色蓦地一变，连带着声音都冷了下来：“然然，我先出去接个电话。”

“哦，你去吧。”

我等了一会儿，见他还没回来，就抱着两人的随身物品走了出来，没想到在门口再次见到林励泽。

我看到他的背影，下意识地准备退回去，他却背对着我，有些不耐烦地开了口：“你躲什么？我有这么吓人吗？”

我只好讪笑着转过身，说道：“林总监，我不是躲着你，只是想起我好像忘带东西了，回去拿而已……”

拙劣的借口原本只是给自己一个台阶下，没想到林励泽一点儿也不给面子：“哦，那你先去拿吧，我在这里等你。”

我说道：“不用，你有什么话就说吧。对了，Linda呢？”

林励泽转过身，两只手搭在了我的肩膀上，强迫我直视他。

我抬起头，在他的瞳孔里看到了自己茫然的脸，而他的脸却黑成了包青天，活像我欠了他五百万没有归还：“丁然，我问你，你当真看上了许默山？”

我有点儿措手不及，结结巴巴地说道：“你……你不是都看到了吗？”

“我要你亲口回答。”

“我自然是喜……喜欢他的。”

“喜欢？”他敏锐地捕捉到了关键词，眼睛竟然诡异地发亮，“只是喜欢？”

我非常不喜欢他的问题，但还是硬着头皮回答道：“对我来说，喜欢就是爱。”

他的脸色蓦地一沉，压在我肩膀上的力量忽然加重：“当真？”

我被压迫得差点儿双腿一软，我从没见过这样阴沉的林励泽，既慌乱又不安，脾气颇为暴躁地推开他：“自然是真的，你问这些干吗？”

他深深地看着我，自嘲一笑：“我明白了。”然后头也不回大步地离去。

“莫名其妙！”

“呵……”身边忽然传来了另一个男人的笑声。

我转过头，却发现一个陌生的青年男子双手抱在胸前，倚在几步开外的墙边笑得很愉快，看样子他听到了我们的谈话。他长得倒也眉清目秀，只是这笑声实在是欠揍。

我确定周围没有其他人，就问他：“你笑什么？”

他诧异地看着我：“我只是看了一场很有意思的球赛，就忍不住笑了笑，难道不可以？”

“当然可以。”我眯了眯眼睛，凑上去搭话，“只是我的同伴现在不知道跑到哪里去打电话了，我又有些无聊，不知道你可不可以和我分享一下那场‘有意思’的球赛？”

他保持那个姿势不变，低头想了想，抬起头来：“其实告诉你也不是不可以，不过你得先回答我一个问题。”

我有些警惕地问道：“什么问题？”

“嗯……我大学的时候有个哥们儿，他是个人才，不但长得人模狗样，学习成绩好得一塌糊涂，运动神经又发达得逆天，闲暇之余顺便还可以当个学生会主席玩一玩……你们女生是不是都喜欢这样的男生？”

居然问这个！

我心里一惊，又被他的形容逗乐，笑着答道：“大概这样的男生是比较讨喜吧。”

“难怪，我说追他的人总是比我多！”他有些懊恼，但随即又神秘地笑了起来，“追他的女孩子的确很多，他却是‘万花丛中过，片叶不沾身’，一个女朋友都没谈过，一直到了大三才找了一个女朋友，偏偏还是个有心脏病的。”

“呃？”

“是啊。”他叹了一口气，“原本我们兄弟几个在一起玩挺好的，带着女朋友一起玩的时候，打羽毛球、网球什么的还可以凑成双打的队伍。可他的女朋友有心脏病，可是个大问题……”

我想起了自己写的小说，点点头说道：“有心脏病的人不能剧烈运动……”

“你倒是聪明。”陌生男人笑了笑，“所以，他为了不刺激自己的女朋友，就放弃了各种剧烈的运动，天天围绕着女朋友转，我们都笑他‘气管炎’。”

我说道：“他那是心疼女朋友。”

“你这么说也行。”他叹了一口气，摇了摇头，一副颇为可惜的模样，“只是他这样宠女朋友，反而助长了他女朋友的气焰。反正我是从来没见过管得这样宽的女朋友。”

我隐约感觉好戏要上场，果然听他说道：“有一次，他代表学院参加男女混合双打羽毛球赛，他的女朋友也来观赛。原本打得好好的，眼看着就要赢了，这时候，说时迟那时快，他女朋友就像发了疯一样冲上了赛场，死活抱着他不肯让他继续比赛。”

我一惊：“她这是怎么了？”

“嫉妒。”他轻描淡写地说道。

“啊？”

“因为比赛的时候，他的同伴接球时差点儿没站稳，我那朋友本着人道主义精神扶了一把，没想到却激怒了他的女朋友。她冲了上来，也不管是什么场合，死活都要把自己的男朋友拽走。”

我瞠目结舌：“你开玩笑的吧？”

“你也觉得很神奇吧？”他意味深长地笑了笑，“我那朋友当年也是学校里的风云人物，这件事当年在我们学校可是轰动了好一阵子……那场比赛我们院队输得不明不白，我们暗自里还在猜测我那哥们儿的女朋友可能是对方敌营派来使美人计的间谍……”

“哈哈……”我忍不住笑出了声。

“这场球赛是不是很有意思？”他挑了挑眉，“刚才我在球场上无意中看到他和现任女朋友双打，自然而然地想起了当年的那场球赛。没想到时间过得竟然这样快……”

我愣了愣：“所以，你那朋友已经和当年的女朋友分手了？”

“可不是吗？那样的女朋友，有哪个男人受得了？”他摇了摇头，“不过分手之前，他对她也算是仁至义尽了。”

我听了心里不是滋味：“你们男人是不是都不喜欢逼得太紧的女朋友？”

“这还用……”他的眼睛忽然一亮，看着我身后，露出夸张的惊喜表情，“许默山，你怎么会在这里？”

我回过头，果然看到许默山回来了，只是他的神情非常不自然，握着手机的右手青筋毕露。

他似乎有些恍惚，听到有人叫他，有些错愕：“陈均，你……”

“真是好久不见了啊！”这个叫陈均的男子猛地勾上了许默山的肩膀，“你居然也在这里，人生真是何处不相逢啊！怎么样，要不要晚上去喝一杯？”

“你发什么疯？”许默山的脸色有点儿难看，“你们刚才在聊什么？”

陈均挤了挤眼，坏笑道：“原来你们两个认识？女朋友？不介绍一下？”

许默山没有理他，只是为我介绍道：“然然，这是陈均，是这家球馆的老板。”

“啊？”我一愣。

“你好。”陈均非常热情地过来握我的手，“我是陈均，平均的‘均’，你若是不介意，可以叫我一声陈大哥。小地方刚刚开业，以后多带朋友过来玩啊。”

我被他突如其来的热情惊到了，只得笑着点点头：“哦，好……”

许默山不动声色地把我从他的“魔爪”中解救出来，淡淡地对陈均说道：“走了，不用送。”

说完，他拉着我就走。

“就这样走了？”我回过头，发现陈均笑得十分欠揍，见我回头，还对我招手，“下回再来啊！我还有很多故事可以讲的！”

许默山脚步一顿，回过头来，神色紧张，皱着眉头问道：“他和你讲什么故事了？”

“他……”

他略显焦躁地打断了我的话：“不管他讲了什么故事，你都别信。他从来都喜欢胡说八道，讲故事是他一贯的搭讪方式。以后见到他，记得离远点儿。”

“啊？”

我没想到原本好好的一场羽毛球赛会以这样不愉快的方式收场。自从打完了那通电话，他就一直心不在焉。吃饭的时候，我试探着问他：“是不是……发生了什么事？”

他却敷衍地一笑：“没什么，你不用担心。”

说是不用担心，可他眉宇间的愁绪显而易见。我不忍心再打扰他，就主动提出先回家。

他要送我，都被我拒绝了：“没事，我还要去超市替我妈买点儿东西，待会儿就直接搭地铁回家吧，你有事就先回去吧。”

他站在车前，沉默地点了点头，我只好转身离去。

“丁然。”他叫住了我。

“嗯？”我转过身。

“明天……”他深深地皱眉，神色有些黯然，“我得去一趟上海。”

“果真出事了？”

那个电话果然有问题！

“没事……”他顿了顿，含糊地解释道，“我是指，只是公司的一些事情，要过去处理一下。也许得过些日子才能回来。”

我微微一怔，保持这个姿势没动：“多久？”

“目前还不能确定……不过，我会争取在圣诞节前回来。”

我松了一口气，打趣地笑道：“我还以为你要去个两三年呢，吓死我了！”

没想到他的脸上却没有丝毫笑意，凝视着我的眼神是前所未有的认真：“你要等我回来。”

我说道：“知道了。”

他强调道：“一定等我回来。”

我被他严肃的表情吓到了：“你怎么了？”

“没事。”他终于露出温柔的笑容，走过来在我的额上轻轻落下一吻，似乎带着几分笑意，“我会想你的。”

我的脸再次不争气地发烫，却惊讶地发现，他落在我额头上的吻冰凉如雪。

很多年之后，我在一本书里看到这样一句话：“我始终觉得墨菲法则特别适用于恋爱，也就是说，当你觉得有什么坏事要发生的时候，就一定会发生，而且会带来最坏的后果。”我才恍惚间想起，其实那个时候，不祥的阴霾已经汇聚在上空，而我却沉醉在眼前的温柔里，所以才会被后来接二连三到来的真相打击得体无完肤。

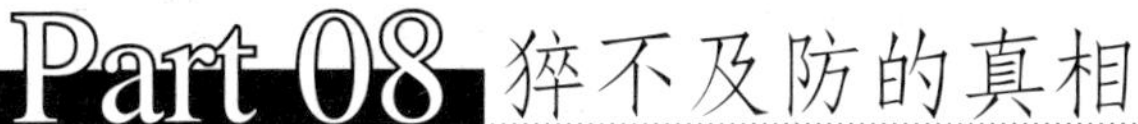


◎ 我居然会在林励泽的家里看到许默山的照片。

许默山去上海的这些日子，我恢复了有规律的生活，每天上班、工作、下班、写小说……从前明明是自得其乐的生活，现在过起来却总感觉少了点儿什么，真是“由俭入奢易，由奢入俭难”。

我还发现最近自己得了很严重的手机妄想综合症，双手一旦离开手机就不踏实，好像总感觉手机在哪里震动，生怕错过什么短信或者电话。

除了每晚和许默山通电话的时间，一天天好像过得格外缓慢。我手捧一杯咖啡，透过办公室的窗户往外看去，圣诞树、霓虹灯……圣诞节的气氛越来越浓，离许默山回来的日子总算越来越近了。我想，我得去给他买一份圣诞礼物，他会喜欢什么呢？

“丁姐，丁姐！”李想老远就在喊我，“圣诞夜林总监请我们一起去唱歌喝酒，去不去？去不去？”

我摇了摇头，笑道：“你们去吧，我有事，不去了。”

“这怎么行？”李想跑过来，痛苦地捂着自己的胸口，“我已经和林总监打了包票，说我们设计部肯定全体出动。丁姐，你可不能拆我的台！”

我苦笑了一下：“反正你们人多热闹，也不差我一个，我就不去了，而且我的确有事。你就帮我跟林总监说声抱歉吧，想想。”

“怎么这样啊，丁姐……”李想拽着我的胳膊撒娇，“到底什么事这么重要啊……”

我有些好笑，刚想说点儿什么，Linda却踩着高跟靴、抱着一堆文件从我身边走了过去，冷笑一声：“想想，有的人不想去就不要强求嘛，说不定人家还要和男朋友一起过甜蜜的二人世界，怎么会稀罕我们的聚会？”

气氛骤然变冷，我盯着她，深吸一口气，对李想说道：“Linda说的对，我男朋友今天出差回来，我很想他，想早点儿见到他，所以就不和你们去聚会了，一定要帮我和大家说声抱歉啊。”

Linda大概没想到我会这样干脆地承认，瞪了我一眼，哼了一声，坐回了自己的位子。

李想张了张嘴，喃喃道：“那好吧……”

没过一会儿，她又凑到我身边，悄悄地问道：“对了，丁姐，林总监最近是不是出了什么事？”

“怎么说？”

李想犹豫了一会儿，说道：“我也是猜的，总感觉最近林总监好像变了一个人似的，以前经常笑，还常来我们这里串门，可最近总是皱着眉头，沉着脸的……不过，这样更帅了呢……”

原来连李想都有这种感觉，我以为他只是针对我。我僵硬地笑了笑：“我也不太了解。”

“这样啊……”李想喃喃道，“我看Linda姐最近好像和林总监走得很近，原本以为他们两个在一起了呢，可是看Linda姐一副吃了火药的样子，好像也不是那么一回事……”

我喝了一口水，努力把精力集中到电脑屏幕上。

圣诞节那天下班的时候，我去了一趟洗手间，一直等到楼道里喧嚣的声音消失，我才慢吞吞地走出来，果然办公室已经空了。我微微叹息，却听到身后响起了一阵急促的脚步声。

我回过头，以为是什么人忘了拿东西又跑回来，却迎上了林励泽有些阴沉的目光。是的，有些阴沉，老远我就察觉到他的怒气，隐约明白那怒气是冲着我来的。

我心下惶然，一时之间不知道该说什么。看着他挺拔的身材近乎顶到门框，想起好像在某堂课上演过话剧，那时候的他饰演的是一个蛮横的……

他冷声问道："不一起去？"

我回过神，说道："不去了，你们去吧。"

"在等许默山？"

我点点头，说道："他说今天从上海回来。"

他陷入了沉默，也不急着走，堵在门口，欲言又止，好像有什么情绪一直被压抑着。

气氛再一次陷入僵局，空气流通得太过缓慢，也许是屋内的暖气太过充足。

还是我先开口打破沉默："你到底想说什么？"

他深深地吸了一口气，皱着眉头，问得艰难："你当真爱上他了？"

"怎么又是这个问题？"我莫名地有些恼火，"那天你不是问过了吗？"

"你再明确地回答一遍。"

"好！我爱他，行了吧？"

"那好，我问你……"他眼睛一眯，眼里透露着几分危险，"你爱他，那他呢？他是真的喜欢你吗？"

我不耐烦了，不知道为什么他一直纠缠这个问题："他如果不喜欢我，为什么要和我在一起？你不是看到了吗，他对我很好……"

"是，他对你很好，可那些只是表面现象，你知不知道……"

"表面现象？那对你来说，什么才是本质现象？难道你还要让我把他的心剖开去看一看不成？你说他对我好只是表面现象，难道你的意思是，他要是对我不好，反而是真的爱我吗？什么逻辑！"

“那好，我换个方式问你。”他似乎也被我气得不轻，盯着我，喘着粗气，“你对他又了解多少？”

“我……”

他却压根没打算让我回答，继续咄咄逼人：“他到底为什么和你在一起？他那样的人中龙凤，要什么样的女人没有，为何偏偏选择你？”

“林励泽，你到底要干什么？”我彻底被他激怒，凶狠地打断他，抬起头怒视他，“说到底这些都是我的私人感情问题，爱情这种东西从来都是你情我愿，我和许默山如何，与你何干？”

他脸色一白，眼里似乎有什么东西破碎了，让我的心莫名地一颤。可是他的嘴角露出一抹无情的冷笑：“没错！你说得对，这是你的私人感情问题，与我何干？”

说完，他转过身，从设计部擦肩而过，走向自己的办公室。

我也气呼呼地回到了自己的位子上，大口大口地喝水，让自己不要动怒，脑海里却忽然想起了那天李想悄悄地对我说的话，越想越不对劲，越想越可疑。等到林励泽再一次经过的时候，我想都没想，冲了出去：“等一下！”

他脚步一顿，回过头来，却是面无表情。

“你……那个……”虽然这周边的空气冷飕飕的，我还是努力让自己的面部表情自然一点儿，缓和一下僵局，“你最近是不是遇到了什么烦心事？”

“烦心事？哪里有什么烦心事？不过是庸人自扰，多管闲事。”他阴阳怪气地自嘲了两句，严厉地回击我，“即便是有烦心事又如何？说到底也是我的私事，与你何干？”

“你——”我的怒火再次噌噌地冒出来：怎么会有这种睚眦必报的男人？

我懒得理他，回到办公室狠狠地关上门。

让你多管闲事，搬石头砸自己的脚了吧！

我气得肺都要炸裂，在办公室里来回踱步，终于盼到许默山的电话。抑郁的心情被狂喜一扫而光，我急忙接通：“默山！”

电话那头的人似乎被我接电话的速度惊到了：“你在等我的电话？”

我有些不好意思地笑了一下，语气掩饰不住的欢快：“是啊，你回来了吗？现在在哪里？我去找你！”

“然然……”许默山的声音有些沙哑。

我察觉到不对劲：“怎么了？”

“我还在上海。”

我心里失落，但还是笑着说道：“这样啊，是不是有事耽搁了？要不要紧？”

“抱歉……我失约了。我可能……暂时没法回去。”

“没事啊，那你等忙完了再回来吧。”我笑了笑，“反正我们两个也不差这一时半会儿。”

“……嗯。”

“那你现在在干什么？晚饭呢，吃了吗？”

“还没，你呢？”

“哈哈，我刚准备下班呢。今天圣诞节，我准备去大吃一顿。今天商场肯定很热闹，要不待会儿我拉霍小西去逛街好了，不行，傅景行肯定不会让我把人拐出来的。早知道和李想他们去唱歌了，这也不行，那帮人一闹起来全是疯子，我肯定要吃大亏……”

电话那头轻轻地笑了两声。

我也笑了：“你笑什么？”

“我在想，我不在你身边，你也可以生活得很好。”

我心里咯噔一下，话不经大脑思考就脱口而出：“没有！你不在身边，我每天活得很不好。每天茶不思饭不想，想你什么时候回来，走路还差点儿撞到电线杆！”

许默山一愣，笑了起来。

我差点儿咬掉舌头，挣扎着想要挽回一点儿面子：“那个……我胡言乱语，你不要当真……”

“好，我会尽快回来的。”他温柔地低语，“然然，等我。”

我心里甜滋滋的：“嗯，我等你回来。”

林励泽打电话来的时候，我正敷着面膜看韩剧，准备就寝。时针已经快指向11点了，我想起不久前我和他不愉快的对话，脑海里先后蹦出来三个念头。第一个念头是：这么晚了他居然还打电话来和我吵架？第二念头是：不接，接了我就是傻子！第三个念头很不争气：算了，说不定真有什么事呢，傻子就傻子吧……

“你还想干吗？”我语气不善地问道。

没想到电话那端却是陌生的声音：“请问是……阿丁小姐吗？”背景声音似乎非常嘈杂。

“不是。”我说道。

“不是？”对方似乎愣了一下，“那可能是我打错了……”

我忽然意识到什么：“等等！你可能没有打错，能告诉我发生了什么事吗？”

“啊，是这样的，有位先生在我们这里喝醉了……”

“等等！”我打断他的话，“请问你拨打的是手机通讯录里的第一个号码吗？”

“是的。”

我倒抽一口凉气，粗鲁地扯掉了脸上的面膜：“请问你们现在在哪里？”

一个小时后，我终于在一间混乱的酒吧里找到了喝得烂醉如泥的林励泽。事实上，也不是我找到他的，而是服务生先认出我的。

“阿丁小姐？”

我诧异地看着面前穿着制服的年轻小哥：“是你打的电话？”

“是啊。”他笑了笑，把林励泽的手机递给了我，“刚才我看到你进来好像在找人，又和这张照片上的小姐很像，就猜应该是你。”

我愕然，打开林励泽的手机，发现他的手机屏幕赫然是我抱着孩子的照片。这是在杨悦家的时候他偷拍的？

我心里一慌，赶紧把手机塞进口袋里，眼不见为净。

“他在哪里？”

我刚抬头，就看到三米开外的林励泽烂醉如泥地趴在吧台上，一副不省人事的模样。我走近了，发现酒精一点儿也没有影响他的肤色，霓虹灯不停地变换着色彩，衬得他的脸格外苍白。他也不撒酒疯，也不说胡话，就那样安静地趴在那里。

我轻轻地叹了一口气：这样多好，干吗非要做出一副剑拔弩张的样子，好像我欠了他几百块似的，刚来公司的那会儿不是好好的吗？

但是我很快就后悔了，因为我发现他醉得实在是太彻底了，仍我怎么推怎么喊，他都纹丝不动地趴在吧台上。

这哪里是喝酒，我看喝的分明是蒙汗药！

我尝试了几次，终于放弃，问服务生：“他到底喝了多少酒？”

他也丝毫不客气，直接把账单递给了我。我看着账单上的数字，差点儿吐血。

无奈之下，我只好给他结了账，在服务生的帮助下把他抬上了出租车。

坐上副驾驶座，我大口大口地喘气。他明明这么瘦，没想到居然那么沉。

“小姐，请问去哪里？”司机问我。

我想了想，又跳下车，跑到车后座去翻林励泽的钱包，果然翻到了他的身份证，身份证上面明确地写着地址。我把地址报给司机，把东西塞回去，却忽然听到他好像咕哝了两句，吓了我一跳。

只见他皱着眉头开始解衬衫扣子，似乎很不好受。过近的距离，浓浓的酒味夹杂着雄性荷尔蒙扑面而来，狭小的空间温度渐渐升高，我狼狈地逃回了副驾驶座。

我的胸口处有一口气憋得慌，心里又乱成一团：那帮人不是一起去玩的吗？怎么最后只剩下他一个人？

我拿起手机，也不管时间很晚了，直接给李想打电话：“你们晚上玩得怎么样？”

李想似乎还没有入睡，没心没肺地笑道：“丁姐，你晚上没来真是太可惜了！大家彻底玩疯了，真心话大冒险啊，张权和刘正东两个被迫来了一出公主抱，王怡姐打电话给暗恋对象表白了，你知道吗？没想到最玩不开的反而是林总监，他不肯说真心话，被大伙灌了好多酒……”

我皱眉问道：“你们疯到几点钟？”

“九点多我们就散了啊……”

“九点多？”

“是啊。”她笑道，“明天还要上班的，总不能明天集体翘班吧？”

“行了，我知道了，早点儿睡吧，我就随便问问。”

挂了电话，我又看了看身后的林励泽，无奈地叹了一口气。手却摸到了口袋里的另一部手机，我咬了咬唇，鬼使神差地再次点开了屏幕。

那个时候，杨悦提议让我抱抱她的孩子，他还在一旁偷笑，他是什么时候偷拍的照片？把我拍得这么丑，居然还设成了手机屏保。

我吞了吞口水，犹豫着点开了他的手机相册，却惊讶地发现里面只有这么一张照片，剩下的几张图全是系统自带的手机壁纸。我的脑袋再次死机，几个小时前他的那一席质问又在我的脑海里冒出来，还有他那颓然自嘲的模样……

我不由自主地慌乱起来，不知按到了什么，屏幕上弹出了一个“是否删除”的提示。我一咬牙，触碰了“删除”键，然后一不做二不休换掉了他的壁纸。

我做贼心虚，心狂跳不已。我看向窗外，假装欣赏夜景，却忍不住用余光瞄向身后的醉鬼。

他是不是喜欢我？他怎么可能喜欢我？可他刚来公司那会儿，对我的确很热情：请我去吃饭，约我去看杨悦，还约我去黄山……可那是因为我们是老同学，久别重逢不是吗？后来他很快就对我疏远冷淡了啊，难道那是因为我有许默山了？

在司机的帮助下，我总算把林励泽弄进了他家的沙发上。他很快就找了一个舒服的姿势蜷缩起来。明明是个大男人，窝在沙发上的样子却像一只慵懒的猫。

大门关上的一瞬间，我压抑已久的怒气彻底爆发，叉着腰对他吼道：“林励泽，便宜你了，我男朋友都没有享受过这样的待遇！”

“醒来以后就把老娘的电话号码删了，知不知道？立刻！马上！”

“既然没有海量，就不要学什么颓废青年去泡酒吧喝个烂醉！”

“你就庆幸吧，认识了我这么一个好同学，你都跟我翻脸了，大晚上的我还从被窝里爬起来给你去收拾烂摊子，真是中国好同学啊！我都被自己感动哭了！”

对着空荡荡的客厅，我越骂越无趣，不知不觉竟然被他安静的睡颜吸引。以前上高中的时候，只是觉得和他说话没有风险，也挺有意思，完全没想到十年后他居然会长成这副棱角分明的模样，狭长的眼睛有点儿像狐狸，高挺的鼻梁，略显单薄的嘴唇……李想她们没有说错，这的确是一张足以让人犯花痴的脸，只是……

我从上衣口袋里掏出他的手机，放在了茶几上，背对着他轻轻地说道：“对不起，我喜欢的人是许默山。”

叹了一口气，我站起来，走进他的卧室，打算找一床被子给他盖上。

可我怎么也没有想到，我居然会在林励泽的家里看到许默山的照片，而且还是大学时代的许默山。

起初在林励泽的卧室里，我看到的并不是许默山的照片，而是我出版的那本书——《许你天长地久》。它惨不忍睹地躺在林励泽的书桌上，封面上有好几道褶皱，应该是被扔过好几次，模样可谓是狼狈。我有点儿生气，他怎么可以这样虐待我的书？

可拿起这本书后，我看到了压在这本书下面的照片，惊诧得仿佛被命运扼住了喉咙。

大学时代的许默山，模样和现在没有太大的差别，一样英气逼人，只是更加青涩。他穿着运动服、牛仔裤，骑着自行车，浑身上下洋溢着青春的气息。但是这些照片里，许默山的身边都有一位年轻的女孩。那是一个短发女孩，笑容很灿烂，眉眼弯弯的，容貌一点儿也不逊色。她挽着许默山的手走在路上；她和许默山面对面坐在食堂里一起吃饭；她坐在许默山的自行车座上，环住了许默山的腰……

这些照片就像是一把尖利的匕首，深深地扎进了我的心脏。我颤抖着手翻下去，却在这些照片的下面看到了那个女孩的资料，好多地方都被红笔圈了出来。

韩筱秋（1988年－2010年12月14日），籍贯S市，A型血。由于先天性心脏病，从小被父母抛弃，在福昕孤儿院长大成人。从小勤奋好学，2007年考入同济，接受国家助学金补助，2010年12月14日死于车祸……

韩筱秋……

我想起了那天，许默山钓上了一条鱼，他好像喊了一句："小秋，递个水桶……"

小秋……筱秋……就是这个韩筱秋，这个人就是许默山的前女友。

我闭上了眼睛，这是许默山的前女友，她已经死了，我没必要和一个死人计较。

可是，林励泽怎么会有这些照片？

他在调查许默山？他凭什么调查许默山？他还调查许默山的前女友？

我清晰地感觉到自己的血液一股脑全涌上了头顶，想都不想，大步冲了出去，揪住了沙发上正睡得酣甜的林励泽的衣领，不顾风度地大叫道："林励泽，你给我起来！"

"你别给老娘装睡，你快点儿起来！"

可是他醉得不省人事，眉头皱得紧紧的，好像还嫌我打扰了他的美梦。

我怒火攻心，转了一圈，瞥到了茶几上的玻璃杯里还有半杯水，想都没想就朝他脸上泼了过去。

# Part 08 • 猝不及防的真相

我居然会在林励泽的家里看到许默山的照片。

“林励泽，醒来！立刻！马上！”

这杯冷水果然立即见效，他几乎是从沙发上跳起来的，警惕地大喊了一句：“谁？”

一瞬间的恍惚之后，他看清了我的脸，竟然咧嘴一笑：“丁然，你来了？”

“来你个头！”我恨恨地将手上的照片朝他身上砸了过去，“你在干什么？你告诉我你在干什么？你为什么要调查许默山？我告诉你，我喜欢许默山，是喜欢他这个人，和我写的小说没有一点儿关系！他不过是恰好也叫许默山罢了，你干吗要调查他？你凭什么调查他？”

他的笑容一点点地僵在唇角，眼神也迅速暗淡，如同夜里的星光一刹那失了颜色。

他怔怔地盯着我，似乎见到了天底下最不可思议的事情：“所以，你这是在找我算账？你半夜把一个醉了的男人送回家，却是为了算另一个男人的账？”

我被他盯得浑身不自在，只好提高音量来掩饰心虚：“你还有脸说！你以为我愿意大半夜学雷锋吗？还不是你莫名其妙跑到酒吧买醉，还莫名其妙把我的名字放在了通讯录的第一位，服务生都打电话打到我这里来了，我能不去给你埋单吗？”

“呵，那还真是辛苦你了。”

我再次被他的态度激怒：“你别转移话题！说，到底为什么要调查许默山？”

他仍旧盯着我，抿着唇，一言不发。气氛压抑得厉害，好像暴风雨前的宁静。半晌，他缓缓地低下了头，嗤笑一声：“丁然，你该不会以为我是因为喜欢你才去调查许默山的吧？”

我的呼吸一滞。

“你也太自作多情了。”他垂着头，徐徐地从沙发上站起来，从容不迫地从茶几上抽了一张纸巾擦了擦脸。

我退了一步，刚好他再次抬头，脸上已经覆上一层寒冰，连眼神也带上了轻蔑和挑衅，他冷笑道：“说到底，我要调查谁也只是我的事，与你何干？即便是要算账，也是许默山来找我算账，与你何干？”

“你——”

与你何干！又是“与你何干”！

“林励泽，你能不能不要和我咬文嚼字了？”我急火攻心，只好放软了语气，“好，我承认，是我搬石头砸了自己的脚。我为之前的话向你道歉，你不要再用这四个字来堵我了行不行？”

“你……”没想到他反而变得愤怒了，开始在屋内踱步，脚步毫无章法，就像暴雨胡乱地砸在窗台上，又像手指在钢琴上恶意地按键，惹得人心烦意乱。

我刚想说话，他却忽然一个箭步冲过来拽住我的手，蛮横地将我往卧室的方向扯去：“丁然，这可是你自己说的，这是你逼我的！我已经强忍着不去破坏你的美梦，你却非要撞上来！既然如此，我也不瞒了，你要恨我也好，怨我也罢，无论如何，今天我也得把真相告诉你！”

“喂，痛——”

“你给我闭嘴！”

他把我拖进了卧室，发狂地翻出了韩筱秋的资料，杀气腾腾地说道：“既然你已经看到了，为什么不瞪大眼睛看得更清楚点儿？这些，这些，还有这些！难道看到这些，你不觉得相当眼熟吗？”

“什么意思？”我的声音有些颤抖，几秒钟后，手上轻飘飘的几张纸仿佛被压上了千斤的重量，压得我喘不过气来。

我目不转睛地盯着白纸黑字，生怕自己眼花看错了几个字。

被林励泽用红笔圈出来的那些地方——心脏病、从小被父母遗弃、孤儿院、许默山、迈巴赫、死亡……这些都是我的小说《许你天长地久》里的情节。

我笔下的女主角苏桢和许默山的前女友韩筱秋，竟然以这种方式吻合了。

这怎么可能?

这怎么可能!

“你这是什么东西？”我像甩掉毒蛇一般将手里的资料甩给了林励泽，“不可能！这又不是我写的小说，我根本不认识什么韩筱秋，她，她……”

“很巧合，对不对？”林励泽笑得如同暗夜里的巫师那般诡异，瞳孔里闪动着邪恶的光芒，语气却又如此轻柔，“如果我说，这才是许默山接近你的真正目的呢？”

“不可能！”

“不可能，还是不愿去相信？”他弯下腰，将掉在地上的纸张捡起来，沉稳淡定得让人生厌。

“不可能！”

我坚持不相信，这回底气却明显不足。

当初那么多的巧合，为什么……为什么我没有想着要去深究呢?

而且钓鱼的时候，许默山无意中喊的人的确是小秋。

“我知道你不相信，但是我能证明这些巧合都不是巧合，而是有人刻意形成的。”林励泽的声音忽然变得很轻柔，“你想知道原因吗？”

我一个哆嗦，浑身的鸡皮疙瘩都冒出来了：“原因？”

他看着我失魂落魄的模样，欲言又止，大步流星地走了几步，打开了电脑，一边等开机，一边疲惫地揉着太阳穴："你要真想知道这一切前因后果，就过来自己看。"

两分钟后，我看着自己再熟悉不过的页面，有些不解："这是我小说的连载页面。"

"没错。"他很平静地点开了第一章的最底下，那是读者与作者交流的留言版面。

"你曾经告诉我，你在相亲之前并不认识许默山，许默山的名字和你笔下的男主角的名字重合是个巧合。"他波澜不惊地用手指指了指留言板，"可是，这并不是一个巧合，你看，这名字根本不是你取的。"

在《许你天长地久》第一个章节的"作者的话"里，我曾经问过这么一个问题："亲们，有谁能帮我给男主角取一个靠谱的名字？"

而第一条留言的读者名叫"陌上花开"，她说："不如叫'许默山'。"

仿佛记忆中有什么一直被我忽略的细节，此时随着明亮的屏幕如同洪水一般向我冲击过来，我怔怔地盯着屏幕，随着林励泽的鼠标操作，点开了第二个章节。

作者问："奥迪、奔驰、宝马感觉都好庸俗，还有什么车的牌子听上去比较有档次？"

"陌上花开"留言："迈巴赫，白色。"

林励泽说道："你看，许默山的车也不是你选的，你只是听从了读者的建议。"

瞬间，一股彻骨的寒意从脚底蔓延开来。

第五个章节，作者问："大家猜猜男主角家里是干什么的？"

“陌上花开”说：“房地产吧。”

第三十七章末，作者没有问任何问题，但是“陌上花开”还是留了言：“丁然，其实得了心脏病的人有太多的事情不能做，都很想在临死前尝试一下。不只是谈恋爱，比如说会很羡慕那些能在体育场上奔跑的人，会特别羡慕那些能在游乐园玩的健康人，甚至会羡慕那些笑着的路人。”

林励泽平静的话语如同来自地狱的审判官：“你看，你看了这个留言，在后面的小说里加了一个场景，苏桢在动手术之前，要许默山带她去游乐园，终于玩了一次过山车……”

“你别说了……”我双脚发软，只好用双手撑着桌面，声音不可控制地颤抖。

他却仍不肯放过我：“丁然，虽然写小说的人是你，但是这个叫‘陌上花开’的读者一直在引导你写作。而且，从你的这篇小说完结之后，她就再也没有出现过，难道你就没有想过这到底是怎么回事吗？”

我扯了扯嘴角，声音没有丝毫说服力：“网络连载小说，读者流失很正常……”

林励泽疲惫地揉着太阳穴，有些悲悯地看着我：“事到如今，你还要自欺欺人吗？”他又从桌上抽出一张资料摊在我面前，上面写满了密密麻麻的数字，应该是IP地址——他早已验证过。

我笑了，其实原本是想哭的，所以这个笑容一定比哭还要难看。

我看着林励泽的眼睛，咧了咧嘴：“不然呢？你是要告诉我，这个‘陌上花开’其实就是许默山的前女友韩筱秋吗？她……她之所以会帮我塑造这样一个许默山，是因为她认识这样一个许默山？她之所以再也没有出现过，是因为她早就出车祸死了？而许默山……”

我深吸一口气，怎么也不愿去相信：“而许默山会成为我的男朋友，是因为我是韩筱秋选中的人？”

林励泽迎上我的目光，漆黑的瞳孔泛着幽冷的光芒，抿着唇一言不发。

我等了五秒，终于爆发。

我猛地拍了一下桌子，转过头狠狠地瞪着他，一个字一个字从牙缝里蹦出来：“我不信！林励泽，我告诉你，你说的这些我一个字都不信！”

# Part 09 爱每一次都死掉一点点

◎好像只有不停地奔跑着，才是真正地活着。

我狼狈地从林励泽的家里逃出来，坐在出租车上不停地颤抖。

明明脑子乱成一团糨糊，可是一些人曾经说过的话如此清晰地跳了出来。原来那些话不是不在乎，而是假装不在乎。假装不在乎，却早已在心底埋下了怀疑的种子。

第一次见面，许默山说自己的相亲次数——二十五次。

霍小西惊讶地说道："他会对你的小说不好奇？他要是看了你的小说，会对自己在很久以前就成为你小说男主角的事情不惊讶吗？"

许默山温柔地说："然然，我不是小说里完美的人物，我只是一个普通人。"

许默山下意识地说："筱秋，递个水桶。"

林励泽嘲讽地说："你喜欢他，那他喜欢你吗？你对他又了解多少？他到底为什么和你在一起？他那样的人中龙凤，要什么样的女人没有，为何偏偏非要选择你？"

许默山说："没有我在身边，你也可以活得很好……"

……

韩筱秋、韩筱秋、韩筱秋！她居然就是"陌上花开"，不用验证，其实压根就不用验证。两个人如此相似的经历，那么多巧合，这是唯一的解释……

我不该来的，不该大半夜从家里偷跑出来，不该去给林励泽收拾烂摊子，压根不该接那通电话。

电话……电话……

我掏出手机，心里一遍遍地念着许默山的名字。

打电话过去，听到的却是冷冰冰的客服声音："您拨打的用户已关机，

sorry，the number……”

短信！

我颤抖着给许默山发短信：“你在哪里？”

“许默山，我有话想和你说。”

“许默山，看到短信给我回电话。”

“许默山，我想你了，我想见你。”

“许默山，今天是圣诞节，你不是说你会回来的吗？”

“许默山，求求你给我回短信好不好？”

……

“许默山，你回不来，我去上海找你好不好？”

我迈着沉重的脚步回到家，倒头就睡，可是天已经蒙蒙亮了，我从未觉得一个夜晚竟然可以如此漫长，漫长得好像过了整整一个世纪。

我睁着眼睛看着天花板，眼睛酸涩，眼皮沉重，却一滴眼泪都流不出来。我等不了许默山回我短信，就带了随身的证件和物品，匆匆给郭女士留了一张字条，离开了家门。

我不能被假象蒙蔽，这些都只是猜测。我要亲自去找许默山，我要他亲口跟我说。我只想见他一眼，一眼就足够了。

下了飞机，走在匆匆的人群中，我才发现自己很茫然。上海那么大，我压根不知道许默山在哪里。

我查看手机，却发现手机里竟然只有一条短信：“欢迎您来到上海，如需查询交通信息，请……”

我有些不可思议，昨晚我发了疯似的给许默山发了这么多短信，他竟然一条都没有回复我，还是他到现在都还没有看到？

我又一次拨出了电话。等待了很久之后，却依旧是冷冰冰的客服声音：

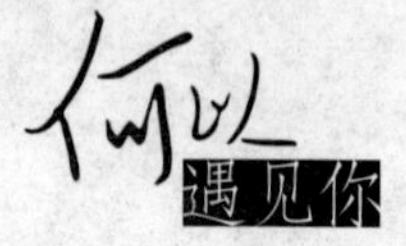

“你拨打的用户现在不方便接听电话，请稍后再拨……”

我心里的惶恐越来越深，我焦急地给他发短信：“许默山，你现在到底在哪里？”

我坐在机场的座椅上，饥肠辘辘地等着手机短信，五分钟后，终于收到了一条毫无温度的短信，只有一家医院病房的地址，没有一个多余的字眼。

我再一次受到了打击：许默山说暂时不能回S市，这是在上海住院了吗？所以我发出去的短信才迟迟没有收到回复？所以我拨打的电话才无人接听？

之前所有的怀疑都被担忧取代，我焦急地冲到医院，脑海里一遍遍回响的全是他那天沙哑而有些疲惫的声音，我一遍遍地自责：当时怎么没有察觉到呢？他一定是出事了，他还瞒着我，我却在怀疑他。

我唯恐许默山出事，如同热锅上的蚂蚁，横冲直撞，几经波折终于找到了病房，却没有想到会被现实狠狠地甩一巴掌。

这一巴掌当真是掐准了时机，又快又准又狠，一针见血、一刀毙命，一下子把我从自我编织的梦中打醒过来。

就像是所有狗血电视剧里演的那样，病房的门没有关，我喘着粗气站在门口，映入眼帘的是一个穿着病号服的虚弱女人。我犹豫了一下，站在门口没有闯进去。可是我又看到了那个熟悉的身影坐在床边，却再也挪不动脚步。

房间里开着空调，驱散了寒意，女人躺在床上打着吊针，歪着头微笑着，温柔地看着身侧的男子。

我认得她，那天在法国餐厅，我和林励泽吃饭，刚好碰见她大方优雅地坐到了许默山的对面。她长得有几分像饰演沈眉庄的演员，温婉而娴静，即便此时此刻是虚弱的，那也是“病弱西子瘦三分”。

我记得许默山说过她的名字，顾丰银行的千金——顾夏笙。而背对着我的那名男子正坐在床边慢慢地削着苹果，似乎感受到她的目光，转过头温柔地笑了笑："你这样看着我做什么？"

顾夏笙狡黠地眨了眨眼："因为你好看啊。"

男子失笑。

"默山……"女子轻轻地扯了扯他的衣袖。

"怎么了？"

"我爸说下月初七是个好日子，我们就把婚订了好不好？"

他削苹果的动作一顿，声音有些波动："这么快？"

顾夏笙有些撒娇地笑道："你觉得太快了？其实我也觉得有点儿快。那……你看年后怎么样？年后的话，可能公司会有点儿忙，不过也算是一个新的开始，你觉得呢？"

男子沉吟了一会儿，温柔地笑了笑："那就等到年后吧。"

"说好了？"

"嗯，说好了。"

顾夏笙的脸颊毫无血色，嘴唇也很苍白，她的脸太过瘦削，更显得虚弱。可是她那温柔的、优雅的、灿烂的笑容深深地刺痛了我。

许默山说过，她只是朋友。可是现在，他却坐在他朋友的病床前谈婚论嫁。

许默山说过，这种捕风捉影的新闻不能信，可是现在，他却亲口承认了订婚的事实。

许默山说过，圣诞节就会回去陪我，可是现在，他却陪在顾夏笙的身边。

我浑身僵硬，想要冲过去大声地质问，却看到顾夏笙亲昵地拉着许默山的衣袖，浅笑着指了指自己的额头。

许默山犹豫了一下，慢慢地俯身，温柔的吻落在了她的额头上。不用过多的言语，一个眼神示意就可以知道对方的意思，然后猝不及防地把削好的苹果塞在了她的嘴里，语气颇凶：“下次不许这样！知道了吗？”

顾夏笙瞪大眼睛，眼睛水汪汪的，颇为委屈：“知道了……”

我的心一点一点地凉透。

天下最可笑的事情是什么？是你不顾一切地跑来，因为一件事来算账，却无意中撞破了另一件让你更难堪的事。而途中所有的努力、否认、信仰、恐惧、担忧……都成了加速希望破灭的东西。

错了，都错了。时间、地点、人物……都错了。

我轻轻一笑，扶着墙，迈着沉重的步子一步步地往旁边挪动，终于悄无声息地退了出去。

眼不见为净，没有人会发现我曾经来过，就这样吧。

我拿起手机，用最后一点儿电量，给许默山发了最后一条短信：“许默山，我不想再等你了，再见。”

我跌跌撞撞地从电梯里走出来，迎面撞到了什么人，道歉的时候却被那人拉住了胳膊：“等等，你是——”

“我不是，你认错人了。”我有气无力地挣扎开来，苦笑着慢吞吞地走出了医院。

走出医院的刹那，冷风猛地灌了进来，让我浑身一个激灵。我抬头看着天空，灰蒙蒙的雾霾遮蔽了阳光，只剩下冰冷的寒风夹杂着绝望。

上海，这个曾经给了我一场美好梦境的城市，此时此刻毫不留情地捅了我一刀。

“姑娘？”操着东北口音的司机问我，“姑娘，你怎么了？是不是有什么坏消息啊？”

我刚从医院出来，她大概是误会了什么，我笑了笑：“是啊，天大的坏消息。”

“姑娘，千万别想不开啊，只要人还活着，再大的坏消息也总会变成好消息的，最重要的是不要放弃希望……”

“我知道了，谢谢你，师傅。”彻夜没睡的疲惫好像到了此时才终于爆发出来，我感觉自己的眼皮一点点变得沉重，“师傅，有没有什么地方可以让人发泄一下情绪的？”

“这个……锦江乐园吧，年轻人都喜欢去那里玩，每年暑假我儿子过来都缠着……”

我的脑袋越来越沉重，我不愿再多加思考：“那就去那里吧。”

我对上海不熟，所以从出租车上下来的那一刻，我才意识到自己竟然到了一个游乐园。

游乐园出现在我生命中的次数实在是太少。我从小胆小，不喜欢尝试新鲜事物，上大学时曾经坐过一次海盗船，下来后反胃大吐了一场，从此再也不敢尝试其他项目。可是今天，我却特别想尝试过山车。

《许你天长地久》里，苏桢在被推上手术台前，许默山曾问她，可还有什么特别想做的事情。苏桢回答说，她想坐过山车。平常人可以轻松做到的事情，对一个先天性心脏病患者来说，却是可望而不可及的梦想。

过山车启动的那一刻，我忍不住紧紧地闭上了眼睛，死死地握着压杠，生怕自己一松手就被甩出去。闭着眼却依旧能感觉到自己整个身子的起伏，甚至因为被剥夺了视觉，其他的感官也变得分外灵敏——身体开始和座位发生撞击，风在耳边疯狂地呼啸，吹得我脸上丝丝发疼，周边一片尖厉的叫声，几乎要贯穿我的耳膜。

脑袋眩晕起来，胃酸又在无止境地朝我抗议。

“啊——”我终于没忍住，跟着车上的人群尖叫起来。怨恨、压力、不快、背叛、厌烦……所有的负面情绪好像全部被深深的恐惧所取代，而伴随着这种恐惧感油然而来的是一种淋漓尽致的快感。

让所有的不快都见鬼去吧！

仿佛经历了生生死死几度轮回那么痛苦，过山车终于停止了猖狂。最后一次从高处俯冲而下的时候，我眼角的泪水全部随之而去，好像在狂风暴雨中忽然跌进了台风眼的中心，霎时风平浪静。

我头晕目眩，心潮澎湃，难以平定，一从位子上挣脱出来，就双腿发软，踉踉跄跄地逃到了一个僻静的角落，扶着一棵大树开始干呕。

说是干呕，完全是因为我的胃是空的，吐出来的全是发苦的胃酸，咳得眼泪直流。

我还是错了。

这样惊险刺激的过山车，受心脏病煎熬多年的苏桢怎么能够承受？

所以，小说毕竟只是小说，不是吗？

所以，完美的许默山终究也只是我小说里的许默山，不是吗？

在这个无人瞧见的角落，我终于可以放纵自己，狼狈地哭了出来。

哈哈……傻子，丁然，你是个大傻子！

也不知道过了多久，我被冷风吹得毫无知觉，脑袋昏昏沉沉，却发现眼前不知何时多了一张纸巾。我艰难地抬起头，缓缓地迎上了一双熟悉的眼睛。

“见到是我，你很失望？”围了一条黑色围巾的男人扯了扯嘴角，苦笑一声。

我有一阵恍惚，扫视了一下周围的环境，确定自己没有出现幻觉，觉得更加匪夷所思，震惊得忘记了愤怒：“你怎么会在这里？”

“你说呢？”他反问道。

如果我没有看错，他此时此刻的形象虽然没有我这般狼狈，但也好不到哪里去。他身上穿了一件厚厚的羽绒服，脖子上的黑围巾也是胡乱裹着的，甚至连围巾上的标签都还没来得撤掉。至于头发……更是奇特，全然没有了平日里衣冠楚楚的精英形象。

我压根不敢去看他的眼睛，只好盯着他的脖子发怔，脑袋里又蹦出一个可怕的念头：他该不会是一路跟着我来上海的吧？怎么可能？

他大概觉得我在觊觎他的围巾，所以很大方将脖子上的围巾扯了下来，大手伸了过来，将围巾缠到了我的脖子上。

我下意识地躲避，却被他严厉地呵斥一声："不想进医院就别动！"

已经被冷风吹得麻木了的脸颊上忽然被裹上了厚厚的围巾，我愣愣地看着眼前的林励泽，还是不敢相信地伸出手。终于触到了林励泽的肌肤，才有种踩在现实里的觉悟，我呆呆地望着他："你怎么来上海了？"

他紧紧地抓着我的手，叹了一口气，不急不缓地说道："既然是我把真相告诉了你，那我就得负责到底。"

我点点头，把手从他的手里挣脱出来，面向锦江乐园的游乐设施，面无表情地说道："你来得正好，我觉得一个人玩有点儿无聊，既然你也在这里，不如你陪我一起玩吧。"

他想都没有想就答应了："好。"

"好什么！"我愤怒了，猛地回头痛恨地瞪着他，"你干吗答应得这么痛快？"

"你不是很难受想发泄吗？"他的语气很淡，却说得那么理所当然，"我陪你。"

"谁要你陪！"我全身的毛细血管都在颤抖，明知道不该迁怒于人，可就是忍不住恶言相向，"你到底知不知道我现在最不想见的人就是你林励泽？要不是你，我就不会怀疑；要是不怀疑，我也就不会来上海；要是不来上海，我也不会……"

"我知道。"他苦笑道，"所以我才瞒了你这么久。"

他承认得干脆，我的语言攻击就像打在了软绵绵的棉花上，丝毫没有气势。

我忽然觉得厌烦。

我像个疯子一般扯掉了他的围巾，摔在他的身上，又扑过去狠狠地踹了他一脚，用手指着他，不可理喻地尖叫道："你给我滚！林励泽，你给我滚得远远的！我再也不想见到你！"

然后又开始了我的逃亡之旅。我忘记了所有的一切，只记得奔跑，不停地跑。

好像只有不停地奔跑着，才是真正地活着。

"想留不能留才最寂寞，没说完温柔只剩离歌……"

"Just one last dance, hold me tight and keep me warm, cause the night's getting cold……"

"死了都要爱，不淋漓尽致不痛快，感情多深，只有这样才足够表白！死了都要爱，不哭到微笑不痛快，宇宙毁灭心还在！"

我一个人在KTV里鬼哭狼嚎，用尽所有的力气飙高音，发现从没有这样痛快地发泄过。终于，最后仅剩的一点儿力气都被消耗殆尽，只得无力地跌坐在沙发上，拿起啤酒瓶大口地灌酒。

手机没电了真好。现在这个世界上没有人会知道我躲在上海的一间KTV包间里哭。等我发泄够了，等我狠狠地大醉一场，明天我就回S城，重新开始工作，重新开始相亲。

"男人，不就是男人吗？"

"两条腿的猪难找，两条腿的男人还不好找吗？"

"明天又是崭新的一天！"

"举杯邀明月，对影成三人，干杯——"

我的眼皮越来越沉重，意识也越来越模糊，在幽暗的灯光下，好像看见面前不知何时站了一个高大修长的身影。我恍恍惚惚地记起，第一次在“帕兰朵”见到许默山的时候，他一只手扣住了那个胖子的胳膊，让他狼狈地道歉，高大的形象就像打倒小怪兽的奥特曼。

我慢慢地伸出手来，朝他递了过去。

他轻轻地抓住了我的手，俯下身来，半蹲在我的面前，就像平日里经常做的那样，替我理了理凌乱的头发，声音轻柔地叹息道：“丁然，你这又是何苦呢？”

我哭了，使劲地摇头：“不苦的，一点儿也不苦。和你在一起，我每天都过得很开心，真的很开心。可是你有结婚对象，你为什么不告诉我呢？为什么要骗我说那不是真的呢？你这样到底把我置于何地？”

“你说什么？”他的音量陡然提高，神情严厉得可怕。

“你还跟我装傻！”我愤怒地抹眼泪，猛地推开他，“我都亲眼看见了！你跟顾夏笙说年后就订婚，你还想瞒着我？你到底还想瞒我到几时？我告诉你，我丁然就算嫁不出去，也不至于沦落到要去做小三！”

他蓦地站起来，转身就要走。

“等一下！”我猛地扯住了他的衣领，紧紧地揪着，从后面抱住他，死活不让他走，“别走！不要去上海行不行？留在这里陪我行不行？只要你不和顾夏笙订婚，我什么都不介意了好不好？哪怕你只是在我身上找韩筱秋的影子，我也不在乎了。许默山，你别走！”

他身体僵硬，笔挺地站在那里。

“你别走，别走……”我艰难地扶着他的腰站起来，踉跄了一下，差点儿跌倒。他及时伸手扶了我一把，我贪恋他怀抱的温度，再也不肯离开，紧紧地抱住他，把头埋在他的怀里，闷声祈求道：“别去上海，不要去上海，好不好？”

良久，他艰涩地答应了：“好，我答应你，我不走了。”

我松了一口气，欣喜地抬起头，闪烁的霓虹灯下，我有些看不清他的脸，只是视线刚好触及到他紧紧抿着的唇。似乎受到了蛊惑一般，我踮起脚，第一次大胆主动地吻了上去。

印象中许默山似乎更喜欢亲我的额头，即便是亲吻，也只是蜻蜓点水一般，可是这个吻有点儿不一样。一开始他浑身僵硬，我忍不住咬了他一口，没想到他却忽然伸手固定住了我的脑袋，再不肯放手，一只手箍住了我的腰，让我的身子紧紧地攀附在他身上，灼热的气息喷在彼此的脸颊上，唇舌交缠，浓烈的男性气息如狂风暴雨般卷席而来。

室内的温度渐渐上升，呼吸声越来越粗重。我感觉自己的呼吸越来越不畅，好像溺了水一般怎么都挣扎不出来。

“唔——”我想推开他，却发现他的力气大得惊人，“唔，许默山……”

他浑身一震，如同触电般放开了我，我的重心骤失，双腿一时无力，眼看就要跌倒，却被他抓住了。

这回，他似乎也有些措手不及，直接导致了两个人一起重重地跌在地上，发出“砰”的一声巨响。不知道是谁的脚扫到了地上的啤酒瓶，清脆的响声此起彼伏，我忍不住“扑哧”一声笑了起来。

“笑，你还有心情笑！”做了我的人肉垫子的“许默山”从地上坐起来，咬牙切齿地咒骂了一声，伸出手来攀住我的肩膀，逼我与他对视。

他半眯着眼睛，恶狠狠地说道：“丁然，你别给我装醉，你看仔细了，我到底是谁？”

这半眯着的眼睛怎么这么像狐狸？许默山的眼睛哪是这样的？还有这脸、这鼻子、这嘴唇、这不甘的表情……这分明是……

我犹如被闪电劈中，因愤怒而浑身颤抖，因回忆而恐惧，因真相而发狂。我猛地推开他，叫道：“林励泽，你阴魂不散！”

我狼狈地想要爬起来，却被他一把扣住了脚腕，怎么都挪不动，越来越焦急，却被他紧紧地从身后抱住：“丁然，你冷静一点儿！”

“冷静？你让我怎么冷静？林励泽，你知不知道我有多讨厌你？”

“有多讨厌？”

“有多讨厌……呵呵，就是讨厌！从高中时就讨厌你，你就是一个披着人皮的禽兽、人渣、伪君子！”

他愣然地说道：“我怎么就……”

“你原来在总公司待着好好的，干吗要调到我们公司来？十年！我早就已经忘记你了，你干吗突然又出现在我面前？”

“这也不是我……”

我打了一个酒嗝：“你来就来了，干吗要装作一副跟我很熟的样子？你知不知道我最不喜欢处理复杂的人际关系了？我最讨厌Linda了，你却还和她在一起！”

“你……”

“还有，你为什么要去看我写的小说？你知不知道，这就和身体被看光了一样难受！”

“我……”

“你干吗要把我的号码放在第一位？你凭什么把我的照片设成壁纸？你经过我允许了吗？这样乱来，我会以为你喜欢我啊！”

“不是以为，这是事实……”

“事实？事实？”我大笑起来，笑得眼泪都出来了，“我最讨厌的就是你喜欢我！”

我看到他瞬间惨白的脸色和那摇摇欲坠的身躯，竟然有种报复的快意。

可是胸口越来越绞痛，我也越来越控制不住自己的嘴，任凭泪水顺着眼

角滑落："你为什么要喜欢我呢？当年我喜欢你的时候你不喜欢我，为什么现在又要喜欢我呢？"

他猛地拽住我的胳膊，问道："你说什么？"

"你放开我，让我说！"我凶狠地将他的手甩开，压根没在意他讲了什么，摇摇晃晃地后退一步，指着他，忘我地控诉，"你如果不喜欢我，是不是就不会去看我的小说？是不是就不会去怀疑许默山？你不去怀疑，不去调查，是不是就不会发现韩筱秋和我的关系？不发现我们两个有关系……嗝，我就不会以为许默山是为了韩筱秋才接近我的，我就不会想要去质问他，我就不会跑来上海，就不会刚好撞见他说要和顾夏笙订婚！"

"林励泽！"我大口地喘息，好像被什么扼住了喉咙无法呼吸，"你知不知道，这一切都是你害的！"

"是，是我害的……"他非但没有被我骂走，反而用结实的臂膀将我搂在怀里，呼吸急促，"你刚才说了什么？再说一遍，你什么时候喜欢我的？我不知道……"

"谁喜欢你了！"我更加急躁了，"我早就不喜欢你了！满口黄段子，不尊重爱慕你的女生，从没见过你这么没风度的男生！差评！差评！"

"我什么时候不尊重爱慕我的女生了？"

"就是隔壁班的周萌萌，她给你写情书，你却看都不看就扔进了垃圾桶。你没看到周萌萌当时就站在我们班窗外，直接哭着跑了！"

"这么点儿芝麻蒜皮的小事，也难为你还记得。"

"不记得了，早就不记得了……"

我的意识渐渐涣散，只剩下了疲惫和困意。我开始贪恋那唯一的温暖，主动去寻找，然后紧紧地依偎在那里。

在朦朦胧胧中，似乎听到有人在高高的天际问了一句："那你为什么会喜欢许默山呢？"

我随口答道：“因为他帅啊……帅到没朋友，哈哈！”

回忆就像是电影一样，画面一幅幅地闪过。

“他陪我去看演唱会，就那样出现在我面前，就像做梦一样啊……”

“他突然出现在签售会上，还站在我身边帮我翻书，我的书第一次卖得这么好，网友都说我和他是郎才女貌，哈哈……”

“他还夸我漂亮，嘿嘿，上海的夜景真的很美啊……”

“他教我钓鱼，可是我怎么也钓不到，总是让鱼溜了……”

“我们去爬山，俯视整座城市，他就站在那块草坪上对我笑，风好大，他穿得那么单薄，好像随时要被风吹走，我忍不住把他拍下来……”

“对了，没想到他还会下厨，做菜居然那么好吃……哈哈……”我笑着笑着，眼泪忍不住掉下来，胃里翻涌着，就像是放在烈火上煎熬，我紧紧地揪住他的衣袖，“许默山……我难受……”

脖子上忽然缠上了什么东西，又暖和了许多，我心满意足地换了一个姿势。

这时，听到有人轻轻地在我耳边叹气：“其实这些事没有什么稀奇。换作任何一个爱你的男人，都愿意陪你去，可为什么偏偏是许默山？”

“为什么偏偏是他？不知道，我不知道……”

我拼命地摇头，绞尽脑汁地想要想出一个理由，等终于想到的时候，心里的苦涩都涌了出来。意识如同回光返照一般忽然清醒，我闭着眼睛开始号啕大哭：“许默山！因为他就是许默山，他是我的许默山，是老天送给我的许默山啊！他是我一个字一个字写出来的，他开着白色的迈巴赫，他笑起来就像春暖花开，他无所不能，他就是我一直想要的那个人啊！”

终于吼出来的那一瞬间，我听到心里的那堵城墙坍塌的声音，我迎上了林励泽暗淡无光的眼睛。

心湖一片澄明，原来我的潜意识里一直都是这样想的。

一直都是这样想的！

我难以置信地瞪大眼睛，想要看清楚现实，看清楚自己内心真正的想法，可是越努力，越是无力……

精疲力竭的身体终于不堪负荷，我眼前一黑，彻底被黑暗吞噬。

# Part 10 你爱我只因她

◎ 变成这副模样了？剧组请你去演《后会无期》吗？

我见到了一个脸色苍白的女孩，笔直而又柔顺的头发，典型的南方姑娘，容貌姣好。

她的身上穿着墨绿的格子衬衣和牛仔裤，对我微笑着，露出一个甜甜的酒窝，就像是三月的阳光那样温暖。明明是从未见过的女孩，我却知道她的名字，好像有一个声音在不断念叨着：苏桢，她一定就是苏桢！

苏桢笑容灿烂地对我招着手，我也努力地朝她笑。

我想跑过去拉住她的手，可是我怎么也迈不开脚步，倒是苏桢迈着轻快的脚步向我走了过来。我的笑容却在刹那间僵住，那一秒的画面好像是电影里的经典场景。

苏桢并不是向我走来，而是与我擦肩而过。我急忙转身向后看去，却见自己的身后不知何时站着一个穿白衬衫的男人，有着精致的面容，英俊、帅气、笑容如沐春风。

他伸出修长的双手，轻轻地拉过了苏桢的手，好像是触碰珍贵的瓷器那般轻柔呵护，然后俯身在她的额头上落下一吻。

我大惊失色，朝他大喊："许默山，你应该吻我的啊，你怎么能吻她呢？"

他这才讶然地朝我这边看了一眼，原本温柔的表情顿时冷下来，眼中闪过几分薄怒，漠然地对我说道："我的女朋友是苏桢，这不是你为我设定的吗？"

说着，他再也不看我，拉着欢笑的苏桢渐渐远去。

他们的背影越来越小，我朝他挥手，却怎么也得不到回应。我想要跑过去找他算账，却怎么也动不了，而这时，苏桢却忽然回头对我粲然一笑。可这哪里是苏桢的脸，分明就是顾夏笙！

许默山和顾夏笙一起走了！

那我呢？

即便是追，也追不上他们了。

我心里越来越慌乱，越来越急，胸口好像被什么压着，终于忍不住大喊出来：“许默山！”

我的脑袋一沉，竟然从梦魇中惊醒，手上一阵刺痛，身侧有人急忙按住了我的右手：“别乱动，还吊着针呢！”

我看到面前满脸胡楂的林励泽，差点儿没有认出来：“你怎么……你怎么……”

我下意识地去摸喉咙，我的声音……

“你用嗓过度，发炎了。”他神色略显狼狈地提醒道。

我点点头，用指了指他的脸：“变成这副模样了？剧组请你去演《后会无期》吗？”

林励泽一阵错愕：“你还有心情开玩笑？”

我笑道：“为什么没有心情开玩笑？人生苦短，不多笑笑，难道要多哭一哭吗？”

林励泽怔怔地盯了我一会儿，点了点头：“你饿不饿？要不要吃点儿东西？”

我想了想，说道：“嗯，很饿。”

“想吃什么？”他松了一口气，笑了笑，露出洁白的牙齿。

如果我没看错，他这个笑容有些孩子气。

“肉。”

他叹了一口气，说道：“你睡了一天两夜，刚醒过来不能吃肉。还是吃点儿粥吧，如何？”

我噘了噘嘴，说道：“那你还问？”

他笑出了声，转过身走了两步又回过头来：“对了，我借了护士的充电器给你的手机充了电，郭阿姨打电话找你，我告诉她你和我一起来上海出差了，你赶紧打个电话给她。”

我怔了怔，说道：“谢谢。”

“还有……”他顿了顿，接着说道，“算了，你还是自己看吧。”说完，他打开房门走了出去。

我看到手机屏幕上的日期，大脑有一瞬间的空白。

28号？今天已经28号了？我是26号来的上海，27号整整一天就这样被我睡过去了。天啊，那郭女士找不到我还真是要疯了。

看着通话记录，我的心狠狠一颤。几十个未接电话，有八个来自郭女士，五个来自霍小西的，十三个来自许默山，还有两个是陌生的号码。除了未接电话之外，还有好几条未读短信。

霍小西的短信在最上面：“二丁，你离家出走了吗？怎么回事？快点儿回电话！”

“行啊，居然跑到上海去了！嘿嘿，是去找你们家许默山的吧？居然还拿林励泽当挡箭牌，出息了啊！看到快点儿给我回电话！”

然后是许默山的短信：“然然，再等我三天，我一定处理好这里的事情，马上回来。你有什么特别想吃的，要不要再带点儿鸭脖？那家店我还记得。”

“然然，你在哪里？手机怎么总是关机状态？”

“然然，看到短信了吗？给我一个消息。”

“然然，你在上海吗？你在哪里？我去找你！”

“然然，你到底在哪里？我该去哪里找你？别躲着我，别吓唬我……”

我的手一抖，差点儿没拿住手机。而手机铃声却在此时响了起来，是郭女士的来电。我几乎都可以想象她该有多么愤怒，我吞了吞口水，把手机挪到耳边：“妈——”

“妈？你眼里还有我这个妈啊！”她果然异常愤怒，光是听声音我就可以想象她唾沫横飞的模样，“丁然，你个死丫头，你出息了啊！出差？就你一个小小的广告设计师，工作三年了也没看你什么时候出过差！什么破借口！说，你在上海是不是藏了个男人，三天两头往那里跑？”

我被郭女士的想象力惊得目瞪口呆：“啊？”

“啊你个头，你出息了啊，还知道让小林帮你做掩护，蒙谁呢？真当你老妈这么好糊弄不成？”

我哭笑不得：“太后大人英明神武，千秋万载，一统江湖……”

“少给我拍马屁！行了行了，看在小林帮你说了不少好话的分上，我也不为难你了。但是我警告你，你之前说的那个神秘男友，我还真是非见不可了！不许再忽悠我，等你从上海回来要是还不给我一个交代，信不信回头我找人给你安排二十场相亲？”

够狠！

我只好应下了“丧权辱国”的条件：“知道了。”

“行了，我也不跟你废话了，要去菜场买菜了。等等！”她顿了顿，终于发现了我的不对劲，“你的声音怎么了？”

我咳了两声：“哦，感冒了。”

“你个死孩子！这么大了还不会照顾自己……”

郭女士的电话刚挂断，又有一个陌生的号码打了进来，是刚才那个陌生号码。

我犹豫了一下，还是忐忑地接了起来："喂，您好。"

"是丁然丁小姐吗？"听到我肯定的回答，她似乎松了一口气，声音很平稳，"丁小姐，你好，我是许默山姐姐许默林。其实前两天我还和丁小姐在医院见到过一面，不知道丁小姐有没有印象？"

医院？怎么会？啊！难道是……那天我从医院跑出来时撞到的那个人？

"没有印象也没关系，只是不知道丁小姐现在是否还在上海？如果是的话，不知能否请丁小姐喝杯咖啡？我有些话想要和丁小姐单独聊聊。当然，如果你已经回了S市，我也可以过去找你。"

这话虽然说得客气，却不容拒绝。

"好，那请许小姐定时间和地点吧。"

和霍小西通完电话之后，我赶紧把手机扔到了一边，躺在床上发呆。手机虽然是个好东西，可有时候还真是烦人，饥肠辘辘的感觉提醒我，我好像已经整整两天没有进食了。

所以看到一身黑衣的林励泽拿着热乎乎的粥走进病房的时候，我就像见到救世主一样感激他："林总监，你终于来了，你再不来，我就要成为史上第一个在医院饿死的病人了！"

"是吗？"他轻笑一声，冲我挑了挑眉，"可我怎么看你还是一副活蹦乱跳的模样？"

"有吗？"我立刻做萎靡状，猛咳几声，"我明明奄奄一息了，喀喀喀……"

"行了，别装了。"他动作流畅地打开了饭盒，把勺子递到我手上，"赶紧趁热吃吧。"

我埋头吞了一口，食物的味道让我心满意足地说道："林总监，有你这样的朋友实在是太幸福了！”

我脱口而出的一句话，没想到却引得林励泽的脚步一个踉跄，差点儿绊倒床边的椅子，弄出了很大的动静。

我抬起头，刚好看到他有些懊恼的表情：“我，我去给你办出院手续。”

他离开后，我的笑容僵在了脸上。

林励泽，对不起，你对我的好我都看在眼里，我却不知道该用什么样的心情面对你。

在一家咖啡厅里，我见到了许默山的姐姐许默林。她明明已经三十几岁，看上去却依旧很年轻，及肩的短发衬出了几分干练。

“丁小姐，初次见面。”她伸出手来，露出善意的笑容，“我是许默林，你叫我默林姐就好。”

我微笑道：“许小姐，您好，我是丁然。”

她的手微微一僵，随即笑道：“默山和遵源经常和我提起你，今日总算是正式见面了。”

“遵源？”

“哦，遵源是我的儿子，上回得了阑尾炎住了一个星期的院。说起来，我还没有感谢丁小姐的探望呢。”

我想起来了，有一次我误打误撞去医院看许默山，没想到病的那个人却压根不是他，而是他的外甥……是了，眼前这个人是许默山的姐姐，那就是小胖墩的妈妈。

“许小姐客气了，那不过是个误会罢了。”我笑了笑，想起几个月前自己那傻乎乎的举动，越发觉得尴尬。

“其实我今天来找丁小姐，默山并不知道。”

我能察觉到她在不动声色地打量我，索性大大方方地让她瞧，听她继续说道：“他也不知道我曾经在医院见过你，所以你可以放心。”

“什么医院？默林姐，你在说什么？我不太明白。”

她微微叹了一口气：“看样子我猜得不错，你一定是误会了默山。我看这两天默山一直心神不宁，就忍不住把你约出来和你解释一番。”

“误会？”我忍不住冷笑，“我亲眼所见、亲耳所听的事实，难道也是误会吗？”

她立刻反驳道：“可若你亲眼所见、亲耳所听是有些人故意让你听到的呢？”

我一愣：“什么意思？”

“你来上海是特地找默山的？”

我不说话，表示默认。

“默山之前并不知道你来上海了，对吗？”

“他知道！”我理直气壮地说道，“我给他发过短信，是他把医院的地址和病房告诉我的。”

“这就是了。那短信不是默山回复的。”

她回答得太快，倒像是早就准备好了一样。我难免觉得好笑，忍不住冷嘲一句：“那是他的手机，不是他回复的，那又是谁？”

许默林早料到我的反应，没有多少意外，只是简单地跟我陈述了一个事实：“前天我在医院撞到你，其实认出了你。但是我并不确定，就过去将默山从病房里拉出来，悄悄问他知不知道你在哪里。他很惊讶地告诉我，你当然是在S市上班，问我怎么会突然问起你。”

熟悉的寒意让我浑身一颤，我咬了咬唇，难以置信地望进许默林的眼里。

她的意思再清楚不过：许默山并不知道我来了上海，也就是说，他身边的顾夏笙动了他的手机，掐好了时间，等我找到病房的时候，让我“好巧不巧”地听到他们的对话……

怎么可能会有这样的事？

怎么可能有人真的会有这样的心机？

“即便如此，那又如何？”我有些愤怒，“许默山答应了年后和顾夏笙订婚，他亲口答应的，难道还有假不成？”

许默林一直盯着我，半晌，叹了一口气，解释道：“丁小姐，你大概不知道，顾夏笙为了把默山绑在身边，不惜自杀相逼。”

我惊诧万分：“你说什么？”

“我就知道，以默山的性格是绝对不会说别人坏话的，所以只好由我来当这个恶人。”她平静地看着我，语气不急不缓，“虽然顾许两家是世交，顾丰银行和许氏地产也一向有合作，夏笙和默山站在一起也算是一对璧人，可是夏笙……她太擅长步步为营，把默山的弱点掐得太准，这样的人并不适合默山。”

我苦笑道：“默林姐，两个人适不适合，如鱼饮水，冷暖自知，旁人说不准的。”

“如何说不准？”她似笑非笑地看了我一眼，“我瞧着你就比夏笙更适合默山。”

我扯了扯嘴角，不愿搭话。

她又沉默了几秒，再开口又是另外一件事：“默山在大学期间曾经交过一个女朋友，叫韩筱秋。”

我抱着咖啡杯的手一僵。

“我父亲对儿女的恋爱并没有很严格的限制，得知默山在学校里交了女朋友，还偷偷地去派人调查过那女孩的背景，却没想到查出那个女孩竟然患有先天性心脏病，当即大发雷霆，逼着默山和那女孩分手。”

我惊讶地抬起头，却见许默林的脸上没有什么波澜。

她似乎陷入了某种回忆，低着头慢慢地叙述道：“可是默山不肯分手，说筱秋的病情越来越严重，若是分手就是害了那姑娘。向来习惯用钱解决事情的父亲提出条件，他可以提供手术费安排那女孩动手术，可前提是那女孩痊愈之后必须离开默山。”

我再次苦笑：为什么这些事听上去像是狗血电视剧里的桥段？

“默山为了救筱秋，就用了一次缓兵之计，答应了父亲的条件，安排筱秋动手术。可是没想到，不肯动手术的反而是筱秋本人。”

“呃？”我一愣，“为什么？”

她苦笑道：“不知道她从哪里知道了她痊愈后默山就会和她分手的消息，死活都不肯上手术台，甚至当着默山的面指控我父亲买通了医生要她死在手术台上。”

“……”

“很惊讶，对吧？”许默林苦笑着摇了摇头，叹了一句，“也不知道默山这小子造了什么孽，一个两个遇到的全是这样偏执的女孩。”

我假装听不懂，心里却隐隐知道她要说什么，有点儿不安地看着她。

“他对筱秋可谓是尽心尽力，他找心理医生开导她，他带她一个个去找痊愈了的先天性心脏病患者安慰她，一遍遍地向她保证自己绝对不会离开她，想尽了一切办法，总算让那女孩上了手术台。”

我心里不是滋味，但也有感动，没想到许默山竟然可以做到这样……

“手术非常成功。”她微微一笑，“其实那女孩的心脏病没有那么严重，房间隔缺损，三尖瓣中度关闭不全。这种先天性心脏病其实很容易治疗，很多人一辈子不知道自己有这样的心脏病，照样活得好好的。而且手术的成功率也很高，在上海，对这方面的专家来说，这种手术失败可能性极小。根据心理医生的说法，其实拖垮筱秋身体的根本不是心脏病，而是她自己的心理阴影。”

我忽然想起了从林励泽那里看到的资料，韩筱秋是因为先天性心脏病才被抛弃在孤儿院的，又因为心脏病一直没有被人领养……这样的人有心理阴影又怎么能怪她？

“手术之后没多久，筱秋主动提出来和默山分手。原本默山被这段感情折磨得心力交瘁，又恰好要准备去英国留学，便答应了分手。没想到，他在英国留学期间，筱秋在国内出车祸身亡。”

我垂下了头，心里也是惋惜的。

“筱秋这姑娘可以说是默山大学时代唯一喜欢过的女孩子，却以这样的方式收场，无疑是一场悲剧。我们这些旁人看着都很难过，更何况是一向有情有义的默山。他一时之间难以从悲痛中走出来，在英国的时候更是刻意避免与女孩子接触，周围的朋友慢慢地开始嘲笑他，说他性冷淡，更有甚者还诋毁他的性取向。丁小姐，你能想象吗，许默山那样体贴的阳光大男孩，竟然会在大洋彼岸被人说成冷漠？”说到这里，许默林的情绪颇为愤怒，眼神肃杀。

她虽在问我，却压根没有想得到我的回答，沉默了三秒之后再次叹了一口气，慢慢地开口：“顾夏笙就是那个时候出现的……这孩子也是从小可怜，遗传了她母亲的容貌，遗传了她父亲的精明，却也同样遗传了她母亲的抑郁症。为了开解她，她哥哥顾夏承带着她去欧洲散心，却又不得不因银行的琐事先行回国。他见默山在英国，就把夏笙托付给了他。”

“默山很尽心尽责，因课业繁忙，他便带她一起去上课，也带她一起参加留学生的聚会，有意让她变得开朗。而留学生那边见默山身边多了一个女孩子，自然默认他们两个是男女朋友关系，那些不好的谣言自然不攻而破……而没想到，这些日子的相处却让夏笙对默山……”

我淡淡地接下了许默林的话：“日久生情。”

作为一名写言情小说的作者，对于这样的桥段我实在是太熟悉了。天天对着许默山那张帅气的脸，天天被他无微不至地照顾着，没有一个女孩可以做到不动心。

我瞬间心灰意冷。

因为想起了许默山对我的那些温柔、那些惊喜、那些感动……难道他对我这样好，全是因为他已经习惯了照顾女孩子？

“是，这才是真正麻烦的开始。这世上的事情有时候真的很奇怪，你越是怕什么，越是会来什么。”许默林又叹了一口气，喝尽了最后一口咖啡，停了几秒才开口，“一个韩筱秋已经将默山害成了这模样，怎么能又来一个和筱秋一样偏执的顾夏笙呢？不过这回，默山明白什么叫‘当断不断，必受其害’，几乎是毫不犹豫地选择了远离顾夏笙，回国后，开始疯狂地相亲。”

我心念一动，所以那二十五次……

“我不知道默山有没有和你提过，不瞒你说，你是他的第二十六个相亲对象。最疯狂的是，一个月里他相亲五次，平均一周一次，我和我母亲还曾怀疑是不是他的身体出了什么问题，还一次次小心地试探，闹了不少笑话。”说到这里，许默林的脸上浮现出几丝笑意。

我看着她的笑容，有一阵恍惚。许默山笑起来的时候，嘴角差不多也是这样的弧度。

“大概是物极必反吧，原本提出用相亲的方式来了断顾夏笙念想的是他，到后来，对相亲厌恶至极的也是他。夏笙被顾家送去瑞士接受治疗后，他总算是松了一口气，过了两年安稳日子。许氏地产在他的手里也慢慢地经营得风生水起……”

“可是眼看着他到了成家立业的年纪，身边却连一个女人都没有，我和我母亲又开始操心起来。吸取之前的教训，又不敢操之过急，就只好偶尔挑选几个比较中意的，让他去吃一顿饭。默山一向是明白家里人的苦心的，偶尔也不会拒绝我们的安排，但也说不上是乐意去相亲，直到有一天……”

许默林忽然冲我微微一笑，那笑容虽然没有恶意，但十分诡异。我好像猜到了她要说什么，心一慌，赶紧喝了一口咖啡掩饰心虚。

她似乎看穿了我的小心思，笑容更加意味深长：“直到有一天，我母亲跟他提了一个女孩的名字，说这个女孩是她同学的外甥女，不知道默山有没有兴趣见一见。出乎我们所有人的意料，原本打算离席的默山却忽然停下了脚步，转过头问母亲：‘哪个丁然？有没有照片？’”

“丁小姐，我也不再打哑谜了。”许默林和煦地笑了笑，“我和我父母从未见过你，但对你一直很好奇，因为‘丁然’这个名字是默山相亲黑历史里的唯一意外。那天和你的相亲是他几年以来最心甘情愿去的，甚至出发之前还有些紧张，像个没见过世面的毛头小子，好几次逮住我就问，这样的打扮是否得体。”

“那天他回家，是第一次相亲回来脸上还带着笑的。”

我只觉得这咖啡苦涩得厉害。

“第二天，我教他，既然喜欢，就主动出击。可是我在他的眼睛里看到了几分不自信，他说：‘姐，我好像有些害怕。’……”

她的话让我再也无法忍受，我从座位上站了起来，扯出了一丝笑容，抱歉地看着面前的女子：“默林姐，我知道你是好意，想要通过这种方式告诉我，许默山和顾夏笙不会在一起，答应订婚不过是缓兵之计，他喜欢的人是……是我。可是默林姐，我却从你的话里找到了一个漏洞，你知道是什么吗？”

“在相亲之前，我和许默山素不相识，他为什么会对‘丁然’这个名字感兴趣？那是因为他早就调查过我。”

许默林脸色突变：“你说什么？”

我努力不让自己哭出来：“默林姐，我曾经出版过一本小说，叫《许你天长地久》，里面女主角的名字叫苏桢，男主角的名字……叫许默山。”

“什么？”

她微微皱眉，约莫是毫不知情。

“不管这是不是我的初衷，但我不得不承认，苏桢的原型在我毫无意识的情况下变成了韩筱秋。”我苦笑道，“说到底，许默山对我感兴趣还是因为韩筱秋。”

许默林神色一凛：“这不可能！”

我心灰意冷地说道：“默林姐，在听你讲故事之前，我也抱着一丝侥幸，以为不是这样的。可是现在，我终于死心了。对不起，我得走了，出来这么久，我的朋友该担心我了。默林姐，谢谢你的咖啡，先告辞了。”

说完，我将最后一口咖啡一饮而尽，任由冰冷苦涩的滋味穿肠入肚。

我疾步走出咖啡厅，却被迎面走过来的男人拦住了去路。林励泽看到我的脸庞，脸色一沉：“怎么哭了？”

我赶紧抹了一把眼泪，说道：“我没事。”

“她和你说什么了？”

我摇了摇头，看了他一眼：“你一直在外面等吗？怎么不进去坐坐？对不起，我不知道她会跟我聊这么久。冷吗？怎么不把围巾围上啊，缠在手上很帅吗？”

不过是寻常的关心，这个大男人听了却有些傻气地笑了，还越笑越开心。

我莫名其妙地问道：“你笑什么？”

“没什么。”

他忽然朝我伸出手来。

我下意识地后退，却被他按住了肩膀：“别动。”说着，他把缠在手上的围巾裹在了我的脖子上，“虽然我刚才也挺帅的，但是我觉得这个动作更帅，你觉得呢？”

我翻了翻白眼：“是，大帅哥！你永远是最帅的，行了吧？”

“走吧，我订了下午五点的飞机，如果不出意外，还可以回家吃晚餐。”他先行一步。

“想得美！”我并肩跟上，“你那是建立在不堵车的情况下，可是在S市，在那个点，你觉得可能吗？”

“怎么不可能？待会儿就让你见证什么叫见证奇迹的时刻……”

“谁稀罕！”

飞机平稳地行驶在平流层上，我透过窗户俯视云层下的上海，仔仔细细地回想了一遍这几天发生的事情，恍惚觉得一切只是一场有惊无险的噩梦。只是噩梦醒后，一切都不会改变。而我对许默山的感情，却如同被浇了一盆冷水的火把，只剩下点点的火星，还在苦苦地挣扎。

如果就这样不喜欢了，那是不可能的。毕竟许默山的身影已经深刻地烙印在了我的脑海里：初遇时的他、演唱会现场的他、签售会突然出现的他、在球场上激烈厮杀的他、为我在厨房忙碌的他……

即便是现在，我也依旧在思念他。只是，这接二连三到来的真相让我措手不及，我需要一段时间来消化这些事实。

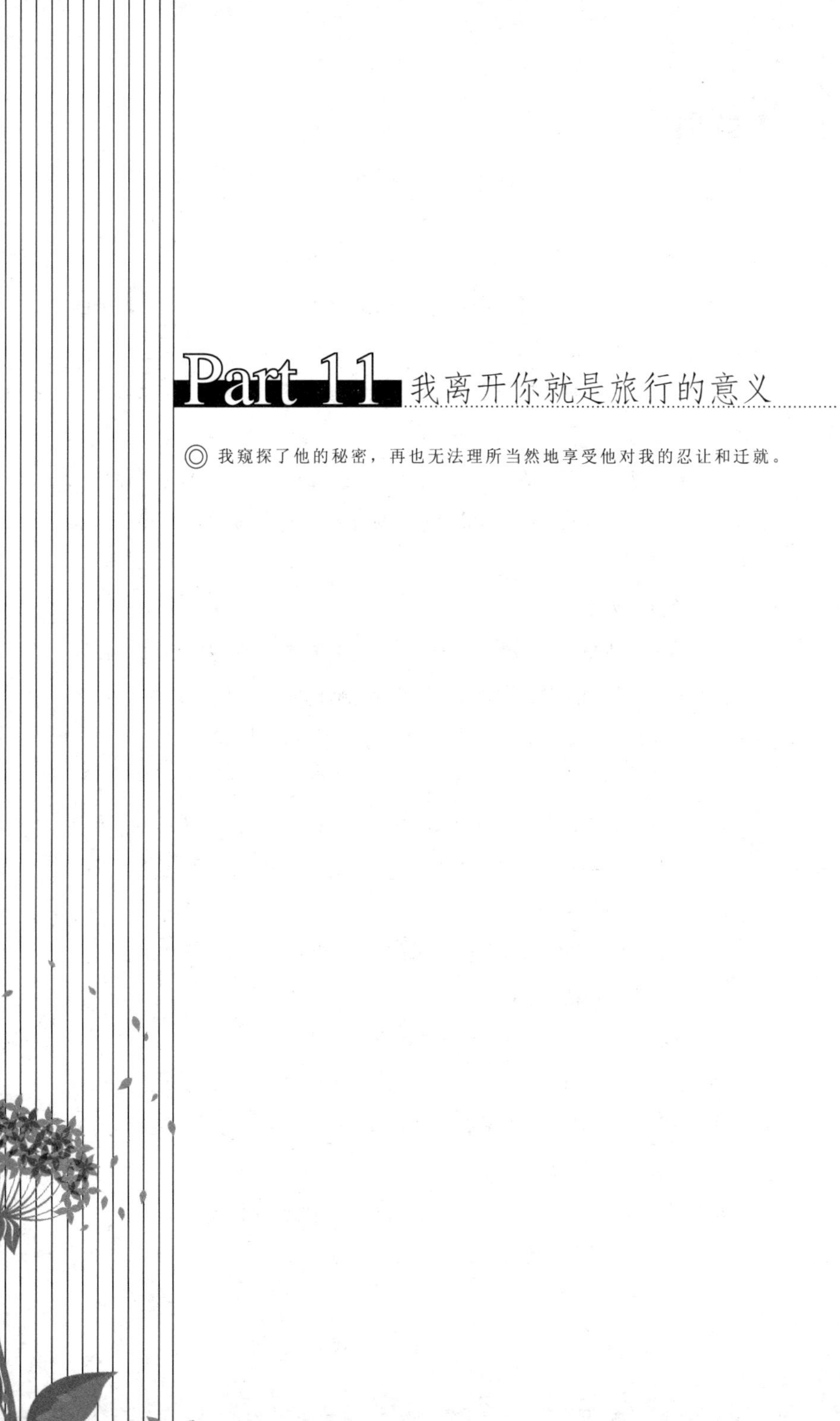

# Part 11 我离开你就是旅行的意义

◎ 我窥探了他的秘密，再也无法理所当然地享受他对我的忍让和迁就。

元旦过后，我正式向老巫婆提出了辞呈。老巫婆见了我的辞职信，脸色骤然一变："丁然，你要辞职？"

我点点头，发自内心地说道："是，吴经理，多谢您这么多年来对我的照顾……"

"别给我来这一套虚的！"她冷声打断我，看样子很不高兴，"你和林总监两人一起翘班好几天我都没说什么，你还想怎么样？居然还蹬鼻子上脸给我递辞呈了？"

"我有些私人原因……"

"不准！"老巫婆扶了扶冰冷的镜片，"眼看着一年又要到头了，你现在辞职算什么事？今年是我们公司被傅氏集团收购的第一年，要和总公司的员工一起开年会。就算你要辞职，也得在年会之后再辞职。"

"可是……"

"没什么可是的。"老巫婆冷笑了两声，一针见血地粉碎了我心里的小算盘，"除非你真的要为这点儿小事去惊动上头那一位，我是绝对不会批准的。"

真不愧是"老巫婆"，眼睛一瞥就猜中了我的小九九，被她这么一提醒，我哪里还敢去惊动傅景行。

我讪讪地正打算出去，她却又叫住了我。

我回过头，看见她扶了扶镜片："你是不是觉得我有点儿不近人情？那好，这样吧，我给你第二个选择，你若真有什么过不去的坎儿，我给你放年假，让你出去散心如何？"

我简直不敢相信她竟然这么好说话，赶紧顺着她给的台阶走了下去，欢欣雀跃地说道："多谢吴经理，我这就去写申请！"

打印申请表的时候，刚好被旁边的李想看见，她当即不知分寸地尖叫起来：“丁姐，你都翘了好几天班，居然还敢请年假？这也太可耻了吧！”

她的语速太快，我压根来不及阻止，只看到办公室里十几双眼睛齐刷刷地朝我扫射而来，简直想哭了：李想，你这个大嘴巴！不说话没人当你是哑巴！

我对着众人扯了扯嘴角，讪讪地说道：“我这不是三年来一次年假都没请过嘛，吴经理这次法外开恩，法外开恩，呵呵……”

“天啊！”李想嗷嗷大叫，“老巫婆什么时候也对我法外开恩一下啊？异地恋的孩子上辈子都是折翼的天使！”

“怎么，元旦的时候你和你男朋友没见面？”王怡笑着帮我打圆场，话题总算扯到了李想身上。

我对她感激地笑了笑。

“他坐了十几个小时的火车跑过来看我，我们两人匆匆见了面吃了一顿饭，他又要赶火车走了！这么来回折腾的，我都替他心疼！”李想有气无力地趴在桌上，苦恼地说道，“说实话，我真想辞职去投奔他算了，可我要是真的跟他跑了，我爸还不得打断我的腿。”

熟悉的措辞，让我忍不住也跟着插了一句：“想想，你若是真心想和他在一起，就要做好长远的规划。不如等下次你男朋友来的时候，你带他去见你的父母，他若是真的有诚意，就会把他的真心证明给你父母看。天下的父母都是刀子嘴豆腐心，若是他的诚意和人品感动了你的父母，你父母不会这么狠心拆散你们的，只是……”

“只是什么？”

“只是如果他连见你父母的勇气都没有，那他待你有几分真心自然值得怀疑了。”

李想努了努嘴，说道：“不会吧，他都舍得这么大老远跑来看我了……”

王怡说道：“那可不一定，异地恋的变数最不好说。人贩子在拐卖人口之前还会给一颗糖吃呢。”

“啊？”李想惊恐地瞪大眼睛，“王姐，你不要吓我啊。”

我忍俊不禁，不过我没见过李想的男朋友，也不好妄打诳语，只含糊地说道：“我们也只是提供一种假设，具体问题还得具体分析嘛……”

李想点点头，喃喃道：“那好吧，下回我和他说说……”

忽然，从Linda那边传来一声嗤笑：“纸上谈兵！”

李想吐了吐舌头，我和王怡皆是一愣。

对面的王怡朝我使了个眼色，用口型说道：“她一直都这样，别管她。”

我点点头，表示不生气。

Linda针对我也不是一天两天了，我若是真的在乎她的语言攻击，早就和她闹翻了。

我以为我想辞职的事情做得挺隐秘，不知道消息是怎么传到林励泽的耳朵里的。快下班的时候，他把我堵在了茶水间，目如寒星，面色不善：“你要辞职？”

我赶紧否认道：“没有的事！我只是想休息一段时间，去散散心放松放松。”

他的脸上渐渐覆上一层寒冰，狭长的眼睛半眯着，似乎有什么浓烈的情绪被压抑在里面：“你就这么讨厌我，连在同一栋楼工作都无法忍受？”

我笑道：“你在说什么，我怎么听不懂？我怎么会讨厌林总监？”

“你——”他咬着牙，凶狠地瞪了我一眼，眼睛又如同陨落的流星般迅速暗淡下来，轻轻地笑了一声，“丁然，你怎么可以这样狠心？”他笑得惨淡，决然地离开了。

我咬了咬唇，心中如同万只蚂蚁啃噬，不得安宁。

酒这种东西真的不应该乱喝，尤其不能在情绪不稳定的时候乱喝。那天我一时头脑发热，在KTV里被酒精冲昏了头脑，做了荒唐事，说了荒唐话，悔不当初。

激烈的亲吻，不顾形象的控诉，泼妇似的破口大骂，就像倒垃圾一般，我竟然将心底埋藏最深的情绪一股脑全倾倒出来。我以前从未醉过酒，也就从来不曾发现，在我的内心里竟然住了一个这样恶毒自私的恶魔。

早上我在写字楼下再次遇见他，原想正常地和他打招呼，没想到他却假装没有看见，和我擦肩而过，疏离得像是陌生人。

我发酒疯胡言乱语的那些话终究是伤他极深。

可是在我最难过、最狼狈的时候，任我对他如何粗鲁无礼，他还是选择不离不弃地陪在了我的身边，甚至装作什么事情都没有发生过，陪我嘻嘻哈哈。

现在回到了公司，一切回到了原点，他再次对我避嫌。

我窥探了他的秘密，再也无法理所当然地享受他对我的忍让和迁就。装傻同样残忍，那么就只剩下逃离。

我承认这很窝囊，但我不懂如何才能不窝囊。

郭女士打完麻将回来，看到窝在沙发上边啃苹果边看电视的我，像见鬼一样吃惊地问道："你怎么没去上班？"

我嘻嘻一笑："我请年假了，公司让我去放松放松。"

她顿时爆发了："公司把你开除了？我就说你去上海来得蹊跷！到底怎么回事？"

"妈，您想多了。"我赶紧澄清道，"真没事，就是我最近失恋了，想辞职泄愤，公司珍惜我是个人才，就不让我辞职，法外开恩让我休假了。”

“失恋？”她迅速捕捉到了关键词，眼睛瞪得像铜铃一样，“什么叫失恋？”

我眨了眨眼睛，装出一副楚楚可怜的模样看着她：“妈，我对不起您，我的确在上海藏了一个男人，这回我不告而别去上海就是去抓奸的。我本来答应了把人带来给您老过目的，可是他已经劈腿了，我就不找他来给您添堵了，这就直接导致了我失恋。妈，我对不起您！”

大概是我的面部表情太不严肃，郭女士也只有一瞬间的错愕，然后跑过来凶狠地揪住我的耳朵：“死丫头，你骗谁呢！我就知道你又在忽悠我，我看你最近是心野了吧，啊？”

“哎哟，妈，疼——”我痛呼道。

“你还有脸叫我妈啊？到底有没有把我的话当回事？你前两天是怎么跟我保证的来着？从上海回来还没有把男朋友带回来，到底要怎么办？你说说，你自己说！”

我说道：“相亲！二十场相亲！我去还不成吗！”

郭女士终于大发慈悲地放开了我，还在气呼呼地抱怨：“真是要被你气死了！真是人越大越不听话了！我怎么生了你这么一个女儿，上辈子我造了什么孽啊！”

我使劲地揉了揉被揪得发红的耳朵，欲哭无泪。

我还会乖乖去相亲？怎么可能！

其实，对于这个多出来的年假，我早有规划。吃了晚饭，我找到了当初在青年旅店遇到的那位山东姑娘给我提过的Couchsurfing网站，捡起了好几年没用的六级英语，按照网站的要求完成了注册，填上了最基本的用户信息。

我窥探了他的秘密，再也无法理所当然地享受他对我的忍让和迁就。

我已经在网上完成了《极速时光》的连载，着手准备写新的故事。新的故事虽然还没有梗概，但我想写一个做沙发客的女孩在旅途中发生的故事。为了让我的小说更真实，我决定无论如何得先体验一下沙发客的经历。

我的首站选定了西安。我爸爸在西安出差了好几个月，我已经很久没有见过他，颇为想念。但他是和同事一起合住单位提供的房子，肯定不方便让我住进去，所以，我抱着试试看的心态找到了几个host（主人），发了几封email。

没想到很快就收到了来自host的肯定回复，说她家有一间空房，原本是姐姐住的，但是现在姐姐在外地上大学，所以可以让我借住一个星期。我加了她的微信问她年龄，她回复了我一个笑脸："我已经十四岁了。"

我惊了一下："这么小！"

她似乎有点儿生气："别看我年纪小，我很成熟的。"

我更加惊奇了："那你父母同意让我过去住吗？"

"我已经和他们说了，我原来在欧洲玩的时候都是当沙发客的，没什么关系。你什么时候过来？坐火车还是飞机？"

我更窘了，我活了二十五年都没有走出国门，可她才十四岁就已经去欧洲当过沙发客。我顿时觉得自己有点儿跟不上时代潮流，一直活在自己的小世界里似乎非常狭隘。这更加坚定了我去体验的决心。

去西安之前，我又去了一趟前不久许默山带我去的羽毛球馆，找到了许默山的朋友陈均。

陈均似乎刚从球场上下来，挥汗如雨，见到我的时候眼睛一亮："美女，你又来啦？默山呢？"

我站起来，笑了笑："我今天一个人来的，特地来找你。"

"来找我？真是受宠若惊啊！"他用毛巾擦了擦脸，精神奕奕地冲我挤了挤眼，“我的出场费可是很贵的，这样吧，你既然是默山的朋友，我也不赚你的钱了，就给你一个内部亲情价吧。一小时一万，你看怎么样？”

我目瞪口呆：“出场费？”

“对啊，这是我们这里的规矩。”他拧开矿泉水瓶盖，仰头咕噜咕噜地灌水。

看着他喉结不断滑动的性感模样，我忍不住浮想联翩。

“可我只是想找你聊聊天。”

“聊天？哦——原来你要的是精神层面的服务。”他笑得不怀好意，“那就更贵了，一口价，十万。”

我不敢相信地看着他，总算捕捉到了他眼里的戏谑和调侃，顿时恍然大悟，嗤笑一声，反调戏之：“帅哥，卿本佳人，奈何从贼？”

“噗——”他喝进嘴里的一口矿泉水全喷了出来，咳了好几声才诧异地望向我，“你刚才说什么？”

我啧啧地叹了口气，摇头说道：“原本想着你是默山的朋友，我也不好意思和你翻脸。但是现在想想，就因为你是默山的朋友，我才不能让你在犯罪的路上越陷越深。实话说吧，我其实是《S城周刊》的记者，收到了市民的举报，说你这里存在……”

“哈哈……”他忽然狂笑起来。

“……”

“哈哈哈……”他笑得更加疯狂了。

我一头雾水：“你笑什么？”

“我笑我自己，要不是《S城周刊》有几个我的朋友，还真被你唬住了，哈哈……”他笑得差点儿岔气，还不忘看我一眼，“丁然，你叫丁然是吧？原来你是一个这么好玩的人，哈哈……”

我叹了一口气：“你不先捉弄我，我又何必来捉弄你？”

“那你怎么知道我在捉弄你？”他有些好奇，朝我眨了眨眼。

我说道：“你是许默山的朋友，我只是相信他的眼光罢了。”

“好吧。”他拍了拍我的肩膀，“就冲你这句话，等我一会儿，我请你去楼下喝咖啡。”

在等候的时候，秘书小姐为我倒了一杯水，为我解释了刚才他那惊世骇俗的举动：“丁小姐不要介意，上门来找陈总的美女实在是太多了，陈总不得不用这种极端的方式来拒绝。”

我扯了扯嘴角，不置可否地笑了笑：明明是他自己到处搭讪留情，等人家女孩子被他吸引找上门来了，他却用这种方式拒绝，也不怕遇到一掷千金的土豪。

我不知道一个男人正常的换衣时间有多久，只知道我玩手机差点儿把电量耗尽，陈均才姗姗来迟。他神清气爽地出现，换了一套黑色西服，太过于正式的打扮让我感到惊艳。

还真是人靠衣装，原本我瞧着他眉清目秀的样子觉得他像奶油小生，穿上西装顿时显得几分成熟。

“怎么愣住了？是我的美貌闪瞎了你的狗眼吗？”

“我可以反驳你这是狗嘴里吐不出象牙吗？”我懒得和他计较，开门见山地问他：“我只是想问问你那天你讲的那个故事。”

“故事？”他漫不经心地按了一下电梯，“我讲的故事太多了，不知道你指的是哪一个？”

我有些无语：“就是你说那个哥们儿的女朋友有心脏病的故事。”

“哦，是那个故事啊。”他欠揍地笑了笑，“那个故事是我胡编乱造的，怎么，难道你还当真了不成？”

“你——”

假的？不可能！他是许默山的朋友，许默山曾经的女朋友有心脏病……

我不相信他是随口编的一个故事。

“不要这么生气嘛。当然，我也知道那只是个借口，你真正的目的其实就是想来见我，对不对？”他忽然拉起我的手落下一吻，对着我的眼睛放电，柔声说道，“我现在就站在你面前让你为所欲为，你又何必提那个故事来扫兴？”

我被彻底激怒，猛地甩开他的手：“陈均！”

“陈均！”一个更不友善的声音穿透我的耳膜，我顿时浑身僵硬，不敢相信地瞪着陈均。

“哈哈……”罪魁祸首再次放肆地大笑起来，笑够了就对我身后的人使了个眼色，“好了，我的护花任务顺利完成，也要去忙我自己的约会了。兄弟，别忘了埋单。”说着，他又低头给了我一个飞吻，“亲爱的，祝你好运。”

我此时此刻才终于明白——从头到尾我都被陈均耍了！

他居然……他居然敢！

我气得浑身发抖，恨不得把手里的包砸过去，却听到身后传来一声轻轻的叹息：“然然，既然你心里有疑问，为什么宁愿去问别人，也不愿来问我？”低沉的男中音，曾让我魂牵梦萦。

事已至此，也躲不开了。

我慢慢地转过身，抬起头露出一个灿烂的笑容：“嗨，许默山，好久不见。”

许默山的眼里闪过一丝讶异，微不可察地皱了皱眉头，随后勾起一抹微笑，一如初见的模样：“然然，我回来了。”

我的眼睛一酸。我曾经如此期盼他站在我面前对我说这句话，可终于等到的时候，为何只有浓得化不开的酸楚？

他瘦了，脸上还有一种不正常的红晕。原本他的五官很分明，此时却更显深刻。鼻挺如山峰，薄唇毫无血色，甚至连那双眼睛都显得暗淡，就像天上的星辰失去了灿烂的光辉。

我于心不忍，说道："你想说什么就在这里说吧。"

"谢谢……"他一喜。

我心中一痛：他居然对我说"谢谢"这两个字。

许默山要了两杯咖啡，一直等到咖啡上齐了才垂着头向我道歉："对不起，然然，很久以前我曾调查过你。"

"是吗？"我闭了闭眼睛。

我早就猜到了是怎么回事，听到他亲口承认又是一回事。咖啡的香味实在是太浓郁，我从来都不喜欢。

"我们做房地产的，开发项目的设计、工程、预算、营销，每一环节都很重要。当年我出国读研读的是金融，并没有什么管理经验。因此在当总经理之前，为了服众，我曾被我爸派去各个部门打工，其中就包括销售部。说得通俗点儿，就是想方设法把房子卖出去。当时我们几个底层的售楼工作人员终于售出了一整栋，举办了一场庆功宴，有一个朋友送了我一本书。怎么形容呢，当时她脸上的笑容很诡异。我看着书的封面，觉得很奇怪，怎么会有人送我这样一个大男人一本言情小说。我翻了几页就知道原因了，原来书里面的主人公也叫许默山。"

原来这书是别人送他的。

他的神情很平静，继续说道："本来名字一样不是什么稀奇事，里面的故事情节才让我匪夷所思。当时筱秋已经过世，我以为这个作者是以筱秋为原型改编了小说，猜想也许她会知道一些筱秋的事情，就找人调查了一下。于是，我得到了一些关于你的资料，结果却很意外。然然，你和筱秋其实从来没有交集。"

也难怪，这样巧合的情节，如果是我，也会好奇的。

“如果在现实中两个人没有任何交集，却出现了如此惊人的巧合，那么只剩下一种可能性。这个社会互联网高度发达，可以让两个相隔十万八千里的人在虚拟的网络上成为朋友。我顺着这条线查下去，查到了筱秋居然是你的读者，查到了筱秋曾经给你的留言，那么一切就变得合理了。”

我默默地看着他，不知道该说些什么。

“知道这个事实，我只能感叹现实的妙不可言，对你心存一份感激，也没有深究这件事，就让它这么过去了。没想到居然有一天会在相亲宴上遇见你，我从来不信怪力鬼神，却也不得不承认，有时候上天在冥冥之中安排的缘分的确妙不可言。”说到这里，他朝我温柔一笑。

我对他的这个笑容毫无抵抗力，脸一红，只好尴尬地别过脸去。

“和筱秋的第一次见面……我大三吧。”

我一怔，听他讲下去。

“那天，我在学校一边骑着自行车，一边和旁边的朋友说笑，没注意前方。在经过图书馆的时候，我差点儿迎面撞上另一辆自行车，我以为自己反应够快，迅速把龙头转向了一边，避免了一场车祸，却没想到反而殃及了池鱼，撞倒了一个人，她怀里的书都散了一地。”

“那个人……就是韩筱秋？”

他轻轻地“嗯”了一声，眉宇间染上了淡淡的怜惜：“她穿得比较多，我不知道她撞到了哪里，只记得当时她的脸色特别差，好像随时都要昏过去。我赶紧把她背去了医务室，一路上，我问她痛不痛，问了她很多话，她却是一声不吭，连句痛没有叫。”

“我帮她填写登记表，才知道她是大一新生，也算是我的学妹。没想到的是，校医问她情况的时候，她才怯生生地告诉医生自己没事，脸色不好只是因为自己有心脏病。那时，我大吃一惊。”

我感到震惊：这和我的小说开头竟然不谋而合？

“我本来还想留下照顾她，她一直说不需要，我也不好勉强。只是有时候在学校里碰见了，会和她打声招呼，她却是爱理不理的，埋着头走了过去。我正觉得奇怪，没想到一个月后，她居然主动来找我。她还是那样怯生生地问我，能不能当她的男朋友。”

“你答应了？”

许默山略显狼狈地点了点头：“我当时看着她担惊受怕的样子，有些于心不忍，再加上本来对她心存愧疚，就答应了她。如果……如果当时知道后来会发生那些事情，也许当初我就应该狠心地拒绝她。”

看样子事情没那么简单。

“后来发生了什么事？”

许默山看了我一眼，似乎有点儿难以启齿：“然然，筱秋并不是因为喜欢我才让我做男朋友的。”

“嗯？”我有些意外，毕竟许默山这样阳光而又英俊的男生，在大学时代肯定是抢手的学长，怎么会有女生跟他表白却不喜欢他？“不喜欢你干吗要找你做男朋友，总不能是……冲着你的家庭背景来的吧？”如果真是这样，那就是一出狗血的豪门剧。

“……不是。她找我做男朋友，只是因为她想要有个男朋友用来炫耀罢了。”

“啊？”我还真没想到过这个理由。

他苦笑道：“一开始我以为筱秋是真的挺喜欢我的，也的确挺想照顾她，总觉得她太脆弱了，好像一阵风就可以把她吹倒。我陪她一起上自习、一起吃饭、一起参加社团活动，倒也一直相安无事，也可以说是过得挺开心的。可是很快，问题就出来了。”

这种感觉像是在看美国大片，我问道：“怎么了？”

许默山皱了皱眉头："其实我不应该这样说她，毕竟逝者已矣，但是她当时的确太不正常了。我是学生会主席，平日里总少不了与女生打交道，每次筱秋看见了，就怀疑那些女生暗恋我想要把我抢走。她非要我交代清楚那些女生的来历，不交代清楚就不许我和她说话。一次两次我以为她是吃醋，还挺可爱，可是后来，我渐渐发现事实远比我想象的复杂。"

我忽然想起了陈均那天跟我讲的那个故事，小心翼翼地开口："她这是……占有欲？"

"嗯？占有欲？"他顿了顿，又开口，"也可以这么说。她变得越来越疑神疑鬼，每晚睡前必须要我给她打电话。有一次我忙得晚了，忘记了时间，手机又恰好没电，她就一遍遍地打给我，甚至打电话给我的室友问我是不是在宿舍，等我开机才发现居然有二十六个未接电话。"

我着实怔了一下。

"几乎所有的朋友都笑话我是'妻管炎'，这也罢了。"许默山的脸色有点儿红，眼神也飘忽不定，"她还主动约我去旅馆……"

我的脸一僵，点头示意自己明白了。他都说到这地步了，我如果还不明白，那几百本言情小说也都白看了，我的上百万字小说也都白写了。

"就是在那天，我对她提出了分手，拖下去情况只会越来越糟。现在想来，当时的我做了一个很不明智的决定。"他轻轻地叹息一声，"筱秋大闹了一场，她在旅馆里哭着指控我，非说是我变了心，要抛弃她，逼问我那个第三者是谁。我说根本没有第三者，她不信，大哭大闹，近乎疯狂。"

许默山的眉头皱得更紧，形成一个明显的"川"字："其实我看着她这样，心里也不好受，却不知道怎样去拒绝一个女孩子才能做到不伤人。这时候，她昏了过去。我第一次感到手足无措，也特别后悔自己的莽撞，她有心脏病，不能受强烈的刺激。我背着她，慌忙打车到医院，在外面等着医生检查了好几个小时，才终于了解到原来她的心脏病其实并不严重。"

“并不严重？啊，是了，默林姐和我提起过。”

许默山神色复杂地看了我一会儿，又重新开口：“是。所以我很奇怪，她既然心脏没有多大的问题，身子怎么会这么虚弱？她从来不做剧烈运动，新生军训也没有参加，有时候在太阳下晒得太久，面色惨白得吓人。医生告诉我，这些是她的心理问题。”

“我想打电话给她的朋友，想了解她的心理到底有什么问题。可是手机拿在手里，竟然发现自己不认识她任何一个朋友。虽然知道这样不对，我还是翻了她手机的电话薄。让我吃惊的是，她手机里居然只有两个电话号码。”

事情陡然变得诡异，我问道：“其中一个就是你？”

“是。”

“那另一个呢？”

“另一个存的名字是‘院长’，我按照那个号码拨了过去。一问之下，才知道是孤儿院。”

我的心一跳，问道：“孤儿院院长？”

“嗯。我就去找了孤儿院的院长，她是一个年过五十的妇人，姓韩，她说自己是从小看着筱秋长大的，筱秋也是跟着她姓。她一听说我是筱秋的男朋友，就把她所有的情况都告诉了我。”

韩筱秋从小是因为心脏病而被父母遗弃在孤儿院门口，也是因此难以寻觅到好心人家收养。她从小一直在孤儿院长大，依靠国家和社会的补助，直到18岁考上了同济大学才离开。也是因为从小知道自己是被父母抛弃而在孤儿院长大，韩筱秋的性格比同龄人要孤僻得多。一开始她在孤儿院里还有几个玩得好的小伙伴，但是渐渐地，看着小伙伴一个个被别人领养走，自己却依旧孤零零地留在原地，她就变得不爱和同伴玩，总是一个人独来独往。

也许，就是因为从小见证了太多的分离，韩筱秋变得患得患失，得到的也总是害怕失去。她对许默山陷入这样的疯狂，也许只是因为害怕失去。

许默山又叹了一口气，脸上是我从来没有见过的伤感。

我想，韩筱秋就算不是他心头的一颗朱砂痣，也是他心中难以释怀的一个遗憾。

“韩院长拜托我要好好照顾筱秋……知道了这些，我怎么还能把筱秋往外推？我决定帮她一把，至少帮她从自己的世界里走出来。没想到这时候，我爸发现了我和筱秋在交往。他大发雷霆，坚决不允许我和一个有心脏病的女孩在一起。”

许默林也提过这点。

他神色一黯，轻轻颔首：“我告诉我爸，这种心脏病很容易治，不会有问题——我是真的心疼这样一个女孩，她从小受到了多少伤害，才会变得那样偏执？我爸说，那就给她治好了，两个人再分手。我说当然要先治好她，分不分手到时候再说。那时候我血气方刚，言辞也很激烈，我爸差点儿被我气死，幸好我妈和我姐在一旁劝着，才不至于闹僵。当时的确太年轻了，不知道吵架并不能解决问题，只会把问题闹得更严重。”

我沉默不语，没有再催他。这个故事远比我写的《许你天长地久》现实得多。

许默山垂着头，似乎在回忆着过去，良久才苦笑道：“再后来，我没想到不同意做手术的人反而是筱秋自己。”

他的眼里流露出一种浓浓的悲伤，我被他感染了，眼前似乎浮现出他所说的一幕幕场景：“她抱着我，一遍遍不厌其烦地问我，是不是只要她动了手术康复了，我就要离开她。我说我不会离开，可她就是不信，甚至让我写保证书。我不得已，只好写下保证书，保证绝对不会离开她。可是在我写下保证书之后，她还是不肯动手术。她假设各种荒谬的情节，说什么万一医生手抖了抖，手术失败了怎么办？她甚至还大闹，指着医生和护士说他们都已经被我爸买通了，要在手术台上置她于死地……”

“我带她去咨询心理医生，可是她一看到办公室的门牌，就吓得落荒而逃，甚至忘记了平日里她从来不敢做剧烈的运动。后来我又想了很多办法，带她去郊外散心，带她去孤儿院看小朋友，找了很多做了同类手术并痊愈了的病人，带她去一一拜访。渐渐地，她似乎放宽了心，终于决定动手术。”

“出院的时候，我听到医生笑着告诉她，没有心脏病了，以后要好好锻炼身体，不要让自己这么弱不禁风了。她很腼腆，乖巧地点了点头。可我分明看见她在低头的时候掉了一滴眼泪。”

我心里难受，好像能感受到她的心情。

“心脏病康复之后，我们继续交往。我明显能感觉到她的心境好了许多，不再那么缠着我，看到我和其他女生说话，也不会逼着我打听出他人的全部消息，我也慢慢放下了心，觉得就这样下去其实也不错。父亲那边，我是彻底闹僵了，可是他拿我没有办法。恰逢大四，我忙着申请英国的大学，本来我还在纠结要怎么告诉她她才能够接受，如果她不让我去，我会留下来直接工作也说不定。而这时候，她却主动提出要和我分手。”

我再次感到意外。

“筱秋是那时候才肯告诉我，她一开始找我做男朋友，其实是在利用我。她一开始只是想要找一个男朋友来气宿舍里欺负她的女生，因为听到舍友们讨论，说许默山是学校里的风云人物，只可远观……总之，她很平静地向我道歉，也很认真地和我道谢。我也总算松了一口气，我们就这样和平分手了。”

我隐隐觉得有些不对劲，但这个念头闪得太快，我甚至来不及抓住它。

“我去了英国之后，也没有怎么联系她，没想到有一天，我和在国内留校读研的朋友视频通话，他才告诉我，一周前筱秋过世了。”

我哑然，看着许默山长久地陷入静默，我于心不忍，轻轻地握住了他的手。这一握，让我吓了一跳：他的手怎么如此冰凉？

我记得以前他的手一直都是温暖的，我还曾打趣他，可以借他的手当我的暖手袋。我猛地抬头，再一次仔细地打量他，发现他脸上的红晕不正常，心下一慌——他这是病了吗？

我“霍”地站起来，想要伸手去触摸他的额头。

“然然！”他却猛地伸出手，以一种不可思议的速度抓住了我的手，俊脸上出现了仓皇焦急的神色，“再等一下！再等等，等我把话说完！”

我浑身一震：这眼神……我从没见过这样的许默山，不知所措得就好像一个迷路的孩子。

“在英国见到夏笙的时候，我的第一念头是有些害怕。”他的呼吸有些急促，“那年，她跟在她哥哥身后，穿着一条白裙子，站在鸽子广场的喷泉边，很多鸽子在空中飞翔，我在那一瞬间以为自己看到的是筱秋。”

“夏笙和筱秋实在是太像了。”他的呼吸有些急促，“所以我不能对她的自杀无动于衷，我不能眼睁睁地看着她去死。我只能拖延时间，我只能假装答应和她的订婚，我只能用尽一切办法安抚她。可是在照顾她的时候，我每天都很不安，一旦空闲下来，就会忍不住想起一个人的脸，想起她的笑容，想听听她的声音，恨不得立刻见到她，这种心情……然然，你明白吗？”

他的脸红了。

那一刻，我原谅了他。

我印象中的许默山到底是什么样呢？初见时，英俊潇洒、风趣幽默、有男人味；相处时，体贴、温柔，还常常给人带来惊喜，这些形象都符合我对男主角许默山的期待和定义。而现在坐在我面前的许默山，他也会难过、会挣扎、会彷徨、会期待、会害怕、会生病、会不舍、会滔滔不绝地向我解释误会，还会和我说温柔而又含蓄的情话，甚至会脸红。

这是一个有血有肉的人，这是真真正正的许默山。

他最大的缺点不过是习惯对别人温柔体贴、照顾有加。可是从另一个角度讲，这何尝又不是一个优点？对待别人尚且如此，更何况爱人？

我慢慢地把自己的手从他的手里抽了出来。

我看到他原本满含希冀的眼睛一点点地暗淡下来，然后，我把手轻轻地覆盖在了他的额头上，声音控制不住地颤抖："许默山，你病了。"

"是吗？"他仿佛浑然不觉。

"既然病了，就应该去医院。"

他淡淡一笑："你能陪我吗？"

我摇了摇头，收回了手："我不能陪你。"

"是吗？"他还是笑着，笑意却很凄凉。

我一咬牙，狠下心说道："许默山，我想问你几个问题，等你把这几个问题想通了，再来找我。"

"好。"

我吸了一口气："第一，顾夏笙可以自杀第一次，还会自杀第二次、第三次吗？"

他浑身一震，差点儿打翻咖啡杯。

"第二，韩筱秋、顾夏笙，下一个偏执狂又会是谁？"

许默山满脸不可思议。

"第三，如果有一天我和顾夏笙同时掉进水里，你会救谁？"说出这个问题的时候，我忍不住颤抖了一下，曾经多少次吐槽过这个没有营养的问题，可是如今发生在自己身上时，我却发现它果真一语道破天机，"如果我和顾夏笙同时掉进水里，不对！是韩筱秋、顾夏笙，还有我，我们三个人一起掉进水里，许默山会选择救谁？"

"……"

“第四……”我想了想，说道，“暂时好像没有第四了。那就这些吧，许默山，我得走了，再会。”我闭了闭眼，就像之前在面对许默林的时候一样，端起了已经凉透了咖啡，仰头一饮而尽。

真苦，我不喜欢咖啡，但好像喜欢上这种近乎自虐的苦涩。

我虽然走得决绝，但还是不忍心。在寒风中等了很久，我才看见许默山从咖啡馆里出来，眼泪终于落了下来。

他穿得很单薄。他还生着病。他其实也很不容易。

我看到他请来的那个代驾走上前去和他说了一会儿话，然后坐上了那辆白色迈巴赫的驾驶座，提着的一颗心总算是放了下来。车子终于消失在街道尽头，我苦笑着转身离开。

# Part 12 残酷的温柔

◎离开，是因为想要被挽留。
逃离，是因为想要被追逐。

在西安见过父亲之后，我就联系了那位接待我的小姑娘。在约定的公交车站，我终于见到了一个穿着黄色羽绒服和运动裤的短发小姑娘，眼睛亮晶晶的，朝我打招呼："你就是丁姐姐吧？"

我不禁有种地下党接对暗号的感觉，忍不住笑道："是啊，你就是乐乐吧？"

"是的。"她看了一眼我随身携带的包，"那你是要先吃晚饭，还是先把东西放到我家？"

"先把东西放了吧。"我好奇地看着她，"你现在没有在上学吗？"

她摇了摇头，说道："我要去美国读书，在家准备雅思呢。所以这两天我可能没办法陪你出去玩了，我要背单词，每天三百个呢！"

我笑道："没事，我就是来瞎玩的。"

"对了，你有什么特别想吃的东西吗？来西安你一定要吃羊肉泡馍，我知道有一家店做得特别好吃，而且也不贵，不过就是有点儿远。其实也不远，就是要坐五六站公交车……嘿嘿，待会儿趁我妈没来，我可以先偷偷带你去吃一顿。"

我惊讶地问道："你妈不管你吗？"

"没事，我就是个吃货，我妈也管不住！"

"……"

乐乐家在三十楼，公寓挺大，三室一厅，估摸着约有一百五十平方米。我也不敢乱走，只在乐乐的带领下来到了她的卧室。

她说："这是我的房间，晚上我睡我姐那间，你就睡我这间。"

我赶紧道谢。

沙发客的本意是借住别人家的沙发，能有一间独立的房间，实在是幸运。

“还有前面就是浴室，你晚上要是想洗澡的话就直接进去洗，里面的门可以上锁，还有沐浴乳和洗发水就在那里，随便用就行。”

我忽然觉得异常尴尬：在陌生人家里洗漱，总有点儿放不开手脚的不自在。

她倒是没有察觉到我的异样，只是兴奋地看着我，问道：“你要休息一下，还是要先去吃东西？”

我一愣，看了一下手表，差不多也是饭点，想必她也是饿了，就和她一起出了门。

乐乐是个很开朗的女孩子，路上一直滔滔不绝，我十分惊讶她的经历——才十四岁的小姑娘，居然已经去过欧洲的每一个国家。

“罗马尼亚和匈牙利是最不用找沙发的国家，因为他们那里的旅店实在是太便宜了，如果不住旅店，反而不合算。”

“巴萨罗那还有威尼斯就是属于那种特别难找沙发的地方，因为找的人实在是太多了，不过再怎么难找，你要是提前一个月发邮件，总是能够找到的。”

“法国这个国家我再也不想去了，有一次我和我姐住在一个法国人家里。他一开始挺好的，还做了早饭给我们吃，可那个饭实在是太难吃了，简直是我吃过的最难吃的东西。于是我在他的主页写评价，说他做的饭不适合亚洲人吃，没想到他一直给我写邮件，一直让我道歉，我烦都要被烦死了，再也不要去法国人家里住了！”

“呃……这个……”

“还有一次比较危险啦，我和我姐两个人在伦敦，当时有两个host，都回复我们说可以接待我们，一个是黑人，一个是白人。我们觉得白人比较靠谱，就去了那个白人的家里，可是我们去了之后就发现很不对劲，那人很高，又很结实，一直问我们要不要洗澡。我们那时候是真的感到害怕了，就说要出门买点儿东西，他还问我们出去买东西，为什么要背着包，我们就说要用包装东西什么的……就逃出来了。我们吓都吓死了，逃了老远，看他没追出来，又赶紧跟那个黑人联系，后来就去了那个黑人家里。那个黑人可好了，还请我们吃东西！这次可真让我们长了一个教训，人真的不可貌相……”

我越听越觉得传奇，如果写一部这样的小说，应该会很有意思。

同时，我开始羡慕乐乐。现在的孩子果然独立又开放，一个十四岁的小女孩就有这样的人生体验，她的人生和我们这些从小到大一步步中规中矩读书的人的人生是不一样的。

吃了晚饭，由于错过了最后一班公交车，我和乐乐一起往回走，我也和她说了很多，有关于我的高中、我的大学、我的工作。我来西安之前从没想过还有这样的机会可以和这样的小姑娘聊得如此投机，甚至不知道身后何时跟了一辆电动车。

是乐乐的妈妈。

后来我才明白，原来她一直跟在我们后面，只是为了观察我是不是一个规矩的女孩。答案是肯定的。

那一刻，那种异样的感觉再次涌上心头，我明白，怀疑和信任是双方的。对于我来说，住在陌生人家里无疑是冒着未知的危险；而对于他们来说，让一个陌生人住到自己的家里，何尝不是一种冒险？

深夜，躺在乐乐的床上，我又失眠了。一方面是对这个陌生地方的不安，而另一方面则是对自己的怀疑。我明白，在这种时候逃避实在不是一个明智的选择，但我别无选择。

我没想到许默山和韩筱秋的故事竟然是这样的，到底和我笔下的故事不同。如果韩筱秋就是“陌上花开”，那么她应该是刚好看到了我的小说开头才决定一直看下去的。如果她一直都在影响我写作，那为何她没有把苏桢也换成自己呢？

黑暗中，我鬼使神差地摸出了手机，点开了自己当初在文学城连载的《许你天长地久》，就着屏幕散发的唯一光亮，一章又一章、从头到尾地读了起来，包括“陌上花开”给我的留言。

最后，我的目光停留在倒数第二个章节的留言上。

《许你天长地久》诚然是个悲剧，但是当年初出茅庐的我并没有那么狠心。我曾经想过让苏桢的手术成功，然后让许默山和苏桢在一起，也算一个完满的结局。

但是，正在我准备写大结局的时候，我看到了“陌上花开”给我的留言。她说：“其实只有苏桢死了，许默山才能永远记住她，他们的爱情才能真正天长地久。丁然，世间种种并非尽是完满，有些爱情也只有死亡才能成全。”

当时这段文字触动了我，所以我最终改了结局。

许默山独自对着游乐园的过山车，看着那过山车上的人疯狂地尖叫，看着天空上的朵朵白云飘过，对着一片虚空轻轻地微笑。

苏桢，天长地久，原来这样难，也这样容易。

看着最后的发表日期，一个念头闪过，我惊得从床上跳了起来。

大结局发表的时间是2010年12月13日20点整。20点整是我设定的小说自动更新时间，可重点不是这个时间，而是日期。

12月13日是许默山带我去羽毛球馆的那个日子，是他接了那通电话后说要去上海的日子，而韩筱秋的死亡日期——12月14日。

我不确定，但我知道如何确认。

我拨了一个号码，可是刚拨出去我就看到了现在已经是凌晨两点。我赶紧哆嗦着挂了电话。这个时间点，我也只敢骚扰霍小西。

可是我没想到，我挂了电话不过十几秒钟，林励泽就回拨过来了。

寂静的夜里，我完全没有料到他会回拨过来，可是偏偏手机铃声格外刺耳，我不敢惊动隔壁的乐乐父母，下意识地挂了他的电话。

可是他很顽固。

我接起电话，不敢出声，却听到电话那端林励泽急促的声音："丁然，你怎么了？出什么事了？说话！"那声音倒像是吼出来的。

我一愣："我……我没事。"

"你……"他的声音一下子低沉下来，"你没事？"

"嗯，对不起……我不该这个时候打扰你的。"

"无论如何，你已经打扰到我了，如果道歉没有用，那就不要跟我道歉了。你有什么事吗？"

"我想问你……"我闭上了眼睛，"韩筱秋的死亡日期是哪一天？"

"……"电话那端果然是长久的静默，如果不是依稀能听到他起伏不均的呼吸声，我会以为他把手机扔在了一边不再搭理我。

"对不……"

"我说了，如果道歉没有用，就不要跟我道歉。"林励泽有点儿不耐烦，"如果你想要这些资料，我可以快递发给你，希望不要在深夜打电话询问，我会很困扰。"

我刚想再次道歉，说出一个字又咬住了自己的舌头，等着他说下去。

他也没有刻意为难我，冷笑一声："至于问题的答案，是2010年12月14日。"

我打了一个寒战，浑身的鸡皮疙瘩都冒出来了。居然真的是那一天……这不是巧合，这绝对不是巧合！事到如今，任何与许默山有关的巧合我都不会再信。

也许是我沉默的时间太久，林励泽有些焦急："丁然，你说话！"

我浑身一颤，死死地抓着手机："她……她是怎么死的？"

"车祸。"

"司机是怎么说的？"

"司机？这和司机有什么关系？"他顿了顿，继续说道，"丁然，到底发生什么事了？"

"没事。"我咬唇说道。

"丁然，你别逼我！"他深吸一口气，恶狠狠地说道，"既然你半夜两点把我从床上吵醒，就别想瞒着我那些乱七八糟的事！"

"你以为我想遇到这些乱七八糟的事吗？可是它们偏偏一件又一件地黏过来，我已经很烦了，半夜把你弄醒是我的不对，我跟你道歉。对不起，对不起，对不起，林励泽，林总监，看在老同学的情分上，你就别再烦我了行不行？"

"丁然，你真是好样的！"他劈头盖脸地训斥我，"到底是我在烦你，还是你在烦我？你既然那么关心许默山前女友的事情，为什么不直接去问他？你最关心的难道不是他的想法吗？当初是我傻、一厢情愿，是我自作多情怕你掉进别人的恋爱陷阱，才多管闲事插了一脚。现在我知道错了，我向你道歉，我和你划清界限，行了吧？从此，你们的事情再也与我无关，所以也请你不要来打扰我了，好吗？"

他直接挂断了电话，听着那冷漠的"嘟嘟"声，我胸口绞痛得厉害。

不是这样的，不该是这样的！

我颤抖着手，拨了霍小西的电话。

彩铃响了两轮之后，霍小西的泼妇骂街声震天般地传了过来："死丁然，如果不是你奄奄一息、危在旦夕、只剩下一口气临终之前只想再听听我的声音，你信不信我立马就杀过去把你大卸八块？"

她永远都是这么朝气蓬勃，可是我再没有和她贫嘴的心情。

我对着手机哭了。

我曾经以为在上海的KTV大醉的那一晚是我此生最狼狈的时刻，原来错了。因为那时至少还有酒，至少还有林励泽，而此时此刻，在西安陌生人的屋檐下，在漆黑的房间里，在冰冷的被窝中，在没有任何酒精的情况下，我感觉到强烈的痛苦和孤独。

“二丁，你怎么了？”她的声音立即慌乱起来，“你在哪里？到底发生什么事了？二丁，快说话！”

担忧的口吻，关切的语气，和刚才的林励泽竟然是大同小异。

“霍小西，我想摆脱许默山……”

“你说什么？”

我哭得更凶了：“我明明喜欢许默山不是吗？我明明喜欢他，可是我现在所做的一切都在把他越推越远。”

“你到底做了什么事？”

这一夜，我絮絮叨叨地将所有发生在我和许默山之间的事情向霍小西倾诉了一遍，就像最初我相亲遇到许默山，她也是这样陪着我夜聊的。好像只有这样的深夜，才能证明我们的情谊并没有因为彼此男友的出现而疏远。

霍小西一直静静地听着我倾诉，偶尔会出声应和，表示自己还在听。

当我终于倾诉完毕，霍小西沉默了三秒，最终只点评了一句话：“二丁，你该不会是喜欢上林励泽了吧？”

“会吗？”

我的声音已经沙哑，带着浓浓的鼻音。

“你是这个反应？我以为你会跳起来死不承认。”

我苦笑道：“我已经没有力气那样做了。”

“那你现在对林励泽和许默山都有什么样的感觉？”

“我不知道。”

如果我能把自己的感情理清楚，就根本不会向霍小西求助。

她又沉默了一段时间，轻轻地说道：“那这样吧，我问你几个问题，你回答一下，我帮你分析分析。”

“好。”

“等等，先让我想想……有了，你觉得许默山是个什么样的人？用三个词语概括一下。”

这话问得怎么这么像面试官？

我想了想，回答道：“温柔、体贴、善解人意。”

“那你再找三个词概括一下林励泽。”

我一下子语塞。因为我发现找不到什么适合的词语来概括，即便我抛开高中时对他的偏见，他依旧是矛盾的综合体。有时他会像老朋友那样和我聊天斗嘴，有时候又疏离冷漠得仿佛有深仇大恨；有时他会很温柔，即便我那样凶他，他都不离不弃地陪在身边；有时他又会翻脸，恶言相向，毫不手软……如果非要用一个词来概括这种特性，我想大概是……阴晴不定。

“概括不出来？”也许是等得久了，霍小西先开了口，“那就下一个问题。如果许默山和林励泽同时掉进水里，你会救谁？”

“……”

我原本抑郁的心情竟诡异地治愈了。我哭笑不得地说道：“无论是谁掉进水里，我好像都救不了。”

“别回避话题！”她异常认真地说道，“你明白我的意思，我的意思是两人同时遇到危险，你会选择救谁？”

“我不知道。”

“又是不知道。”霍小西叹了一口气，“我已经大体知道了，二丁，从前呢，你心里的那个天平我不敢说是百分之百，那也至少是百分之九十都是倾向许默山的，但是中间出了这么多事，许默山这边的砝码越来越少。而林励泽却因为在你痛苦的时候陪着你，而又恰到好处地让你发现了他对你的感情，让你别扭了，所以他那边的砝码在慢慢地加重。现在，他们的地位在你心中基本上已经持平了，所以你才会一问三不知。”

“那你说我该怎么办？”她现在已经不仅仅是我的军师，还是我唯一的救命稻草。

“照我说，你现在应该把工作先放一放，然后去外面走一走散散心，顺便把自己的感情理一理。你要好好想清楚，你对许默山的感情到底是迷恋、崇拜、渴望，还是真正的爱情。你对林励泽的感情到底是因为窥探了他的心意而产生不安，还是真正的心动。”

我苦涩一叹：“霍小西，你可真是旁观者清。”

“好了，那我不说了。”她打了一个哈欠，忽然低咒一声，“居然已经四点了！完了完了，我明天早上还要去采访呢！二丁，先不聊了啊，你也早点儿睡，别瞎折腾了，大不了随便选一个男人，反正那两个男人看上去都不错，哪一个都不像是会亏待你的人……”

我怎么会找上霍小西这狗头军师？

我睡得很浅，大清早起来的时候，发现窗外的天空阴沉沉的，原来是下了绵绵细雨。

乐乐父母也很早就起来了，似乎在交谈着什么。我在屋里简单收拾了一下，又去浴室洗漱了一番，收拾整齐就准备出门。

“姑娘，要不要一起吃一顿早饭？”坐在饭桌前的乐乐爸爸笑呵呵地冲我招招手。

我有些不好意思，不敢落座。

乐乐妈妈也从厨房出来打招呼：“对呀，姑娘，坐下来吃点儿东西吧，要出去玩一天呢，路边都吃不到什么好东西。早饭最重要，再等一会儿，阿姨马上就做好了啊。”

盛情难却，我只好坐在了一边，想了想，问道：“乐乐还没有起床吗？”

乐乐爸爸说：“那孩子总是晚上不肯睡，早上起不来。没事，你不用理她，她待会儿会起来的。你今天打算去哪里玩？”

我想了想，说道：“嗯，去大雁塔附近转一转吧。”

“大雁塔？那很近啊。”他笑了笑，又冲窗外的方向指了指，“从小区的北门出去，拐个弯，然后一直往前走，15分钟就走到了。”

“真的？”我一喜，“那好啊。”

“对了，今天下雨，可能路不太好走，你带伞了吗？”

“带了。”

“出来玩最怕下雨……”

我笑了笑，因为我发现天下的父亲好像大同小异，我爸也经常说类似的话，比如“在外施工，最怕下雨”。

吃了早饭，我背着背包撑着伞，往大雁塔的方向走去。其实我并不太喜欢到特别热门的旅游景点旅游，因为往往会发现该景点真实的情况远远不如自己想象中的那么美好。最美的风景永远是在别人的宣传和自己的想象中，也许爱情也是如此。

从久负盛名的大雁塔上下来，我有点儿兴致缺缺，出了大慈恩寺，便朝着北广场走去。百度百科告诉我，大雁塔北广场是亚洲最大的喷泉广场和最大的水景广场。我撑着伞来到这个空旷的地方，听着欢快的音乐，欣赏着喷泉随着歌声而不断跌宕起伏，我忽然想滞留不走了。

我照了几张喷泉和大雁塔的照片，忍不住晒到了朋友圈。

霍小西很快在下面留言，留了一串惊恐的表情：“你行动这么迅速！昨天我才给你的建议，今天居然已经在西安了，这不科学！”

我回复一个龇牙的表情："本公子昨天就在西安了好吗！"

霍小西愤怒了："啊啊啊，这么说，你今天早上和我打了两个小时的是长途电话！浑蛋啊！我说我前不久充的话费怎么这么快就花光了，你知不知道我接听长途电话也是要收钱的！"

我淡定地回复："我不知道啊。"

霍小西回复一串心碎的表情："我怎么交了你这么一个损友？"

我接着回复："这是我的荣幸。"

我将手机塞回口袋，捂了捂手，抬头再次望向音乐喷泉，没想到这一瞥却瞥见了喷泉对面有一把金灿灿的小黄伞，不由得失笑——那把伞居然和我不小心遗忘在许默山车上的小黄伞一模一样。没想到除了我以外，也有人如此标新立异地用这么高调的伞。

我刚笑出声，笑容立刻僵在了脸上。

那不是一模一样，根本是同一把伞。

那把伞的主人似乎在寻找什么人，而他转身的瞬间，我看清了他的脸，正是许默山。

我不知道他为什么会出现在这里，只知道脑子里跳出来的第一个念头是逃跑。当我的视线和许默山的视线无意中撞上时，我心里咯噔一下，吓得赶紧逃跑。

"丁然！"

这时候，围观喷泉的人群忽然出现了一阵骚乱，还有景区保安的哨声。

我吓了一跳，下意识地回头，双脚却像是被钉在了地上，再也动弹不了了。

许默山竟然撑着伞横穿了喷泉，向我这个方向跑了过来。

不知名的音乐忽然达到了高潮，所有的水柱并肩齐发地高高喷起，水花大珠小珠落玉盘地砸在了许默山的伞上。明明不过短短几秒钟的时间，气氛却紧张得如同经历了一场巨大的浩劫。

“丁然！”许默山一把拽住我的胳膊，眼睛璀璨发亮，笑得如同孩子般天真。

“你干什么？”我简直要发疯，心有余悸地去检查他的衣服，“你怎么能就这样冲过来？你知不知道今天的气温才几度？大冬天的你就不怕冷吗？”

许默山笑了，一边笑一边轻轻地喘气，对自己的衣服毫不在意：“我不知道，我只知道刚才如果我从那边绕过来，说不定就追不上你。反正我有伞，不是吗？”说着，他还炫耀般地举了举手上的小黄伞，笑得很开心，“这还是你落在我车上的呢。”

我被他孩子气的笑容逗笑了，有些哭笑不得，拉起他的手，微微一愣：“怎么这么烫？”

我忽然想起了什么，伸手去摸他的额头，吃惊地问道：“你还在发烧？”

“嗯。”他的脸上滑下几滴雨珠，眼睛异常发亮，“好不容易生一次病，怎么能不发挥它的价值？然然，我在对你使苦肉计。”

我吃惊地看着他：“你真的是我认识的那个许默山吗？”

许默山没有回答我，而是收起了小黄伞，高大的身躯灵活地钻到了我的伞下。由于他比我高，他就直接用那一双手包裹住了我撑伞的手，将伞撑高了。他看着我，有些焦急地说道：“第一，我已经和夏笙说好了，她不要我了，所以她不会再自杀。”

说着，他抽出一只手，从自己的怀里掏出一本杂志，塞到我的手上，急切地说道：“这里有一篇夏笙写的小说，你看看就知道了。然然，我不会骗你。”

我呆愣地接过。

他的手又把我的手裹住，实在是太烫了。

“第二，筱秋的事情已经过去了，夏笙的事情是我一错再错，不会再有第三个偏执狂，因为然然，我遇见了你。”

我的心扑通一跳，我想把自己的手从他手里抽出来，却被他抓得更紧了。

“第三，你和筱秋、夏笙一起掉进河里，虽然这一幕永远不会发生，但是我已经想明白了，筱秋已是过去，夏笙将我从筱秋那里拉出来，可是然然，你是我的未来。所以，你们三个我都必须要救，无论失了哪一个，我都不是现在的许默山。至于先后顺序，我想不明白，为什么一定要排个顺序？难道为了救更想救的人，就能弃身边触手可救的人于不顾吗？然然，你还有第四吗？”

我静静地望着那如深潭般的眼睛，那里清晰地映着我的身影，一点点地变得模糊。我到底何德何能，让许默山千里迢迢地追到西安来跟我表白？

我再也忍不住，一头扑进了他的怀里，狠狠地抱住了他，拼命地摇头：“没有了！没有第四了！谢谢你，许默山……谢谢你！”

曾经我以为自己对爱情会比常人看得更透彻一些，因为我是个写爱情故事的小说家。到了现在我才明白，我也不过是一个陷在自我感觉良好中无法自拔的小女人。

离开，是因为想要被挽留。

逃离，是因为想要被追逐。

闹腾，是因为想要被宠溺。

拒绝，是因为想要被哄求。

而许默山，就像默林姐说的那样，其实也不过是个不懂得去表达的大男孩。

# Part 13 Farewell，My Steven

◎ 终有一天，我会把他前女友的影子从心底抹去，全部换成我的容颜。

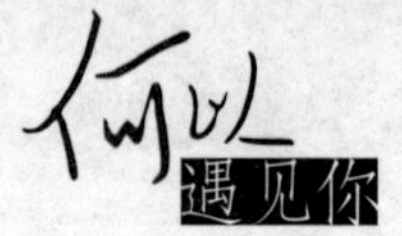

（一）

母亲死的那一年，我五岁。

我亲眼看到母亲大笑着、尖叫着，像个疯子一般开着车冲了出去。而坐在车上的哥哥拼命地想要阻止母亲，却被彻底疯狂的母亲从车上扔了出去。

幸好那时哥哥被扔了出去，虽然受了重伤，却保住了一条命。

因为母亲的结局是车毁人亡。

后来，我长大了，他们才告诉我，母亲不是像疯子，她是一个真正的疯子。

哥哥和我是同父同母的兄妹，可是从小哥哥就不如我聪明。我三岁就可以把圆周率背到一百多位，五岁就能识别全世界所有国家的国旗，六岁开学直接读的小学三年级，成为班里年纪最小的学生。他们都说我是天才神童，说我将来一定成就非凡，可是那个打扮妖娆的女人——名义上却是我奶奶的人冷笑着说道："天才？哼，我看分明是疯子！她跟她妈一个样，总有一天也会变成疯子，害人害己！"

那天，她喝的咖啡里出现了一只死蟑螂。

看着她花容失色的模样，我躲在角落里冷笑。

我以为藏得很隐蔽，可没想到还是被她揪了出来。

她的指甲掐进了我的脖子，她面目狰狞地冲我冷笑："小疯子，你就是个小疯子！总有一天，你身边的人都会被你害死的！"

我却毫无惧意，抬起头直勾勾地看着她，说道："如果我要害人，那第一个要害的便是你。"

看到她瞬间煞白的脸色，我有一种报复的快感。几乎就是同时，我学会了应该隐藏自己的才能和真实情绪。

我恨父亲，因为他的出轨逼疯了我的母亲。但是我还要依附于父亲的财力和物力，所以在他面前我永远都是一副乖乖女的模样。面对奶奶的指责，父亲也选择了相信我。

我对着气得发疯的奶奶的背影露出了一个微笑，只可惜她没看到。她若是看到了，一定会跳起来，指责我是个小疯子。

我是个小疯子，我和正常人不一样，我很小就知道了。

这世上我只嫉妒一个人，那个人就是我的哥哥。

他明明是我的哥哥，却从未被人叫过小疯子。那些假惺惺的大人只会不停地夸奖他，说他小小年纪就那么成熟稳重、有担当，和父亲小时候一模一样。可是明明他那么笨。

他那么笨，所以他当然不知道我心里对他的真实看法。在他看来，我就是一个乖巧的妹妹，听话、聪明，最大的缺点就是受了母亲的基因影响，偶尔会对所喜欢的东西有点儿偏执。

这么多年，我再也没有跳过级，一直收敛锋芒、循规蹈矩地做着正常的学生，努力让自己成为一个真正的正常人。可是世事难料，这一点我不得不承认。

时隔十八年，我竟然在家门口亲眼目睹了一场车祸。

五岁时母亲开着车子走向毁灭的那一幕，如同潮水一般从我记忆最深处翻滚出来。我开始整夜整夜地做恶梦，梦见母亲满脸鲜血地朝我伸手，大笑着说要将我带走；梦见奶奶掐着我的脖子，瞪着眼睛张狂地咒骂“你这个小疯子”；梦见儿时的同班同学窃窃私语，说我考试作弊才每次得满分。

我夜夜失眠，只好吃安眠药，一杯又一杯地给自己灌咖啡，听着帕格尼尼的小提琴曲，偶尔会想要自杀……

他们说我得了抑郁症。

他们把安眠药藏了起来，他们把咖啡机丢掉，他们把我的帕格尼尼都换成了莫扎特，他们时时刻刻监视着我。

我被彻底激怒了：我明明没有疯，却要被逼疯了。

哥哥终于决定带我去欧洲散心。

伯尔尼、柏林、巴黎、威尼斯、罗马、巴萨罗那……然后是伦敦。

我抱着逃离那座城市的想法和哥哥来到了欧洲，却发现欧洲驰名世界的一座座城市其实和上海一样，不过是一座座牢笼，困着苦苦挣扎的芸芸众生。

（二）

在伦敦待了两天，哥哥忽然说要带我去见他的朋友Steven，我心里其实是非常不屑的。哥哥的朋友，又在帝国理工读金融，能有多出色？但是表面上，我还是一如既往地期待、笑逐颜开。

哥哥盯着我的脸，忽然叹了一口气：“Olivia，我有时候真想撕了你脸上的面具。”

我轻轻地笑了笑：“哥哥，每个人脸上都有面具，只是有的人永远只有一张面具，而有的人脸上却有很多张面具。面具多的人指责面具少的人，这不是五十步笑百步吗？”

哥哥当时的表情如同吃了黄连，连同看着我的表情都变得神秘莫测起来。

我和哥哥在特拉法加广场等Steven，哥哥之前一直夸他是青年才俊，我被他念叨得烦了，就随便应和几句。可是过了约定的时间，他还没有到，我心里对他更是鄙夷。

特拉法加广场因为鸽子众多，所以又被称为“鸽子广场”，刚好又有大片的鸽子从天空中飞了下来，闹出了很大的动静。我下意识地转过头，目光却不知怎的穿过了扑腾的鸽子，看到了一个穿着白衬衣的男生站在不远处纳尔逊的雕像下，由于面向阳光，那如雕刻般棱角分明的脸庞镀上了一层金边，让人想起古希腊神话里俊美的神祇阿波罗。

我忽然对Steven有所期待。

（三）

长这么大，我第一次认同哥哥的眼光。Steven是个很体贴的人，明明学业很紧，却抽出时间带我们参观伦敦。哥哥说英国菜馆的菜最不好吃，他就直接带我们去了他的公寓，为我们亲自下厨。

他的公寓不大，但很整洁，阳台上养了一盆仙人掌，书架上堆满了各种各样的书籍。我随手抽出一本，竟然是叶芝的诗集，看到他随手写的笔记，英文字体非常漂亮。

将近两个月的欧洲之行，我已经很久没有吃过中国菜，闻到了久违的菜香，顺着味道在厨房门口看到了正在忙碌的Steven，心里暖洋洋的。

那天，吃了Steven做的午餐，哥哥和他在聊着什么，我窝在他的沙发上看电视，没想到就这样睡着了。我做了一个梦，梦见了很小的时候，父母带着我和哥哥去公园放风筝，那时候的母亲笑得如花一样灿烂。那是我一个多月来第一次在没有吃安眠药的情况下入睡，那是我一个多月以来做的第一个美梦。

我醒来的时候满脸泪痕，哥哥心疼地看着我：“Olivia，你是不是又做噩梦了？”

我摇了摇头，说道：“哥哥，我终于做了一个好梦。我想要留在这里，你找个理由先回上海吧。”

我从很小的时候就知道要如何得到自己想要的东西。哥哥虽然不如我聪明，但好歹也是我的哥哥，很快就明白了我的意图，皱了皱眉头：“Olivia，也许他有女朋友。”

我肯定地说道：“他没有女朋友。”

哥哥拗不过我：“那你打算留多久？”

“我也不知道，等我想离开的时候，自然会联系你的。”

哥哥将我托付给Steven，我用高于原先房租三倍的价格租下了Steven隔壁的公寓，正式成为了Steven的邻居，开始正大光明地在他那里蹭饭、蹭牛奶、蹭电影。

Steven毕竟跟我不一样，他是来念书的，还有学业要完成，而且不能整日照顾我。我便跟着他去上课，陪他去自习，跟着他去参加留学生的活动。果然，留学生之间很快就流传开来，说我是Steven的女朋友。

我对这个结果很满意。

可没想到否认的却是Steven，我听到他在和别人解释，终于忍不住和他吵起来。我问他：“你宁愿让别人误会你是gay，也不愿让别人误会我和你的关系？”

他皱了皱眉头，淡淡地说了两个字：“没错。”

我气得想要绝食，但是对于Steven，我势在必得。

（四）

三个月后，Steven顺利地毕了业，拿到了帝国理工的硕士文凭，准备回家继承家业。我觉得奇怪，就问他：“你既然要继承家里的地产公司，为什么要学金融而不是管理？”

学金融倒更适合去我父亲和哥哥的银行工作。

Steven说，当初和父亲闹了矛盾，并不想继承家业，所以申请了本科的专业。

我更好奇了，他这样温和的人，怎么和家里人闹矛盾？

Steven回答我的是难得的沉默。

直觉告诉我，这一定和一个女人有关，我立刻让哥哥去查了Steven的过去，果然查到了一些资料。Steven的前女友是一个患有先天性心脏病的女孩，他耗费心血帮她治好了心脏病，她却在他出国读书后死于车祸。

看着那个女孩和我有几分相似的神情，我不敢相信，Steven对我的体贴照顾不过是因为他已经习惯了照顾他的前女友。我出现的时候，他的前女友不过去世三个多月。

可是即便如此，那又如何？

终有一天，我会把他前女友的影子从心底抹去，全部换成我的容颜。

我跟他一起回国，依旧陪在他身边。

可是他淡淡地拒绝道："Olivia，我们现在已经回国，你应该回家了，你哥哥和你爸爸应该都很想念你。"

我摇了摇头："我会去见他们的，但是我必须在你身边。Steven，我已经习惯看到你，你不能把我推开，我不会让你从我的世界里消失。"

他浑身一震，那诧异的表情就像是见了倩女幽魂。

我以为他已对我妥协，可事实远远没有那么简单。

我怎么也没有想到他会选择相亲。

（五）

他的第一个相亲对象是一位刚刚入职的教师，可是形象一点儿都不为人师表。很明显戴着隐形眼镜，穿着那么短的裙子也不怕被风掀起。在她去洗手间的时候，我端着红酒杯不小心和她迎面相撞，红酒泼在了她的白色雪纺衫上，她尖叫着跑进了卫生间。

他的第二个相亲对象打扮得总算得体了一些，穿着正装，表情过于严肃认真。事实上，她是一名律师，刚从宾夕法尼亚念法律回来没多久，比Steven还大了两岁。据说她在律师事务所专门打离婚官司。我装作偶遇，理所当然地坐在了Steven的身边，和她假装热络起来。她果然面色突变，打离婚官司的大概最痛恨纠缠不清的男女关系。

他的第三个相亲对象……

第四个……

第五个……

每一场相亲，我都会刻意出现搞破坏，每一次破坏成功的时候都会得意。可是看到Steven没有一点儿波澜的脸色，我满腔的欢喜又一次次地化为泡沫。

在他眼里，我是不是一个登不上台面的跳梁小丑？

我在餐厅里尖叫着、哭着，质问他："为什么你宁可和那么多奇葩的相亲对象相亲，也不愿让我做你的女朋友？"

他轻轻地叹了一口气，揉了揉我的长发，似在安抚。他说："Olivia，你对我的感情不是爱，只是执念罢了。你可以犯错，但我必须清醒，我不能一错再错。"

执念……执念……这不是执念！

我笑了，流着泪笑着问他："你是不是嫌弃我？你是不是嫌弃我是个疯子？我不是疯子！我告诉你，我没有疯，我也不会疯！"

"小疯子，你就是个小疯子！总有一天，你身边的人都会被你害死的！"

“她妈妈是疯子，离她远一点儿！”

“你跟你妈简直就是一个模子刻出来的，当初她就不应该生下你！”

错了，我是个疯子。他们都说我是个疯子，因为我就是疯子。

“Olivia！”Steven终于变了脸色，用力抱住我，“你冷静一点儿！你不是疯子，我不是那个意思，你冷静一点儿！”

“Steven！”我哭着说道，“是不是我的疯病好了，你就可以和我在一起？”

他只是禁锢着我的腰，紧紧地抱着我，好像怕我做什么傻事，一言不发。

我终于下定了决心，要正视我的病情。

我去了瑞士。

No matter the ending is perfect or not， you cannot disappear from my world（无论结局是否完美，你都不能从我的世界消失）。

（六）

我可以离开Steven，但是我必须随时随地知道Steven的动态。哥哥拗不过我，只好在Steven身边安插了一个人，其实也不是什么高智商的商业间谍，她要做的不过是每天将Steven的行程报给我。

Steven依旧在相亲，但我已经不再介意。因为我知道，Steven相亲不过是想要断了我的念想。可是我说过，我对他是势在必得。

果然，这几年他走马观花地和相亲对象吃过几顿饭，就再也没有什么深的接触，甚至后来连相亲的次数都变少了。

我的情况也渐渐好转，我似乎已经看到了胜利的曙光。于是，我通过了医院的测试，收拾行李，以一种崭新的面貌重新回到了S市去见Steven。

Steven和我约定在一家法国餐厅见面。出发之前，我特意做了一个发型，穿了一条优雅大方的紫色长裙。见到了阔别几年的Steven，他还是那么英俊，但是几年的岁月让他退去了身上最后一点儿稚气，已经成为了一位风度翩翩的成功人士。

他的身边还没有任何女人，而我已经归来。

中国的城市日新月异，几年不曾归国，我想让他带我出去转转，他欣然接受。

可是他起身去结账的时候，目光却在一张桌子上定住，怔了几秒之后再次漫不经心地走向服务台。我顺着他的目光望去，却见那张桌子旁坐了一对男女，女人容貌普通，男的仅能看到侧脸，倒也可圈可点。

我忽然想起我刚进门的时候，似乎有一道视线落在我的身上。我以为那是惊艳的目光，倒也没有在意，现在想来，应该是这个容貌普通的女人。

可是Steven的行程里没有异样，除了前不久有个相亲对象，但是后来没有任何交集……等等，两张演唱会门票……可一张是给了Steven的母亲。可是Steven的母亲又怎么会喜欢那些流行歌手？难道是给她的？

我的危机意识一向灵敏而又准确。

查到的资料告诉我，那就是Steven最新的相亲对象。而奇妙的是，那个女人竟然是一名网络作家，曾经写过一个幼稚无聊的爱情故事，叫《许你天长地久》，而那本书的男主角居然和Steven重名，真有意思。

看来，Steven对她感兴趣也不过是这个原因。

既然我已经治好了我的疯病，那么我不会再给任何人靠近Steven的机会。于是我让父亲暗示媒体，我和Steven即将订婚。

Steven打电话来，言辞激烈地要求澄清，我只说要和他面谈。而那时我已经回到了上海，于是他风尘仆仆地来了上海，来和我解除婚约。

我看着他，说道："Steven，既然你缺一个结婚对象，我也缺一个结婚对象，我们为什么不能凑在一起呢？我们曾经一起生活过三个月，我们彼此都很合适。"

Steven却是满眼的疲惫之色："Olivia，结婚不是彼此合适就可以凑在一起的。而且，你说我和你合适，不过是我适合当你的哥哥。"

我愤怒地看着他："我有哥哥，谁还要你来当我的哥哥？我要嫁给你，我要成为你的妻子！"

Steven笑了，他笑得那么苦涩、那么悲伤。他说："Olivia，你是要我对那三个月精心照顾你而感到后悔吗？"

我哭了，不敢相信他会说出这样的话。泪水就像坏了的水龙头喷出的水流，怎么也停不下来。

他从旁边抽出几张纸巾，轻轻地为我擦泪。他在我耳边轻轻地叹息："Olivia，相信我，这世上有很多优秀的男人，他们也许都比我更适合当你的男朋友、你的丈夫。"

"你是一个应该被捧在手心里的女孩子，不要再流泪了。"

他说的明明是最温柔的话，却比最锋利的刀剑还要伤人。

Steven走后，哥哥进来了，他看着我，轻轻地叹息："Olivia，明明从小你就十分聪明，怎么在感情这件事上却比阿波罗还要愚蠢？"

我明白哥哥的意思。阿波罗被丘比特的黄金之箭射中，疯狂地爱上了女神达芙妮，而达芙妮却被丘比特的铅头小箭射中，厌恶爱情。阿波罗不断地追逐着达芙妮，达芙妮却只想逃离。阿波罗的爱让她喘不过气来，她绝望地向父亲河神求助，最后变成了一棵月桂树。

我笑着回答他："哥哥，就算Steven会变成月桂树，那也只能是我的月桂树。"

哥哥脸色一变，两三步走过来，盯着我，想要从我的脸上看出我在开玩笑，可最终只是颤抖着拥住我："Olivia，为什么你去瑞士治疗三年，病情反而加重了呢？"

我摇了摇头："哥哥，我没有病，我只是非常想要Steven而已。"

"你要不要也来银行做点儿事？"哥哥说道，"Olivia，我不能再任你胡闹下去，你的世界不能只有Steven，那样的话你会……"

他没有说下去，但是我和他都心知肚明。

那样的话，我就会重蹈母亲的覆辙，最终走向毁灭。

（七）

我听了哥哥的建议，开始在上海上班，将自己的注意力从Steven身上转移出来，但我还是忍不住去打听有关Steven的消息。听说在S市，他和那个通过相亲认识的姑娘在一起了，他们每天见面，一起吃饭，一起看电影，一起钓鱼，一起去爬山。

每次想象那个画面的时候，我都气得想要杀人。

Steven以前明明只对我这么好，他怎么可以把他的温柔给别人？

哥哥摇了摇头："Olivia，你错了，Steven不是只对你那么好。你有没有发现，他对身边的每一位女孩都很好。那位死去的前女友，你，还有她。"

我恶狠狠地将手里的杯子砸在了地上："那又怎样？我会让他今后只对我一个人好！"

"Olivia！"哥哥抓住我的肩膀，幽深的眼睛盯着我，满目颓然，"为什么你现在会变成这个样子？当初是我做错了吗？当初我根本不应该把你一个人留在伦敦，Steven根本不爱你，你这样强求到底有什么意义？"

我笑了，轻轻地拉开了他的手："不是的，哥哥。是我要留在伦敦的，你把我托付给Steven是你做的最正确的一个决定。我这样强求，是因为没有Steven我会死的，我真的会死的……"

哥哥真没用，他一个一米八五的大男人居然窝在沙发上哭了。

我必须想一个办法将Steven永远捆在我的身边。

我记起了一个日子——12月14日。多年前，Steven前女友在这一天因出车祸而死亡，他一定不会忘记这个日子。

我就是要在这个日子，给他心里再添一道伤口。

12月13日，我自杀了。

即便真的要死，我也要死在那人的前面。即便是每年的忌日，我也要Steven先想起我。

躺在浴缸里，我能感受到温热的血液从我的手腕里缓缓地流淌而出，意识渐渐模糊，儿时的那些狰狞的记忆如同野草滋长一般疯狂地蹿了出来。

"小疯子，你就是个小疯子！总有一天，你身边的人都会被你害死的！"

"她妈妈是疯子，离她远一点儿！"

"你跟你妈简直就是一个模子刻出来的，当初她就不应该生下你！"

我笑了，原来他们说的那些竟然都是对的，我果然和我母亲是一样的。

多年前，母亲发了疯，开着车子疯狂地冲出了栏杆，冲向了大树，冲向了房屋。她倒在一片血泊之中，却让父亲永远地记住了她。父亲愧疚了一辈子，再没有续弦。

（八）

我当然没有死，因为我早就掐好了时间，哥哥会在那个时候回来的。

就算哥哥没有在那个时间点回来，张嫂也一定会过来准备晚餐。

我睁开眼睛醒过来的时候，如愿地看到了趴在我床边睡着的Steven，他的下巴上长满了密密的胡楂儿，似乎这几天过得很不好。

我忍不住伸出手，轻轻地碰触他的脸庞。又是好几个月不见，他一定不知道我有多想念他。

他很快醒来，那双曾经神采飞扬的眼睛里满是疲惫，那曾经低沉的嗓音是无比沙哑。他苦笑着看着我：“Olivia，你到底想要我怎么办？”

我用指尖碰触他的鼻梁，好像只有这样才能证明我还活着。我知道这时候不能偏激，就假装自己已经把一切都看开了：“Steven，我对你偏执成狂，无非是想要你成为我的男朋友。现在，我才发现不仅自己活得累，还让周围的人活得累。我纠缠你这么多年，不过是因为不甘心。那你就当我一个月的男朋友好不好？就一个月！每天给我做饭，陪我说说话，就像一个男朋友一样照顾我。等一个月后，我就放过你，这辈子再也不缠着你，好不好？”

“不可以。”他想都没想一口否决，“Olivia，我已经有女朋友了，所以不能答应你。”

我勃然大怒，发了疯地骂他：“为什么你总是对我这么狠心？我都愿意为你去死了，你怎么还可以对我这样狠心？Steven，你不能这样对我，你怎么能在对我那么好之后，又残忍地把我抛弃？既然我可以死一次，那我就可以死第二次、第三次、第四次！即便是死了，我也要化作厉鬼冤魂缠着你！”

哥哥和护士进来，将他从病房里拖了出去。

我不知道哥哥和Steven到底说了什么，只知道最后Steven同意留下来照顾我，但不是以男朋友的身份，而且期限是24号。因为他曾经答应那个姑娘，25号会陪她一起过圣诞节。

我每天就像是过世界末日一般珍惜他对我的好。

如果不是每天都能看到他在医院的走廊偷偷地和女朋友打电话，语气亲昵而又温柔，我几乎都要以为我已经赢得了这场战役的胜利。

Steven一直都在敷衍我。

一起过圣诞节？呵，我一定不会让你们得逞。

24号的清晨，我从医院逃跑了。医院里到处都有监控摄像头，但是我压根就不怕。因为一旦出了医院，上海那么大，想要在一天内在这个城市找到我，还真没有那么容易。

圣诞节的夜晚，我站在东方明珠的玻璃平台上，看着黄浦江上的烟花绽放，终于在烟花谢幕后看到了风尘仆仆、满脸怒意的Steven。

他生气，是因为我破坏了他本该美好的圣诞节？还是因为担心我？

我明知第一种才是答案，但我心甘情愿相信第二种。我赤着脚跑过去，拥抱Steven，在他耳边轻声说道：“Steven，今天圣诞节，我向你求婚好不好？”

他浑身僵硬，轻轻地将我推开：“Olivia，圣诞节也要过去了，你的梦该醒了。”

我摇摇头，慢慢地后退：“不会的。如果我不想醒来，没有人可以将我吵醒。Steven，如果这玻璃忽然坍塌，你说会怎么样呢？这样，我们就可以死在一起……永远在一起。”

“顾夏笙，你到底还想要怎么样？”Steven终于彻底被我激怒，开始连名带姓地叫我的中文名，他红着眼睛，脾气前所未有的暴躁，不顾形象地冲我大吼，“你这公主病到底什么时候才能戒掉？你到底明不明白，这世界上不是所有的人都该围着你转的！我知道你聪明，聪明绝顶！你明明没有疯，也没有抑郁症，却偏偏让所有人都以为你有抑郁症、你随时随地都会发疯，让所有人都为你提心吊胆、操碎了心！”

我开始浑身颤抖，胃酸不断地涌上来，痛苦得想要干呕。

他竟然将我看穿了，居然有一个人真的将我的那些心思都看穿。我好像忽然变成了照妖镜下不得不现原形的妖精，无所遁形。

“Olivia！”他担心地冲过来，强壮的手臂将我搀扶住，“你怎么样了？”

我痛苦地吐出了胃里仅有的那一点酸水，望向Steven：“Steven，就做我一天的男朋友吧，明天就做我一天的男朋友好不好？”

他说我有公主病，可是他曾见过哪个公主面对自己的爱人变得如此卑微？

他沉默了很久很久，终于闭上了眼睛，艰难地吐出几个字：“好，就一天。”

简单的四个字，对我来说却好像是救赎。

最后一朵绚丽的烟花在黄浦江的夜空上绽放，湮灭。

（九）

当晚，Steven将我带回了医院。

趁着他在隔壁的屋子睡着的时候，我潜入了他的屋子，打开了他的手机。可是他的手机设了密码，我根本解不开。于是，我干脆将他的手机卡和我的手机卡对调，这样一来，他也没能那么快瞧出端倪。

在黑暗中，我开了机。

收件箱里一下子蹦出了好几条短信，而发件人的名字是Elle。Elle，法语的“她”。

Elle：“你在哪里？”

Elle：“我有话想和你说。”

Elle：“看到短信给我回电话。”

Elle：“我想你了，我想见你。”

Elle：“今天是圣诞节，你不是说你会回来的吗？”

Elle：“求求你给我回短信好不好？”

Elle：“你回不来，我去上海找你好不好？”

……

我很恼火，恨不得将手机直接扔出去，可是很快又冷静下来。她要来上海，那再好不过，也许我可以设计一场好戏，彻底离间他们。

Steven，如果你们的爱情真的固若金汤……

第二天，我果然看到她的短信，询问的是Steven的地址，看样子她果然沉不住气来了上海。我想都没想就把地址发了过去，然后再次关机。

那个身影很快出现在我的病房外，她似乎很狼狈，我在心里满意地笑了。于是好戏开场，我扯了扯Steven的衣袖，柔声问道：“我爸说下月初七是个好日子，我们就把婚订了，好不好？”

在此之前，Steven已经答应我，在这一天，无论我说了什么奇怪的话，他都会顺着我的话说下去。但是今天过后，所有的话都不作数。

他削苹果的动作微微一顿，声音有些波动：“这么快？”

我笑道：“你觉得太快了？其实我也觉得有点儿快。那……你看年后怎么样？年后的话，可能公司会有一点儿忙，不过也算是一个新的开始，你觉得呢？”

Steven沉默了一会儿，也只是敷衍地笑了笑：“那就等到年后吧。”

“说好了？”

他犹豫了一下：“嗯，说好了。”

我眼角的余光满意地看到了Elle倍受打击的模样。

不够，这火烧得不够旺！

我如同一个亡命之徒，恨不得在赌局上押上自己的全部家当，温柔地笑着指了指自己的额头。我看到Steven强忍着的表情，然后俯下身来轻轻地在我额头落下一吻，声音近乎冷漠：“不要再有下次。”

不会再有下次了。我的嘴角缓缓绽放出一抹笑容，因为Elle已经气跑了。

她可真没用。如果是我，一定会跑进来和Steven当面对质，在气势上就已经胜出一筹。她这样的人怎么斗得过我？

Steven的姐姐也过来探望我，她一进门就表情复杂地将Steven拖了出去，说了好久的话。Steven此时终于发现了电话卡的秘密，我以为他会大发雷霆，可是他一言不发，只是沉默地走进来，掰开了我的手指，抽走了我的手机，把电话卡换了回来，最后近乎冷漠地瞥了我一眼：“你好自为之。”

他大步离去的身影让我透不过气来，我好像又有预感，Steven这次是真的下了狠心要走出我的生命。

我笑了，因为我想起四年前决定去瑞士之前在机场默念的誓言。

No matter the ending is perfect or not， you cannot disappear from my world。

最终，我还是亲手将他推出了我的生命。

我开始剧烈地呕吐，想要将所有的器官一股脑儿地倾倒出来。一边吐着，一边哭着，一边又傻兮兮地笑着。

哥哥缓缓地走了进来，目光悲悯，轻轻地拍着我的肩膀帮我顺气，在我耳边叹了一口气："Olivia，这回你是真的放弃了吗？"

"是啊，哥哥。"我一边流泪一边笑，"是我不要他了。我是不是很恶毒？即便是我不要他了，最后我还要摆他一道？"

哥哥没有回答我，只是轻轻地帮我顺了顺头发："Olivia，从今以后，好好生活吧。"

（十）

我不知道别人的梦境都是怎么样的，我只知道我的梦境总是回忆。以前，我总是一次次地梦到我的母亲，梦到我的童年，那一天我梦到了Steven。

偌大的特拉法尔加广场只剩下我和Steven两个人。

大片的鸽子腾空飞起，零星的羽毛在半空中飘落，穿着白衬衫的Steven站在纳尔逊的铜像下，被阳光镀上一层金辉。

我孤零零地站在那里，刹那间明白了那么多年的执着。

我明白自己的心里满是疮痍和黑暗，所以当我看到如同太阳一般的Steven，才会如同飞蛾扑火一般扑上去，誓死不休。

可是，当他在东方明珠的楼上，他那阴沉的目光、犀利的言辞，如同最锋利的矛，毫不留情地刺穿了我最结实的盾。我失去了保护罩，只剩下无边的恐惧。

这么多年，从来没有人能够看穿我，他是第一个。他能看穿，不是因为他对我有多熟悉，或者比我聪明，而是因为他和我其实是同一种人——不懂如何去爱人，太重回忆以及擅长伪装。我以为我找到的是和我完全不同的一种人，可是事实截然相反。

而且我已经习惯伪装。

所以，我只能放弃Steven，以便在世人面前继续伪装。

这也许就叫弃车保帅。

# Part 14 从开始到现在

◎那就努力工作吧，一切都回到最初的模样。

我合上了杂志，看着病床上沉睡的许默山，心中如同打翻了糖醋油盐，复杂得不识滋味。原来顾夏笙对他的执念当真如此之深，而我却丝毫不曾察觉。

那件巧合当真是顾夏笙一手造成，可是我恨不起她来。原来误会一旦解开了，当真不过是云淡风轻。

不懂如何去爱人，太重回忆以及擅长伪装的人——这就是顾夏笙对许默山的评价？可是，在这一篇小说里，我看到的却是一个有情有义、温柔体贴却不懂如何去拒绝人的悲伤的Steven。

我心里热乎乎的，看着许默山瘦削的脸颊，忍不住轻轻地俯下身，然后偷香窃玉，在他的唇角落下一吻。

我看到了床边他搁置的手机，忍不住拿起，用自己的手机拨了许默山的电话。许默山的手机很快就开始震动，来电显示：Elle。我忍不住偷笑，心中满心欢喜。

世界上最美好的事情，莫过于你喜欢的那个人恰恰也喜欢你。

“你在笑什么？”床上的“睡美男”不知何时已经睁开了眼睛，含笑望着我，姿态有种云淡风轻的祥和。

我拿起他的手机，冲他摆了摆手，炫耀道：“我在笑你闷骚。”

他的眼里闪过一丝懊恼，随即又缓缓地笑了起来：“好吧，我承认。”

我忍不住一乐：“饿了吗？想吃点儿什么？黑粥，白粥，还是皮蛋瘦肉粥？”

“黑粥？”他皱眉问道。

“OK！”我打了个响指，“那就黑粥！”

说完，我一溜烟冲出了病房。黑粥自然是黑米粥，我知道许默山是一时没有反应过来才说出了疑问，但是我又怎么可能会让他有时间反应呢？

所以，当我把一碗热腾腾的黑米粥放在许默山的面前时，他的表情是纠结的，因为他不喜一切甜食。他盯了那黑米粥半晌，还是拿起了勺子准备动手，轻轻地叹了一口气："如果这就是追女孩子的惩罚，我也只好赴汤蹈火地接受了。"

我"扑哧"一声笑了，从他手里把黑米粥抢了回来："美得你！不给你吃了！"

他一本正经地开玩笑："然然，你这是虐待伤患。"

我不甘示弱，同样严肃地回复道："山山，你这是在卖萌。"

"……"

我捧腹大笑，"大发慈悲"地将另一碗皮蛋瘦肉粥端出来放在了他的面前："行了，不逗你玩了，这才是你的。"

"多谢。"他心满意足地笑了。

不知道为什么，看着他的笑容，我的脑海里不由自主地浮现出曾经我也躺在病床上，那个人满面胡楂儿、满脸疲惫，却温柔地问我想吃什么。

我和许默山在西安又待了一周。期间，我带着他去见了我爸，我爸见到许默山并没有太惊讶，只是请他进房间下了一下午的围棋。

我爸从小就喜欢围棋，他坚信从一个人的棋风可以看出一个人的人品。比如说，他从前就批评我做事三分钟热度，因为我研究围棋的目的只是为了获得写小说的素材，压根没想到围棋其实是一门那么高深的学问，于是没学两天就将之抛到脑后，不闻不问。

爸爸和许默山一前一后从屋里出来的时候，脸上都带着一抹微笑。

晚上我爸还心情颇好地喝了几口小酒，喝了三杯后被我用筷子拦下："最后一杯！您要是再喝，我就向我妈告状去！"

我爸乐呵呵地瞥了许默山一眼："你瞧瞧，她这性子就跟她妈妈一模一样！"

许默山微笑道："她这性子很好。"

我笑嘻嘻地瞪了我爸一眼："您又在说我妈坏话，信不信我立刻跟我妈告状去？"

"你……唉，不说了，吃菜，来来来，默山，吃菜！"

许默山笑道："谢谢叔叔，叔叔，您也吃。"

从我爸那里出来，我和许默山手牵着手在街上走着，我问他："我爸跟你说什么了？"

"我以为你不会问。"他微笑道。

"怎么可能不会问？"我撇了撇嘴，"我爸可不是那么容易唬弄的人！"

他笑意深深："你这是在夸奖我吗？"

我半天才反应过来，眯着眼睛看着他："喂，许默山，你最近好像越来越厚脸皮了……"

"嗯，你爸告诉我，从小你的脸皮就比较薄，所以在某些事情上需要男方多主动一些。"

"某些事情上？"我邪恶地想歪了，瞪着他。

他怔了一下，看着我的目光几经流转，随即唇角一勾："嗯，是在某些事情上，比如说——"他笑得暧昧，在昏黄的灯光的晕染下，那如刀削般的俊脸一点一点地向我靠近。

我又闻到了熟悉的古龙香水味，下意识地闭上了眼睛。

但是，预期中的吻并没有降临。随后，我听到了许默山低沉的笑声。

"喂——"我睁开眼，又气又好笑，扑过去拍打许默山，"你怎么可以这么幼稚？"

我打，他跑，一边跑一边愉悦地放声大笑。

“许默山……”我的体力不如他，喘着气嚷嚷道，“我们两个加起来都已经超过五十岁了，居然还像人家十七八岁刚谈恋爱的小姑娘小伙子在街上乱跑，丢不丢人啊？”

“嗯，也是。”他煞有介事地点点头，凑过来说道，“那就做点儿不丢人的事情好了。”

“什么……”我抬起头，还没有说完，最后一个字就彻底被他的唇堵住。

在毫无防备的情况下，我迎上他如黑曜石般夺目的眼睛，唇上一阵酥麻如同触电，一时之间我忘记了反应。

这是我和许默山之间第一个真正意义上的吻……从前，他都只亲吻我的额头。

这回也只是浅尝辄止，他很快放开了我，轻喃了一声：“傻瓜，闭上眼睛。”

然后，温润的唇再次落了下来。

这一次感觉却是完全不一样了。他一只手有力地搂住了我的腰，一只手轻轻地按住了我的后脑勺，开始唇舌交缠。这个吻有些霸道，似乎并不像许默山的风格，倒有些像……

我的大脑有一瞬间死机了，我猛地推开了许默山，后退一大步。他始料不及，踉跄一步，略显狼狈。

当我意识到自己做了什么之后，心中瞬间拔凉拔凉的，只剩下一片慌乱，双手都不知道该往哪里摆放：“许默山，我……”

解释？解释什么？解释我没有别的意思？还是向他道歉，我不该在这种时候想起另一个人？不过是一个吻而已，那天我喝醉了不是吗？我把林励泽当成了他……可是……

许默山很快就恢复了平静，淡淡地笑了笑，走过来像从前那般轻轻地揉了揉我的长发，温柔的语调如同小夜曲："抱歉，是我唐突了。"

"对不……"我心中满是歉疚，却不知道该说什么。

"不急。"他拉过我冰凉的手，放进他的上衣口袋里，体贴地说道，"然然，我们慢慢来。"

我们肩并着肩一路无言地回到酒店，许默山进了他的房间，我也回了我的房间，开始收拾东西准备明天回S市。自从那天见到许默山，我就跟乐乐和她的父母辞了行。

临走前，乐乐母亲还私下里问我："姑娘，你这是和男朋友吵架离家出走了吧？"

我苦笑，没有解释，权当默认。她继续说："凡事说开了就好，没什么大不了。"说着，还很热情地给我塞了好几个苹果，"带着路上吃吧，给你男朋友也尝尝。"

我除了道谢，还是道谢。

乐乐笑嘻嘻地朝我招手："下次去了S市，我一定找你玩啊，姐姐。"

我比画了一个"OK"的手势，和她说了再见。

这次的沙发之行，真的让我感受到了来自陌生人的友善。在这个坐出租车都有危险的年代，这种做沙发客的体验的确在考验双方的人品和运气。我想，我好像知道下一部小说要怎么写了，便拿起笔趴在桌上奋笔疾书。

没多久就响起了敲门的声音，许默山一边用浴巾擦头发，一边慢悠悠地踱步进来："在干什么？"

我指了指纸和笔："写小说大纲。"

"新的？"他似乎很有兴趣，"你这回打算写一个喜欢做沙发客旅行的女孩，因为一次机缘巧合住进了男孩的家里，然后产生了一段感情？"

“不对，这样情节太平淡了，一点儿跌宕起伏都没有。”我瞥了他一眼，刚好看到一滴水珠从发梢滴到了他的锁骨上——明明穿得整整齐齐，怎么还是这么性感呢？

他随手拿起了一边的吹风机，问得也随意：“那怎样才算跌宕起伏？”

我嘿嘿笑了一声：“这女孩要为自己的安全着想，一开始肯定不能找男人家的沙发住啊。所以，她一定先找女生，果然有一位同龄女孩同意让她居住，而且是一间独立的房间。那屋子原本是她哥哥居住的，因为哥哥在外地工作，常年不住在家中。女孩住进了哥哥的那间屋子，没想到半夜三更，那个常年不回家的哥哥忽然回了家，打开灯，发现自己的床上居然睡了一个女人……怎么样，这情节够跌宕起伏吧？”

许默山的嘴角抽了抽：“这和我说的似乎也差不多。”

“怎么会差不多！”我跳了起来，“这明明差多了好吗！”

他勾了勾唇角，挑了挑眉毛，若有所思地说道：“所以，你要根据自己的经历改编？”

“艺术源于生活、高于生活嘛。”我笑着放下笔，“虽然小说是虚构的，但好歹也要看上去真实不是吗？好歹已经写了几年，现在的我可不像当年那样了，我刚开始动笔写你和苏桢……”我蓦地顿住，赶紧岔开了话题，“要不你先在这里坐一会儿吹吹头发？等你吹好了，我差不多也写好了。”

他却扣住了我的手腕：“你当年为什么会想写那样一个故事？”

我在心里叹了一口气，他果然不是那么好糊弄的，只好怔怔地看着他：“其实我都不记得自己当年怎么会突然想写有关心脏病的故事了，真的，大概是电视剧里白血病太多，我想换个虐点儿的吧……”

“……”

我想不动声色地把手从他的手里抽出来，没想到他突然揉了揉我的头发：“这么想，我还真有点儿庆幸。”

“呃？”

他笑容浅浅，眼眸发亮：“是你的小说让我们两个相遇。”

我的脸不争气地涨红，狼狈地从他的“魔爪”中逃出来：“你赶紧吹头发吧，这么冷的天，小心着凉。”

许默山笑了起来。

和许默山道了晚安，我进了浴室，还在想这个问题：当初我到底为什么会突发奇想有了这么一个念头，然后挖掘了自己写小说的天赋，从此一发不可收拾呢？

想来想去也没有一个答案——世上的很多事情哪里是说得清楚的？所以会有那么多的人，把这种奇妙的联系归结为缘分。

回到S城，我销了假，回了公司，却发现办公室的氛围不对劲，人人都在忙，打电话的打电话，敲键盘的敲着键盘，收拾文件的收拾着文件，好像没有看见我回来了。

我下意识地瞥了一眼空调：这温度没有错啊……

我问李想：“想想，这是怎么了？”

“啊，丁姐，你回来啦！”她回过神来，啃着面包，说话也不利索，“赶紧收拾收拾吧，总部又调过来一个新的财务总监，10点开大会。也不知道新总监是个什么样的人，唉，希望颜值不要太低，不然心理落差太大了。”

我一惊：“新的什么总监？”

“财务总监。啊，丁姐，你还不知道吧，你休年假这几天，林总监又调回总部了！”她夸张地哭丧着脸，“他怎么可以这么狠心，转眼把我们抛弃了……”

我的心情一下子跌至谷底。

“砰！”一声巨响传来，我惊了一下，只见不远处的Linda不知何时从座位上站了起来，桌上是刚才她拿在手里的文件夹，显然刚才她是狠狠地将那文件夹扔在了桌上。

Linda也不顾众人的目光，朝我望了过来：“丁然，你出来，我有话和你说。”说着，她脚踩高跟皮靴，潇洒地从办公室走了出去。

我深吸一口气，站了起来，看样子她这是要跟我算账了。我也刚好要问问她，她为什么总是对我充满敌意。

“你想说什么？”她引我到了茶水间，此时此刻只有我和她两个人。

Linda冷笑着转过身，用十分不友善的眼神上上下下将我打量了一遍，然后高高地扬起了右手，“啪”的一巴掌甩在了我的脸上。

火辣辣的疼痛让我猝不及防，眼前有一瞬间的眩晕，眩晕之后，愤怒的火焰腾腾上升。我凶狠地瞪着她：“你在干什么？”

Linda冷笑着，双手抱在胸前俯视着我，我才发现她竟然穿了一双恨天高的高跟鞋。

“干什么，呵，你问我？我倒想问问你，你在干什么？丁然，你知不知道我忍你很久了？明明是靠着关系进来的，凭什么不用找客户，工资领得还比我们高？工资比我们高也就算了，你长得也不过普通姿色，凭什么那几个男人一个个都对你青睐有加？你把一个两个高富帅玩弄于手心，是不是特别骄傲……”

“啪——”我也狠狠地一巴掌甩了过去。

“你干什么？”她捂着脸尖叫道，脸上满是狰狞之色，眼睛里全是嗜血的红色。

我冷笑道：“乱叫什么？我不过是把这一巴掌还给你罢了。三年前我进集宣走的是正常的招聘渠道，什么时候我成了关系户？即便你要血口喷人，也麻烦你找点儿证据！”

“证据？呵，你以为我没有证据吗？”她逼视着我，说道，“我们集宣原本好好的，怎么会突然面临财务危机？怎么突然被傅氏集团收购？丁然，别以为我不知道，这全是你搞的鬼！傅总来我们公司视察，眼高于顶，谁都没瞧上一眼，凭什么偏偏对你多看了几眼？老巫婆对谁都是一张面瘫脸，谁惹祸就让谁收拾东西走人，为什么偏偏对你一忍再忍？你要辞职，还想方设法挽留你？你又不是什么名校毕业的天才设计师，凭什么享受这些特殊待遇？这其中若是没有猫腻，鬼才信！”

我怎么也没想到Linda的想象力会这么丰富，难怪平日里看我不顺眼，原来是积怨已久。我除了冷笑，也不知道用什么样的表情回应：“所以，你以为我是关系户？想知道为什么傅总会对我另眼相看是吧？好，那我问你，集宣当时岌岌可危的时候，你们一个个都干吗去了？辞职！辞职！你们明知道老巫婆开不出工资来，还偏偏把老巫婆往绝路上逼，是我托了闺密的关系，带着老巫婆跑到了傅氏集团堵人，好说歹说才求了傅景行把我们公司收购了。不然呢？你以为傅氏真看得上我们这小小的广告公司？即便是现在，我见到傅景行还像老鼠见了猫似的抬不起头，连失个恋想找闺密倾诉，还时时刻刻得忌惮着他。从这个层面来看，你说我是关系户，我还真是无话可说！”

Linda的脸色瞬间惨白。

我彻底被她惹火了，再也不想顾及她的面子，冷笑道：“别以为你藏着掖着就真没有人知道，你从来都是心高气傲，高学历、高能力、长得又漂亮，一毕业就进了傅氏集团当总裁秘书，风光无限。可又有谁想到没干两个月就被人家傅氏辞退，又说不出被辞退的理由，好几个月找不到工作，最后不得已才进了我们广告公司。你心里一直不服气，听说傅景行要来我们公司视察，你高兴得不得了，特地进了洗手间补了补妆，想要人家傅总认出你。没想到人家傅景行压根没看见你，反而和我打招呼，从那时候起，你就一直在针对我，是不是？”

“你怎么可能知道？”她的脸色由白转红，表情就如同吃了苍蝇般难看。

“我为什么不可能知道？我只是懒得和你计较而已，你还真当我是软柿子可以随便让你捏吗？”我总算出了一口恶气，觉得酣畅淋漓，“我告诉你，从小还没有人扇过我耳光，兔子急了还会咬人呢！”

说完，我再也懒得理她，转身就准备离开。

“等一下！”她又将我叫住，“就算这件事是我误会了你，那林总监呢？对林总监，难道你也能问心无愧吗？”

我脚步一顿，转过头扫了她一眼：“你什么意思？”

她脸上又恢复了血色，眼神却染上了一丝愤恨：“你既然已经傍上了许氏地产的公子哥，为什么还缠着林总监不放？林总监是被你逼走的！”

我不想再和她吵，脚却像被灌了铅，根本无法动弹。

泪水已经在Linda的眼睛里打转，她说：“你别告诉我，你不知道林总监喜欢你！”她垂下头，开始絮絮叨叨地说起来，“他刚来公司，就对你献殷勤；偶尔会来我们办公室串门，是为了多看你几眼；知道你有男朋友，怕对你造成困扰，就自动远离你；听见你打电话说要去打羽毛球，他就跟着去了那家新开的球馆，只是为了和那人争一个高下；请公司同事去唱歌，设计部唯独少了你，便让所有人在下面等着，自己跑上来找你；玩大冒险，抽到题目要给手机里的第十个号码打电话表白，可偏偏第十个号码是你，他就想都没想给你改了名字，换到了第一个；玩真心话，抽到的问题是他喜欢谁，他连敷衍一句都不肯，直接把那一大杯酒灌了下去；你翘班，他也跟着翘班；你要辞职，他比你先一步调走……他为你做了这么多，可你呢？你从头到尾只知道装傻！你又为他做了什么？你只知道伤他的心！”

我的手脚渐渐麻木，胸口堵得慌。

从来都心高气傲的Linda捂着脸无助地哭了：“我哪里比你差了，为什么？为什么一个个都看不到我呢？我只想找一个优秀一点儿的男朋友罢了，我有什么错？”

我再也不想看见她，艰难地离开了茶水间。

经过财务总监的办公室，我下意识地朝里面看了一眼，原本经常能看到林励泽的那个位子已经空了。

新来的财务总监是个高挑精明的女人，得知这个消息后，公司里大半的女性一下子蔫了。而这位新来的财务总监也不是省油的灯，她就那么远远地一站，我们就感受到了来自她身上熟悉的气场——和老巫婆身上一模一样的气场。

我听到旁边的李想嘀咕了一句：“完了，一山不容二虎，除非一公和一母。”

我忍不住嘴角一扬。

财务总监的目光立马扫了过来：“怎么，你对我有意见？”

我吓了一跳，赶紧澄清：“没有！”

她轻嗤一声，眼里似乎有种淡淡的讽刺之意，但很快就把目光转向了别人。

不过是换了个财务总监而已。换了也好，那就努力工作吧，一切都回到最初的模样。

# Part 15 遇见男主角

◎ 我喜欢上的也许不是你，而是我那姗姗来迟的少女心。

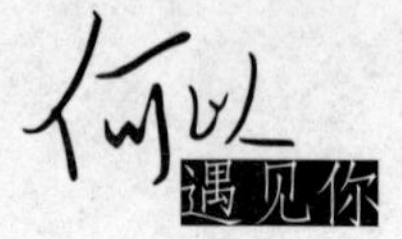

匡匡曾经一语说中女人的梦：“一生渴望被人收藏，妥善安放，细心保存，免我苦，免我惊，免我四下流离，免我无枝可依。”

可是不知道为什么，许默山的确对我好得不可挑剔，我却总觉得心里有种不安，有种莫名的失落。

郭女士终于知道了我的“神秘男友”是许默山，笑得合不拢嘴：“你这个死丫头，地下工作做得不错啊！我就说嘛，我生的女儿，哪能真的这么不争气？”

她一边笑，单手叉腰，一边开始拧我的耳朵：“好啊，死丁然，你活得出息了是不是？枉我含辛茹苦一把屎一把尿把你拉扯这么大，许默山这件事居然连你爸都知道了，他人都见过了，饭都吃过了，我却还蒙在鼓里？是不是你长大了，就不把我当回事了？”

我连忙求饶：“我怎么敢啊？妈，我和许默山这不是在西安才正式确定关系的吗，我就寻思着这么久没见我爸了，才让他一起过去瞧瞧。要是在S市确定的关系，我肯定先带来给您瞧啊！”

“这可是你说的啊！”郭女士眼冒精光，“明天！明天你就把人带来让我瞧瞧！”

“我……”

“我什么我，这事没得商量！”她翻了翻白眼，气呼呼地说道，“你要是不带来给我瞧，你现在立马给我滚去西安，你就不是我女儿了，找你爸去吧！”

我只好打电话征询许默山的意见。

许默山在电话那头轻轻地低笑：“怎么办？然然，我好像有点儿紧张。”

“紧张什么？之前你见我爸的时候不是非常淡定从容吗？”

“淡定从容？我那是假装的。”他失笑道，“在商场上谈判的时候，我都没有那么紧张过。”

我也忍俊不禁：“那你就拿出在商场上谈判的架势来吧。其实我妈早就被我大姨洗了脑，觉得你就是那天边最美的云彩，所以她肯定会对你非常满意的。”

“其实重点不是她对我满不满意。”许默山轻喃一句，“而是你对我满不满意。”

“满意啊，你那么好，我怎么会不满意？”

“真的？”

“自然是真的。”

电话那端却忽然静默下来，良久，传来一声叹息。

我假装没有听到，若无其事地挂了电话：“要是没什么事，我先挂了啊，晚安。”

事实上，郭女士对许默山完全是应了那句俗语：“丈母娘看女婿，越看越满意。”

许默山来的那天，她不但拿出了一件压箱底的衣服盛装打扮，还去楼下的理发店做了一个发型。许默山登门拜访之后，她的热情程度更是连我都招架不住。不但招呼他吃水果吃零食，在饭桌上也一直给他夹菜，劝他吃这个，劝他吃那个，倒衬得我在一旁孤零零的，显得非常多余。

酒过三巡之后，郭女士开始揭我的老底：“我家丁然啊，看着脾气好像很好的样子，其实天天在家跟我贫嘴。我不过多说两句，她就嫌我烦。我多问两句，她就跟我嘻嘻哈哈想把我糊弄过去……小许啊，将来你们要是吵架了，一定是她无理取闹，所以你一定要多担待她。”

老妈，您什么意思？

许默山含笑看了我一眼：“我会的，阿姨。”

“还有啊，这丫头看着文文静静的，其实心思比谁都野。以前我倒没发现，就是最近天天往外面跑，连招呼都不打，又跑上海又跑西安的，害得我病急乱投医到处打电话询问，简直要把我气死了。小许啊，以后还得你来多管管她。”

许默山的笑容变得有些不自然。

我尴尬地笑了笑。

郭女士倒是没察觉到我们的不对劲，继续说道：“还有一点，就是这丫头看上去头脑挺简单的，好像也没有什么烦恼，其实心思深着呢。从小到大防我防得严实，连日记本都要上两道锁，心里想什么谁也没法知道。她要是心里有什么事，要么就是自己躲在被窝里哭，要么就是去找霍小西说。每次我觉得不对劲了，还得去问问霍小西那个丫头，可是霍小西跟她穿一条裤子，也只会敷衍我。过了两天，我看她又跟没事人一样，也就不管那么多了。反正这丫头现在也大了，你阿姨我也老了，也管不了她了。你呢，要真是喜欢她，就尽量不要惹她伤心，她什么时候伤心了，其实也很容易看得出来，就是她笑比哭还难看的时候……”

“妈，您别说了。”我难受地打断她。

“好好，我不说了。”郭女士又冲许默山笑了笑，“你看，这丫头又嫌我啰嗦了……”

许默山握住了我的手，坚定地对她说道：“郭阿姨，我会好好照顾丁然的，我不会再让她伤心难过了。”说完，他看向我，冲我微微一笑，那双眼睛里洋溢着深情。

“我……”我站起来，差点儿没站稳，“我先去一下洗手间。”

等我从洗手间出来的时候，许默山和郭女士不知道谈到了什么笑话，相谈甚欢。

郭女士好像也恢复了正常，瞪了我一眼：“怎么去了这么长时间？菜都快凉了。”

吃完晚饭没多久，许默山彬彬有礼地和郭女士告辞，我下楼去送他。

“我妈是不是太热情了？”我问道，“没把你吓着吧？”

“你妈妈其实很维护你，生怕你在我这里受了委屈，我能理解。”许默山揉了揉我的头发，微微一笑，“我想，我妈妈和你妈妈遇在一起，大概会聊得很投机。”

我干笑两声。

“这么说来……”他忽然低下头看着我的眼睛，温柔问道，“什么时候你也去见见我的父母？他们好几次念叨着要见见你。”

“啊？”我心里一慌，猛地抬起头来，“太快了吧？我，我……还没有做好心理准备。”

许默山眼神一暗，沉默了三秒，还是温柔一笑：“也好，那就再等等吧。”

我低下头，不敢看他：“谢谢。”

“傻瓜，说什么谢谢。”他低下头吻了一下我的额头，“行了，回去吧，我走了。”

我心里说不出的难过，抬起头看着他性感的嘴唇，咬咬牙，闭上眼睛，踮起脚吻了上去。许默山很快就回应了我。

轻柔，细腻，绵长。

良久，两人喘着气放开彼此。

我垂着头不敢看他："你小心开车。"

"嗯，知道了，你也回去吧，当心着凉。"说着，他又替我拢了拢衣襟。

我看着他的迈巴赫消失在我的视线里，才慢慢地转身，却看见在斜对面11号楼的方向，十米开外，不知何时站了一个穿着黑色长款大衣的男人。他双手揣在兜里，剑眉星目，神色冷清。他的身后是一辆黑色的奥迪车。

他就那样孤零零地站着，也不知道站了多久，目光淡淡的。

我朝他走了一步，他却像是忽然回过神来，转身打开了车门，坐进了那辆奥迪车，扬尘而去。

我目送着这辆车消失在我的视线里，在寒风中站立了很久，才姗姗地回了家。

"真是难舍难分啊。"听到开门的声音，郭女士从厨房里走出来，"下楼送别都这么久，是不是还来了个十八相送啊？"

我心烦气躁，干脆把自己关在了房间里，倒在床上，盖上被子，闭眼就睡。

日子就这么不咸不淡地过着，转眼就到了一月底。

在凛冽的寒风中，在傅氏集团所有员工和亲朋好友的见证下，霍小西迎来了自己生命里除了出生和死亡之外最重要的日子——婚礼。作为伴娘的我，从早上6点开始就在霍小西身边忙活，幸好傅总裁财大气粗，派来了一大堆化妆师、摄影师、服装设计师，不至于出什么差错。但是有时候往往人越多，反而更忙乱，终于顺利地把霍小西折腾完毕，婚车来到了S市最大的教堂。

神圣而又庄严的婚礼进行曲结束之后，万众瞩目的一对新人终于站在了神父的面前，喧闹的会场立即静下来。

神父问道："傅景行先生，你是否愿意娶新娘霍小西小姐为妻，不论疾病还是健康、贫穷还是富有，都愿意一生爱护她、珍惜她，一辈子不离不弃？"

傅景行的嘴角扬起一抹浅浅的笑意："我愿意。"

神父又问："霍小西小姐，你愿意接受新郎傅景行先生成为你的丈夫，从今以后，无论环境变化、疾病健康、贫穷富贵，你都愿意协助他、支持他、爱护他，直到永远吗？"

霍小西幸福地答道："我愿意。"

灯光闪耀着，我忍不住热泪盈眶。

我家的霍小西啊……从小看着你长大，终于把你嫁出去了！

"现在请新郎新娘交换戒指。"

我一个激灵，赶紧递上戒指，感觉到人群中有不少视线扫过来——虽然不是看我的，但我还是多多少少有点儿不自然。

我抖了抖肩膀，心里第一百零一次腹诽：都是霍小西这个损友，怎么给我准备了这么一件抹胸的伴娘服！这可是大冬天，虽然会场内有空调，可还是冷啊！

霍小西似乎察觉到了我的怨气，狠狠地瞪了我一眼：高兴点儿，本姑娘的婚礼，不许露出这副奔丧的表情！

我冲她扯出一个大大的笑脸，转过头看到了伴郎露出古怪的表情。

婚礼仪式终于告了一个段落，许默山过来给我披上了外套。我赶紧穿上，又忍不住握住他的手，从他的手里汲取暖意，说道："将来我的婚礼一定不要选在大冬天，实在是太遭罪了！"

谁知许默山轻轻一笑："好。"

“好什么？”我后知后觉地明白过来，顿时涨红了脸，“喂喂喂——”

“二丁，你愣着干吗？快过来帮我拖一下婚纱！”霍小西催命的声音又传过来。

我咬牙，给了许默山一个壮士断腕的笑容：“我又要走了，待会儿你跟着大部队去酒店就成，今天我就是霍小西的老妈子外加挡酒神器，肯定是没工夫招呼你了。”

“行，去吧。”许默山又从我手上的包里翻出一条米色围巾，体贴地给我围上。

我抬头的瞬间，看见了不远处穿着一身正装的林励泽，不由得一愣。和那天一模一样，他也是那样站在那里，目光越过十几米的距离，静静地看着我和许默山。

我忽然想起几个月前在锦江乐园，他也曾像这样替我缠上那条黑色围巾，我却不知好歹地把围巾扯下来扔在了他的身上。

林励泽很快就转移了视线，和周围的人说说笑笑地融合在一起，刚才的那一幕仿佛只是我的幻觉。

许默山察觉到我在出神，低头询问：“怎么了？”

我笑着摇了摇头：“没事。”远远地又听见霍小西在催我，我拽着袋子赶紧跑，“那我先走了啊，酒店见。”

终于钻进了霍小西的婚车——加长版的林肯，我大口大口地喘气：“霍小西，你生来就是来折磨我的是不是？从早上到现在，我连水都来不及喝一口，一直催啊催，催啊……”

傅景行瞥了我一眼，我立马没有骨气地噤声了。

霍小西倒是大大咧咧地忽略了她老公的气场，冲我咧嘴一笑：“亲爱的，别人想要做我的伴娘，求都求不来呢。可你倒好，占了这个香饽饽的位置，反而还抱怨来抱怨去。做人要乐观一点儿嘛，你这辈子就再也没有当我伴娘的机会了！”

这一点我万分同意，因为傅景行这人对谁都是冷冰冰的，唯独对霍小西宠溺有加，所以霍小西这辈子是绝对没有二婚的机会。于是，我宽宏大量地原谅了她。

傅景行似乎对霍小西的话也万分满意，嘴角勾起一抹淡淡的笑意。

婚车稳稳地朝着傅氏集团的星级酒店进发。

而这时候，我的手机震动起来，收到了一条短信。

“丁然，我有话和你说。霍小西的婚礼结束后，我在酒店一楼等你。”

又是林励泽。

我烦躁地将手机塞进包里。

“怎么了？”大概是见我神情不对，霍小西回过头来问我。

“没事，垃圾短信。”我若无其事地望向窗外。

我怎么也不敢相信，霍小西居然会有这么多朋友，难道真的是因为职业的缘故吗？于是，作为伴娘的我在觥筹交错和大同小异的祝福寒暄中彻底沦为炮灰，虽然也挡了不少酒，但是更多的酒都进了我那可怜的胃。

到后来，不知道敬到了多少桌，我的脚步也虚浮起来。原本是我搀扶着霍小西，到头来却成了霍小西搀着我：“怎么喝了这么多？”

我笑道：“我高兴啊，霍小西，你这个毒舌终于嫁出去了，从今以后，就我一个人孤零零的了。你以后可以叫我‘独孤不嫁’，哈哈，好名字。”

“少来。”霍小西丝毫不客气，在我耳边咬牙切齿地说道，“你要是想嫁人，那里可有两个商界精英眼巴巴地等着呢。”

“你别戳我的痛处行不行？”我狠狠地在她的腰上掐了一把，痛得她

“嘶”地倒抽一口凉气。“如果时光能够倒流，我倒宁可回到没遇见他们的时候，那时候可真是‘少年不识愁滋味’。”

“可是亲爱的，每个人都要经历这样一个过程的。这世上没有白吃的蛋糕，要吃到甜的好的，总得付出代价。你不能因为这点儿代价，就说宁可回到什么都没得吃的年代。”她循循善诱地劝导我，冷不防问了一句，“你确定林励泽的心思还在你身上吗？我看他整晚在那里和那女人谈笑风生啊。”

我下意识地往那边望了过去，果然看到了一身黑衣的林励泽嘴角挂着一抹浅笑，和身边的女人说着什么。林励泽的那一桌都是霍小西的高中同学和熟人，而他身边的那个女人穿着一件淡紫色的小礼服，身材娇小玲珑，又长了一张娃娃脸，嘴边还挂着小酒窝，显得有些格格不入。

我还在恍惚，傅景行就已经带着娇妻往那边过去敬酒了，我赶紧跟了上去。刚好听到霍小西略显惊讶的声音：“这不是周萌萌吗？真是好久不见，好久不见！你长得和十年前一模一样啊，还是这么萌！”

我一愣：周萌萌？这名字怎么这么耳熟？

周萌萌微微红了脸：“霍小西，你还是这么毒舌啊，损人都不带脏字的是不是？”

听了这娇柔的声音，目光又扫到了林励泽，我的记忆霎时变得清晰，有些难以置信地望着周萌萌。

是了，就是她。当年上高一的时候，我对林励泽的幻想刚刚破灭，就碰到了一脸娇羞来递情书却又不敢，只好在门口张望的周萌萌。她是霍小西的同班同学，又知道我是霍小西的朋友，恰好我是林励泽的前桌，于是就让我帮她转交。虽然不太情愿，但我还是帮了这个忙，把情书递到了林励泽的桌上，可是林励泽当时正专注于玩俄罗斯方块，看都没看那封情书就扔进了垃圾桶，直接把周萌萌气哭了。于是，我在心里给林励泽贴上了一个标签——

没风度。

霍小西娇笑道：“我哪里在损你，这明明是在夸你。上帝给了你一张不老的娃娃脸，我们羡慕都羡慕不来呢！”

又是一番寒暄，毕竟大家都是老同学，众人也没有为难新婚夫妇，敬了一杯也就放过了他们。

我们继续朝着下一桌进发。

“怎么样？”霍小西忽然凑了过来，没头没脑地问了一句。

“什么？”

她坏笑道：“看着刺眼吧？”

“你在说什么？我不明白。”

“你就死鸭子嘴硬吧。”她翻了翻白眼，咕哝了一句，“待会儿把你灌醉，看你说不说实话。”

我有些不明白：“你是怎么回事？以前不是一直鼓励我和许默山在一起吗？现在怎么……”

傅景行在一旁轻咳一声，我和霍小西一个激灵，原来又该敬酒了，赶紧露出灿烂的笑容。

等到宾客终于散尽，我虚脱地从洗手间出来，睁眼看世界，却发现整个世界都在晃动。我的脑子却还是清醒的，无比清醒。因为我还记得林励泽说要找我算账。

我攥着手机，步履蹒跚地走出电梯，摇摇欲坠地往前走去，在拐角处差点儿撞上一个黑衣男子。我知道他是谁，怒不可遏，粗暴地一把扯过了他的衣领，将他按在墙上，凶狠地问道：“林励泽，你到底还想怎么样？你走你的阳光道，我过我的独木桥，你还有什么话要对我说？嗝——”

“然然？”

简单的一个称呼，却让我瞬间清醒。

这身高、这毫无瑕疵的侧脸、这温和的表情……哪里是林励泽，分明就是许默山！

放手，后退，不安，干笑。

我掸了掸自己的手，后退几步，一个踉跄扶住墙，又忍不住打了个酒嗝：“许默山，怎么是你？真巧啊，你怎么还没走？”

他叹了一口气，从地上捡起刚才我掉落的外套，披在我的身上：“我在等你。你怎么喝了这么多？醉了？”

“没醉。”我使劲地摇头。

他失笑道：“浑身酒气，都这样了还说自己没醉？”说着过来拉我，“走吧，我送你回家。”

“不走。”我下意识地摇头，“林励泽让我在这里等他，他说有话要和我说。你先走吧，待会儿我……嗝……我自己打车回家好了。”

许默山没走，他只是站在那里看着我。我常常会觉得他的眼睛像夜色，不说话认真看人的时候，会把人吸过去，我情不自禁地想要挡住那灼灼的视线。

醉了酒的唯一好处就是会变得大胆，平日里因为理智只敢在心里偷偷想的事情就会忍不住去做。于是，我朝他伸出手，想要挡住他的眼睛。

我的手却被他略显蛮横地抓住。他忽然发问：“筱秋的事情，你真的很在意吗？”

“在意啊，很在意啊……”我笑了笑，心里却忽然蔓延出一种强烈的危机感，猛地意识过来，“我没有！我没有很在意她，她都已经死了，一个死人的醋有什么好吃的！”

外套再次滑落，我想蹲下去捡，他却已经俯身帮我拾起。

温暖的外套再次搭在我身上，他叹了一句："然然，对不起。"

我茫然地抬头，不知所措："你干吗和我道歉啊？你又没做错什么……"

许默山轻轻地揉了揉我的头发，眼神温柔："刚才我见到林励泽了，他和我说了一会儿话。"

"不要相信！"我大惊，如临大敌，开始语无伦次地解释，"无论他说了什么，你都不要相信！许默山，你不要去理林励泽，他就是喜欢胡思乱想，就是喜欢捣乱，就是喜欢看我不痛快。你别相信他，无论他说什么，你都不要相信，好不……"

他苦笑道："他说你这段时间过得很不开心。"

"怎么可能？最近我每天都很开心呀……"

"他说你经常偷偷半夜跑去超市买酒喝。"

我一愣，乱了阵脚，胡乱地解释："怎么可能？没事我买什么酒啊？还是半夜？我最近睡得可早了……"

他却还在说："他还说，你已经很久没有回复读者的留言，以前你特别珍惜每一位读者，从不会忽略任何一条留言。"

"不是！没有！不是！他都是骗你的！骗你的！"我想解释，却发现解释是那么苍白，双手努力地想要握住什么，却好像有什么东西不停地在流失。明明一开始是想要紧握着的。

"可是，我觉得他说的是真的。"许默山苦笑着叹了一口气。

我抬起头，看到他有些哀伤而又深情款款的表情，心痛得厉害。他温柔地注视着我："然然，筱秋的事情就这么让你难以释怀吗？"

我后退了一步，整个人贴在墙上，想挡住那从脚底涌上来的冷意，终究是徒劳。

“许默山，我不是难以释怀，我是害怕。”

这句话脱口而出的一瞬间，我知道心里的那片山洪终究挡不住了。

许默山怔在那里，一言不发地等着我开口。

我垂下头，想了很久，才知道该从哪里说起：“那天你说韩筱秋不爱你，我就觉得哪里不对劲。后来我想明白了，其实她是爱你的，她到死的时候都爱着你，在等着你从英国回来。如果她不爱你，就不会把对你的感情寄托到我的小说里，不会每天守着我的小说更新，不会这样……”

我努力地眨眼睛，阻止眼泪掉下来。

“你说我跟韩筱秋、顾夏笙是不一样的。”我哽咽道，“可其实还是一样的，至少你对我们都是一样的。你带韩筱秋去散心、去钓鱼、去治病，仁至义尽，你很累，但还是坚持着，一直等到她先和你说分手；韩筱秋死后，你遇到了顾夏笙，你说顾夏笙和韩筱秋很像，于是你把对韩筱秋的那种感情又转移到了她的身上，你带她去上课、去参加社交活动，为她做饭、无微不至地照顾她。默林姐觉得奇怪，她不明白为什么你惹上的一个两个全是偏执狂，可是我明白了，许默山，问题其实出在你身上。”

“我……”

“你听我说完。”我吸了一口气，泪眼蒙眬地看着他，“你带我去钓鱼、爬山、打球、散心……无条件地让我享受你的温柔和体贴。你有没有发现，这些跟你对她们所做的那些是一样的？你说我和她们不一样，无非是我比她们更开朗一点儿，更健康一点儿。我没有身体上的疾病，也没有心理上的疾病，我只是万千普通女人中最寻常的一个。而且从一开始，你选择我就是因为韩筱秋冥冥中的牵引，不是吗？”

“但这不是你的错，我也有错，我的错误比你的还要严重！嗝——”我顿了顿，冲他咧嘴一笑，“许默山，一开始我们在帕兰朵餐厅相遇前，我就对你非常好奇，我就一直在想你到底长什么样子，如果你长得又丑又猥琐，我会非常介意的。可事实是，你不但长得很帅，很像许默山，连开的车子都跟许默山是一模一样的。那时候，我就在心里认定了，你一定是我要找的那个人……”

“可毕竟还是不一样的。第一次见面，我觉得你和我书里的许默山是不一样的，你幽默风趣，又有正义感，可是到现在我才发现你和我书里的许默山是一样的——温柔、体贴、细心、耐心、非常会照顾人……韩筱秋真的非常了解你，她了解你到了这样一个程度，光是看了我小说的开头，她就知道我可以把男主角写成你。”

我看到了许默山眼里终于有什么东西破碎开来，竟然有种凄美的感觉。

我笑了：“而我看到的许默山，从一开始就是加了电影特效光芒万丈的你，每一次都是……演唱会也好，签售会现场也好，还有在外滩，所有的一切好像电影里演的那样，让我产生了错觉。杨悦说得没错，我喜欢上的也许不是你，而是我那姗姗来迟的少女心。哈哈……是不是很可笑？可是这么可笑的答案，还是让林励泽那个浑蛋逼出来的。”

“你说一个男人怎么会这么可恶，别人喜欢他的时候，他不屑一顾；别人不喜欢他了，他反倒不习惯了。听见我跟别人说他坏话，他就设计捉弄我，让别人都以为他喜欢我。他家和我家根本不是一个方向，却偏偏要从我家的方向绕路，就是为了证实这个传言。怎么会有这么无聊的男生？我早就离开理科班了，早就和他没有联系了，可是偏偏我遇到许默山的时候，他又突然出现了。他还是和以前一样看不惯我好，故意和我攀交情，让我成为办公室的众矢之的。看到我和许默山在一起，他就偷偷地去调查，还伪善地说是为了我好。我伤心痛苦的时候，最不想见到他，他偏偏阴魂不散。我不想再看见他，要辞职要远离，于是他比我先辞职，让我对他一直心存愧疚、再也忘不了他。这世上怎么会有这么讨厌的男人？”

“可是霍小西说我喜欢他……”我越哭越狼狈，身体顺着墙滑下，蜷缩在地上，“我怎么会隔了十年还喜欢他呢？我喜欢的是许默山啊！我喜欢的明明是喜欢许默山啊！对不起，对不起……”

“然然，你别这样……”他过来扶我。

“对不起，对不起，对不起……”我拉住许默山的衣袖，不停地道歉，仿佛只有这样才能排解心里的痛苦。可痛苦像是会传染的，从心里传染到肢体，我的双腿开始发麻，我想要站起来，却狼狈地跌在地上。

“然然，别乱动，我扶你起来……”

我被他抱住，他的臂膀很结实，他的胸膛很温暖，我忍不住向他靠近，紧紧地拥住他。

我将头搁在许默山的肩膀上，借着他的力量站起来，却发现了第三个人的影子——黑色的皮鞋、黑色的裤子、黑色的上衣、黑色的眼眸。

五米开外站着我最不想见到的人。

我在彻底失去意识之前，只记得自己说了最后一句话：“送我回家。”

# Part 16 三局两胜的告白

◎ 你的眼神若是很好，又怎么会看不到我的眼里只有你？

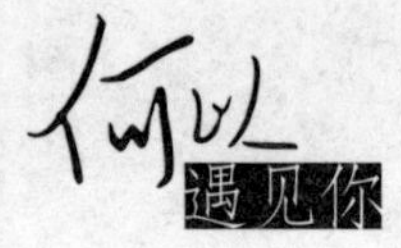

我做了一个美梦，在梦里，我成了一个像J. K. 罗琳那样的作家，我写的故事被翻拍成电影，被翻译成各国语言，畅销全世界。当然，这也只是一个梦，这个梦很快就被郭女士的河东狮吼打破了。

“丁然，你给我起床！都九点了还好意思赖在床上，快点儿，相亲就要迟到了！”

我一个激灵从梦中醒来，终于想起今天的要紧事：对了，今天要去相亲，相亲对象就是和我的小说男主角重名的许默山，千万不能迟到了，要给对方留个好印象。

我开始穿衣服……

咦？怎么忽然凉飕飕的？

“丁然，快点儿起床！都九点了，快点儿起床去相亲！”郭女士粗暴地掀开了我的被子，我一个激灵从床上跳起来，看着郭女士嫌弃的脸，有点儿蒙。

刚才我从一个梦境醒来，却还在第二重梦境里？盗梦空间？

“还愣着干吗？”她将我的衣服扔了过来，急不可耐地说道，“赶紧穿衣服！今天的这个小伙据说又是个青年才俊，在互联网公司上班，据说年薪高达三十万呢，好不容易大过年的回一次家，好好把握啊！”

“知道了……”我有气无力地开始穿衣服。

相亲真是我永远的噩梦。

我看着镜中的自己，无奈地叹了一口气。

一个月前我和许默山分手了，郭女士知道这个消息后大发雷霆，气得三天没有和我说话。三天后，我爸从西安回来了，她才拉着我去机场接他。现在又到了剩女剩男们最头疼的正月，各路亲戚齐聚一堂，你三言我两语地开始逼婚。郭女士磨刀霍霍，终于拿出了杀手锏——我之前为了敷衍她曾经答应过的二十场相亲宴。

分手是他提出来的。

我一喝醉就会胡言乱语，可是没想到胡言乱语得这样彻底。霍小西的婚礼结束之后，我和许默山好像有了默契一般，整整五天没有联系。

第六天，他约我到了“帕兰朵”，也就是我和他第一次见面的那家意大利餐厅。同样的6号桌，同样的背景音乐，同样的两个人面对面坐着，却已经不再是当初那种心情了。

他说：“然然，这几天我想了很多，我想你说的大概没有错。不管是筱秋也好，夏笙也好，我在不停地重复着一个恋爱模式。我想，从头到尾我都没有忘记过筱秋，所以我才会遇到夏笙，才会遇到你。”

他说：“既然我的恋爱史里每一次都是女方先提出分手，那么这一次，请让我来提吧，对不起。”

他说：“丁然，我们分手吧。”

他说：“希望你能勇敢地去追求你自己的幸福。”

他说：“谢谢你这几个月的陪伴，虽然无疾而终，但是我很珍惜这段感情。”

他说：“还有，谢谢几年前你的小说，谢谢你带给筱秋的精神慰藉。”

大概这就是传说中的和平分手，明明是我的错，可是他一句指责的话都没有。

我没想到一切可以结束得那样容易。

最后离开的时候，他让我先行。我站在橱窗外看他，看着他安静地坐在那里，手中捧着一杯咖啡，就像我第一次见到他时的那样。那时候，我见到

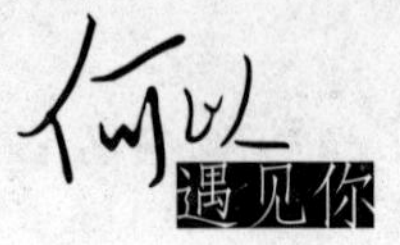

一辆迈巴赫兴奋不已，却不知道冥冥之中，上天竟然会给我这样一场美丽的邂逅。

我将桌上的那本《许你天长地久》放回书架，看着那一系列已经出版的书籍，扯出一个笑容。

是不是每个女孩年少时都曾渴望自己的生命中出现这样一个男主角，他英俊潇洒、温柔体贴、才华横溢、风度翩翩，就像童话里的王子？曾经，我的男主角出现在我的面前，我却亲手将他推开了。

今天的相亲地点是一家日本料理店，我对日本料理没有什么好感，连带着对这场相亲也没什么好感。我好不容易找到了约定的位子，看着眼前聊得正欢的一男一女，有些傻眼。

“陈先生？”我试探地问面前的眼镜男。

“丁小姐，你好。”他站起来，面带歉意地为我介绍身边的女子，“这是我的女朋友李小嘉。非常抱歉，其实我有女朋友，但是家里……”

我恍然大悟：“你也是被家里逼着相亲的吧？同是天涯沦落人啊！太好了，你有女朋友，来来，握个手。”

李小嘉面带羞怯地握了握我的手：“丁小姐，对不起。”

“不用，不用和我道歉。”我摆摆手，笑道，“我巴不得相亲对象都带着女朋友来跟我摊牌呢，我还省得应付来应付去，还要装淑女。那你们慢点儿吃，我先走了啊。”

“丁小姐，不如坐下来一起吃一顿吧。”那位陈先生看上去有些腼腆，“既然大家如此有缘，做个朋友也是好的。”

我想着回头说不定还要和郭女士交差，也就不推辞，和他们坐下来一起吃了一顿饭。

没想到聊得还算愉快。这位陈先生叫陈朗，在上海念了本科和硕士研究生，毕业后就直接进了互联网公司上班，逢年过节回一趟S市。家里人还不知道他交了女朋友，硬塞给他一场相亲，他也颇为无奈。

我笑着回答他："不瞒你说，你是我见过的最正常的相亲对象了。你不知道我以前遇到的那些奇葩，吃饭不肯付账的、上来就动手动脚的、容貌奇丑无比的、分分钟秀优越感的……我觉得我已经练就了一副金刚不坏之身，见到什么样的奇葩都不会再吃惊了。"

陈朗幸灾乐祸地哈哈大笑起来，李小嘉有几次欲言又止，趁这个空当，犹豫了一下，说道："我有个朋友，容貌和人品皆是上乘，不过最近刚刚失恋，不如我介绍你们认识一下？"

我喝的一口橙汁立刻呛进了喉咙，咳了好一会儿才有些难以置信地看着李小嘉："不是吧？你这是……"

脱口而出的话立刻卡在了喉咙里，我明白了，李小嘉这是在防着我。她从一开始就已经打算好了要给我介绍别人，以免我看上陈朗。

陈朗拍了拍李小嘉的头，责怪道："你瞎说什么呢，这话也太失礼了。"

李小嘉的脸一红，有些无措："对不起，丁小姐，我，我……"

我笑着打圆场："我知道，你是为了我好。行啊，改天你把那个朋友介绍给我认识一下，朋友的朋友就是我的朋友嘛。要真是擦出了一段爱情的火花，你们两个还是媒人呢！"

三个人都笑了起来，不过李小嘉的笑容有点儿僵硬。

其实我也能理解她的心情，换成任何一个女人，知道自己的男朋友要和别的女人去相亲，心里都不会好受的，有点儿戒心更是无可厚非。但是，被人当狼一样防着，我心里真是不舒坦。

我不愿意回家被念叨，又在外面晃悠了大半天，一直到深夜才慢吞吞地上了楼。

老远就听见郭女士的声音：“相亲怎么样啊？”

“黄了！”

“又黄了！我就知道又黄了！”她有些气急败坏，向我爸诉苦抱怨，“老丁，看看你生的好女儿！”

我爸笑呵呵地回应：“这事急不来，还是要看缘分，你淡定一点儿。”

我疲惫地躺在床上，一天又这样过去了。比起这样无所事事的日子，我已经疯狂地想念有人气的办公室了。

两天后，大年初七，我们照例去我姑姑家拜年，没想到吃了午饭忽然接到了陈朗的电话：“丁然，我是陈朗。小嘉之前和你说的她的那个失恋的朋友，你还记得吗？我跟他说了一下大体情况，他也表示愿意见见你，怎么样，你要见见吗？”

我震惊了：“我不过是随口扯了两句，你居然还当真了？”

“那是，我做人从来都是这么严谨的，说出的话当然要做到。”

我忍不住翻了翻白眼：“我看你是想看场笑话吧？说得还冠冕堂皇！”原来第一印象真的会造成错觉，一开始我怎么会以为他是个腼腆的IT宅男？

“你给不给面子？”他也不跟我废话，直接戳中我的痛处，“反正你不见见这个，总得见别的相亲对象，别人奇不奇葩我不管，小嘉的这个朋友还真是非凡，当初因为他，我还没少和小嘉闹过矛盾呢。”

“怎么，你吃醋？”

“吃啊！怎么不吃？”他倒是坦然，“我实话跟你说了吧，当年他是小嘉的邻居，两家的关系也还不错，小嘉年轻的时候还偷偷暗恋他来着。这不是过年吗，关系好的邻居自然也都凑在了一起，那男方的母亲就拜托小嘉留意一下有没有什么熟识的单身女性，也给他张罗相亲，所以小嘉才忽然会有那样的提议。”

我无语了：“帮暗恋对象找相亲对象？”

“哈哈，这事还真不能怪小嘉！她这不是对你也挺有好感嘛，不然能往熟人那里推荐吗？你到底愿不愿意见？愿意见的话，你定个时间地点，我和他去说说。”

“见就见！谁怕谁啊？我定是吧？那就今晚6点，秀安路上的那家‘蜀香’，知道吗？我就在那里等着了。他要是敢放我鸽子，我就去跟你父母说我丁然这辈子非你陈朗不嫁，让你和小嘉都哭去吧！”

陈朗似乎惊呆了，咬牙切齿地挂了电话：“你够狠！”

抱着逃离长辈的心态，我磨磨蹭蹭地来到了秀安路，也没有精心打扮，只是穿着简单的呢绒大衣和牛仔裤。除了和许默山相亲那次，还真没有几次相亲是让我万分期待的。而想起许默山，我心里就会有一种淡淡的怅然。

其实想想，我和许默山从相识到相知，再到矛盾，再到解开矛盾重归就好，再到最后的分手，其实也不过短短的半年。可是这半年漫长得好像一生一世。

在“蜀香”门口看到林励泽的第一反应是逃跑，但是我刚挪动脚步，就发现来不及了，因为我已经对上了他那双幽深的眼睛。

夜色早已遮蔽了天空，路边的灯光将道路照得十分明亮，川菜馆内还隐隐传来喧嚣的声音。远远地看着他，发现他好像又清瘦了不少，不知道是因为那件长款风衣的瘦身效果太好，还是因为夜色太过冷清。

我站在原地，愣愣地望着他，他却往前走了两步，回过头来看我，眉头微蹙：“你不进来？”

我打了个哈哈，走到他身边：“怎么，你也约了人在这里吃饭吗？”

“嗯。”

“真巧，我也约了人。”

“嗯。”

周围的空气略微有些冷意，我讪讪地笑了笑，打算和他道别：“那我不打扰你了。我约的那个人可能还没来，我去打电话问问。”

没想到刚转身，就听到身后波澜不惊的声音：“我就在这里，你还要去哪里？”

“什么？”我吃惊地回过头，“你什么意思？”

他的神情原本还有些冷清，此时却笑了笑：“没什么意思，就是你想的那个意思。”

我一愣，没时间感叹中国文字的博大精深，瞪着他，努力做最后的挣扎：“你的意思是，你就是李小嘉的暗恋对象？”

他蹙眉，似乎对我的这个称呼非常不满意：“你难道不应该问，我是不是你今晚的相亲对象？如果是这个问题，我想答案是肯定的。”他忽然换上了一副似笑非笑的表情，“怎么，你在相亲之前从来不问相亲对象的名字和电话吗？”

我顿时明白过来——今天晚上的这场相亲宴就是他故意安排的。

我就说陈朗怎么可能把那天的话当真，真赔我一个相亲对象？

我深吸一口气就要走。

他一个箭步冲过来，抓住了我的胳膊。他的力道奇大，我痛呼出声，他却依旧不放手，声音有些冷硬：“既然你也在相亲，我也在相亲，为什么我们不好好坐下来吃一顿饭？”

“谁规定我一定要和你相亲了？”我挣扎了几下，根本挣扎不开，怒气逼人，左手抄起包就往他脸上招呼，却被他敏捷地拦截在半空中。

“放开！”

“不放。”

我气急败坏，低头要去咬他的胳膊，却被他发现了。他一只手猛地使力，将我推到了墙角，然后敏捷地扣住了我的手腕，将我堵在了墙角。

“喂，你干什么？服务……”

我还没喊出声，就被他抽出来的手捂住了嘴。我瞪大了眼睛看着远处的服务员，明明端着托盘朝我们走来，却转身走进了包间。都是这里的灯光太灰暗，还有那碍事的木质装饰！

我呜咽、挣扎，又发不出声音，两个人就在这里扭打成一团。

林励泽如同发了疯的野兽将我死死地压在墙上，然后又用那深不可测的目光盯着我，嗓音低沉而又急切：“丁然，我知道你在别扭什么，你觉得是我硬生生地插足把你们拆散的，是不是？你明明和许默山在一起，却还是忍不住被我吸引，你觉得对不起他，是不是？可是丁然，你这样对我，又何尝公平？内因才是问题的根本原因，不是吗？你和许默山的感情早就出现了问题！”

我勃然大怒，放弃了挣扎，双手猛地拽住他捂着我的嘴的右手，想都没想张口就咬了下去。

“嘶——”他倒抽一口冷气，却也放开了手，甚至没有躲，就这样把右手高高地举在我的面前让我咬。

我尝到了一丝腥甜，猛地推开他：“林励泽，你疯了！”

“是！我是疯了！从我看到许默山的那一刻起，我就彻底疯了！”林励泽的气息喷在我的脸上，“你知不知道我和许默山是校友？你知不知道很早以前我就知道许默山？他上大学那会儿就是风云人物，他和韩筱秋的事情无论是谁都多少知道一点儿。我看见他开着那辆车来找你，就知道事情没有那么简单，可是你让我怎么办？我能怎么办呢？你看见他来接你，笑得跟花儿似的，我明明知道真相，却什么都不能告诉你！”

“你从我家逃走，我不放心你，一路跟着你到了上海。我看着你为许默山伤心，为他失魂落魄，为他喝得大醉，甚至在亲我的时候，叫的都是许默山的名字，你知道我那时候的感受吗？”

我靠着墙，心一点一点地软化。

他握起我的手，轻轻地放在他的胸口上，我想要缩手，他却执意不放手。那滚烫的温度似乎要将我融化。

“你对周围所有的人都很友善，即便是一直找你茬的Linda，你也一直隐忍。为什么偏偏对我可以如此狠心？”

“你别说了……”我呜咽着，“求求你别说了……”

可是他更加咄咄逼人：“丁然，你在怕我。”

“你一直在抗拒我的接近，对不对？”

“你对我恶言相向，就是要我厌恶你、放弃你，对不对？”

“你怕自己忍不住爱上我，对不对？”他的声音就像来自地狱最深处，将我拉入无边无际的黑暗深渊。

“不对！通通都不对！”我趁着他失神的这会儿猛地推开他，一边擦着眼泪一边夺路而逃。

冷风迎面扑来。

我在街上一直跑一直跑，直到喘不上气，直到冷风冻坏了鼻子，直到脸上的泪全部蒸发。

可是我喘着气回头，没有看到林励泽追上来，却忍不住一阵失落。

我喘着粗气笑了，笑自己懦弱，笑自己自私，笑自己矫情，笑着笑着再次流下泪来。

泪水冰凉，剧烈跳动的心也在寒风中一点一点冷下来。

我的小腿肌肉抽搐，只好扶着路边的花坛坐了下来，看着地上自己的影子。

“你在找我吗？”一双皮鞋不知何时出现在我的眼前。

我一点一点地将视线往上移，看到了黑色的风衣、白色的冷气、乌黑发亮的眼眸。

我有气无力地笑了，也不知是好气，还是好笑，还是窃喜，连说话也没有了威慑力：“林励泽，你还真是阴魂不散。”

“是，我是阴魂不散。”他也笑了笑，往前跨了一步，缓缓地朝我伸出手来。

我下意识地要躲，却看见他的掌心不知何时摊了一枚发亮的硬币。

我抬头，不解地看着他。

“丁然，要不你和我赌一场？”他挑了挑眉，带着三分挑衅。

“怎么赌？”

“我抛个硬币。”他的语气不急不缓，“若是花的一面朝上，你就和我在一起，反之……”他淡淡地笑了一下，嘴角的涩意晃了我的眼，“反之，我就不再出现在你面前。”

我怔怔地看着他，想从他的眼里看出开玩笑的意思，可是没有。他竟然这样决绝。

“好啊，你抛吧。”我点了点头。

话音刚落，就看到硬币从他的手里弹出，高高地在空中转了一圈，然后坠入了下水道里。

我有些傻眼，愣愣地看着那井盖，半晌才抬头看了看他："所以呢，这又是什么意思？"

他似乎也有点儿哭笑不得，又从口袋里摸出另一枚硬币："那再来一次吧。"

我点点头："好啊，那就再来一次。"

又一枚硬币在空中转了一圈，我的心高高地提起，最后跟随着硬币坠落。

结局如此清晰明了。

周围的气氛一下子冷凝，寒风簌簌，刺得人眼睛冰凉。

不是花。

"看样子连老天爷都不愿成全我。"林励泽苍凉地笑了一下，俯身去捡拾硬币。

"三局两胜吧。"

他的动作忽然僵住，猛地抬起头来，眼睛似乎一下子被点亮。我呼吸一滞，简直不敢相信自己脱口而出的话。看着他的眼睛，我惶然不知所措，好像一下子失去了言语能力："我，我……"

"好，那就三局两胜吧。"他露出一个孩子气的笑容，"你说的，三局两胜。"说着，硬币再次从他的手中飞出，如同跳水运动健将，在空中完美地旋转了三百六十度，最终落地。

不知道是不是上天故意开玩笑，这一次朝上的那一面依旧是那个大大的数字。

这次我是真的忍不住笑了，在人烟稀少的街角放声大笑。

"五局三胜吧。"林励泽嘴角的笑意也晕染开来，他开始毫无风度地耍赖，"我就不相信那朵花今晚非要和我作对到底，要不还是换一枚硬币吧？”他摸了摸口袋，却有些发窘，“我没有硬币了，你有吗？来来来，赞助一下。”

“行了！你还没完没了了？”我踹了他一脚。

“是啊，我就和你没完没了了。”他俯身一把抓住我的手，将我从花坛上拉起来，坏笑道，“这回可是你自己做的选择，总不能赖我了吧？”

我死不承认：“我做什么选择了啊？我不知道啊。”

“你不想让我离开你，就是答应和我在一起了。”他紧紧地将我的手握住，严肃的神情里有种势在必得的野心，“我不会放手，永远不会放手。”

我将头埋在他的胸口，很暖，很暖。

霍小西听到我和林励泽在一起的消息时，一点儿都不惊讶，一副“我早就知道了”的表情。

我问她：“我都是刚刚知道的，你又是怎么知道的？”

她在电话那头打了个哈欠：“大姐，你都快二十六了好吗！二十六年啊，活跃在你身边的优质男也就只有一个许默山和一个林励泽，你和许默山已经分手了，你不跟林励泽在一起，又和谁在一起？”

“你这是什么逻辑？选不了许默山，我就非得选林励泽？”

“张爱玲说，每个男人一生中都会遇到一朵红玫瑰和一朵白玫瑰。其实每个女人一生中也会遇到两个男人，一个是理想的明月光，一个是现实的地上霜。人的选择不过那么几种，要么打破理想接受现实，要么把理想转化为现实，要么就是放弃理想，也放弃现实。如果说许默山是你的明月光，林励泽就是你的地上霜。而我认为，在郭女士如此嫁女心切的情况下，你这辈子青灯古佛的几率太小了，所以，你最终一定会选择林励泽的。至于林励泽什么时候被你接受，那就看他的造化了。现在看来，你的这堵城墙也不是那么

牢固嘛，这么快就被攻陷了。”

我怔怔地说道：“霍小西，我好像对你刮目相看了。”

“滚蛋！”她顿时发飙，“我从小就是这么聪明伶俐、英明果断、智勇双全、能文能武、百折不挠，你到现在才对我刮目相看？”

我笑出了声：“当然不是，你永远都是我心中最美的——狗头军师！”

“喂，死丁然！”

我爸妈的态度同样奇怪。由于郭女士对为我张罗相亲这件事有着分外的执着和热情，我为了解除警报，不得已交代了林励泽的存在。

郭女士一听说是林励泽，顿时笑逐颜开：“小林啊！哎呀，当初我就觉得这小伙子对你有意思，果然被我猜中了！”笑过之后立刻开始教训我，“我早就跟你说了，这公司同事好啊，近水楼台先得月，和你彼此又是知根知底的，绝对欺负不了你！可是你非说什么‘兔子不吃窝边草’，近在眼前的窝边草不吃，非要去吃那远在天边的仙草，这不是傻吗？谁知道那仙草是不是断肠草。”

我震惊了：以前怎么没有发现我身边的人一个个全是哲学家？

我爸也好奇了：“原来你见过？这么说就我没见过？然然，改天带回来让爸爸瞧瞧。”

我尴尬地冲他笑了笑：“之前您不是还说许默山好吗？”

他笑了：“是啊，小许是很稳重，对你也很体贴照顾，你要是嫁给他肯定会被照顾得很好。但是，最重要的还是你要中意啊。所以我这不是一直反对你妈给你张罗相亲吗？这两个人没有感情，纯粹为了结婚凑在一起，有什么意思？”

“老丁，你说什么呢！”郭女士发飙了，“你是不是对我有意见啊？相亲怎么了？还不是为了你的女儿！都快二十六了，一场像样的恋爱都没有谈过，这说出去我都嫌丢人！我这么死命地张罗忙活，到头来你就给我这么一句‘没意思’，你什么意思啊？”

“我没什么意思，我就事论事……”

“你就是那个意思！去西安出差几个月，回来就嫌弃我了是不是？”

我还是选择逃离战场。

刚刚过完年的那一阵是极为清闲的，但是很快又忙碌起来。

这一天快下班的时候，我还在电脑前使劲地操作鼠标，在窗台边浇花的李想忽然叫了一句：“丁姐，你男朋友又来接你了！”

我一惊，下意识地朝Linda看了一眼，但是她似乎依旧忙着自己的事情，没有任何反应。

其实自从那天她和我彻底摊牌之后，她对我反而没有那么刻意针对了，但我还真怕林励泽再次刺激到她。

一到下班的点，我趁着老巫婆没发现就赶紧开溜，一直到写字楼下看见了倚在迈巴赫车门口的许默山，我才愣了愣，一时之间没有反应过来。

是啊，李想还不知道我的现任男友是林励泽，不然肯定第一个炸开锅。

他穿着休闲风衣，围着一条白色的围巾，老远就微笑着朝我招手。

一瞬间，我好像想起了以前无数次他来公司楼下接我一起去吃晚饭的场景。他还是那样迷人，脸颊的线条还是这样柔和，他的笑容还是那样温暖，只是一切都已经不同了。

我笑着问道：“今天怎么过来了？”

“明天我就要调去广州的分公司了，可能很长一段时间都会见不到面，所以我来和你告别。”

他神采飞扬，笑意直达眼底，我也被感染了。

“广州？这么远？”

他忽然眨了眨眼，凑到我的耳边低声说道：“其实我是在逃婚，我妈和我姐又在逼我相亲，所以还是逃得越远越好。”

我忍不住被逗笑了：“那我请你吃饭吧，算是为你饯行。”

“就等着你这句话。走吧，上车。”

我和许默山聊了一会儿，忽然他含笑问了一句：“你有没有感觉到一股杀气？”

“什么？”我不明白。

他意味深长地瞥了一眼车外的后视镜：“看后面。”

我转过头，从后玻璃窗望去，居然看到我们身后跟着一辆熟悉的黑色车子，不由得有些吃惊：“该不会是他吧？”

许默山瞥了我一眼，似笑非笑道：“都追了我们好几条街了，你说是不是他？”

我咂舌。

“要不要甩掉他？”

“啊？”

我还没反应过来，许默山就已经开始狂打方向盘，车子忽然一阵剧烈的晃动，就像离弦的箭一样冲了出去。

“啊——”我大吃一惊，怎么也没有想到一向稳重的许默山还会做出这种飙车的危险游戏。

“小心啊！”

“喂，前面！前面！”

一路上我就像个女鬼一样不停地尖叫，而许默山却在一旁气定神闲。终于把林励泽的车子甩掉了，可是我的三魂七魄也被甩掉了一半，无力地撑着路边的树干阵阵干呕。

许默山一手扶起我，满脸歉意："抱歉，我不知道你会晕车。"

"你什么时候学会的飙车？"

"以前学过一点儿，很久没用了，都生疏了。"他笑了笑。

我忍不住偷偷地翻白眼：这也叫生疏？

"好了，去吃饭吧，请我吃法国大餐。"

"哇，你还真是一点儿都不客气啊！"

"跟你客气什么？"他微笑道，慢悠悠地走着，"听说新书卖得不错，赚了不少稿费吧？"

我问道："你该不会是一顿饭就打算把我那微不足道的稿费全吃光吧？"

"怎么会？"我刚放下心来，又听到他补充了一句，"我最多只吃掉一半。"

我差点儿一口气没缓过来。

从西安回来后，我和许默山虽然一直相处得很好，但是总有隔阂，现在分手了，我和他面对面一起吃饭，反而坦然，一顿饭倒是吃得非常愉快。我还喝了一点儿红酒，为他饯行。而他因为要开车，只好以茶代酒。

他依旧很体贴地将我送到我家楼下，甚至还把头探出窗来，指了指自己的脸颊，和我半开玩笑道："要不来个告别吻吧？"

我忍俊不禁："按照我的小说思路，如果我真的吻了你，林励泽就会刚好出现在我的身后，直接来个现场抓奸，让我欲哭无泪、有苦说不得。"说着说着，我被自己逗笑了。

但是我直觉有些不对劲，因为我看到许默山扬了扬眉毛，目光似乎落在了我身后。

我头皮发麻，心中暗叫糟糕，果然听到身后传来一个冷冷的声音："你还挺有自知之明的嘛。"

这个声音告诉我，他此时此刻心情很不好。

而许默山则是幸灾乐祸地笑了起来，朝我眨了眨眼："我从夏笙那里学来的。"

说完，他开着车子扬长而去。

从顾夏笙那里学来的？什么东西？即便是放手，还要摆我一道吗？

"喂——许默山！"

前方却被人粗暴地挡住去路，这脸真是黑得跟包公似的。我决定还是离他远点儿比较安全。

"和他干什么去了？"

"吃饭。"强烈的压迫感让我有些忐忑，我还是老实交代比较稳妥，"他要去广州了，所以我给他饯行。"

"一起吃饭用得着那样飙车吗？"他冷笑着挑眉，浑身散发着阴森森的气息。

我却忍不住偷笑："所以，你现在是在吃醋吗？"

"吃醋？谁在吃醋？"他转过身，又马上转回来，脸色更黑了，"是，我在吃醋。"

"呃？"

他的转变让我始料不及，还没反应过来就已经被他抓住了胳膊，然后唇上一软，他的唇已经压了上来，果断利落地在我唇上咬了一口，恶狠狠地说道："既然你已经选择了我，就不能再和他藕断丝连。"

我怔怔地看着他，半天才反应过来，忍不住再次笑场。

“哈哈哈……”我狂笑不止，“李想说你越来越有一种霸道总裁的气场，一开始我还不信，现在，哈哈哈……”

林励泽一言不发，转身就走。

“喂，你别走啊，”我心里咯噔一下，赶紧去拉他的衣袖，“喂，林励泽！”

“林励泽，真生气啦？我和他真的只是吃了一顿饭践行。林林？励励？泽泽？”

“闭嘴！”

“喂，那天你和周萌萌聊得那么愉快，我都没和你计较了，你还和我计较？”

“周萌萌？”他脚步一顿，不悦地蹙眉，“这和周萌萌又有什么关系？”

“怎么没有关系啊？她当年暗恋你啊，我还帮她给你送过情书。说，是不是在霍小西的婚礼上，你们两个就开始勾搭上了？”

“丁然，你怎么不去写小说？她已经是两个孩子的妈了，还和我勾搭什么？”

“什么？”我惊呆了，“她已经是两个孩子的妈了？完全看不出来啊！”

他嗤笑道：“就你那眼神，看得出来才奇怪。”

“我的眼神怎么了？我不就是不关注八卦嘛。”

“你的眼神若是很好，又怎么会看不到我的眼里只有你？”

我原以为又是一句恶意的攻击，刚想反驳回去，可又觉得哪里不对，半晌才发现这其实是一句情意绵绵的情话，一时不知所措。

周围的灯光霎时变得柔和。

林励泽停下了脚步，侧过身，一只手托起我的后脑勺，低头吻了下来。几分霸道，几分缱绻，几分旖旎，尽在不言中。

# 番外 暗恋之谜

◎ 你不是说她会回头吗？你不是说她暗恋我吗？她睡得这么死又是怎么回事？

林励泽原本根本没有注意到前面的座位什么时候换了个人，和徐胖子说话还是一如既往的肆无忌惮。十六岁的高一少年，长得出类拔萃，又是血气方刚的年纪，难免有点儿飘飘然。

直到徐胖子有一天捅了捅他的胳膊，指了指前面的女生，塞给他一张字条："她好像暗恋你。"

他瞥了一眼字条，原本还有点儿不以为然：他长得这么帅，从幼儿园到高中，暗恋他的女生多了去，说不定排成一队都可以排成一条八达岭。所以他的第一感受是：徐胖子，你的字还真是不忍直视啊。

然后他忽然一愣："你说的是谁？"

徐胖子又用笔头指了指前方："喏。"

林励泽这才眯了眯眼睛，发现自己长这么大头一次瞎了眼睛，自己前面什么时候换成一个女生了？

这坐姿，还真是端庄严肃啊，一看就是把老师的话当圣旨的乖乖女。

他斜睨了一眼徐胖子："你怎么看出来的？"

徐胖子又写了一张字条："你每次站起来回答问题，她都回头看你。"

这不是很正常吗？

林励泽狐疑地瞥了一眼徐胖子：这算什么破理由！

徐胖子看懂了他的眼神：要是不信，你自己留意。

留意就留意。他在心里哼了哼，不过英语课可不是他的战场。好不容易熬到了物理课，好不容易等物理老师提出了一个问题，他站了起来回答问题，一边回答问题，一边瞅了瞅着前面的女生，这一瞅……

林励泽满腔怒火，怒视着徐胖子：你不是说她会回头吗？你不是说她暗恋我吗？她睡得这么死又是怎么回事？

徐胖子无辜地抓了抓后脑勺：咦？今天怎么回事？

徐胖子很惊奇地发现，这个“回头定律”不仅在物理课失效了，而且在其他的课上都失效了。甚至这个叫丁然的女生也变得随意懒散，坐姿也不再那么端正了，整日趴在桌子上好像有点儿精神恍惚。难道她知道了自己发现了她的秘密，于是伪装起来了？

为这个小插曲，林励泽气得两天没有和徐胖子一起上课开小差聊天。他不仅气徐胖子，又开始气丁然：我长得这么英俊潇洒、玉树临风，怎么别人都明恋暗恋我，偏偏就你把我当透明人？

为了争一时意气，他开始观察起前面的这个女生，天天扎着马尾辫，碎头发一大堆也不好好打理打理，他很想把那马尾辫揪住扯一扯。长得也还可以，虽然不算漂亮，但至少脸上没有青春痘，也不讨厌。笑起来的样子看着倒是挺舒服，至于身材……算了，都穿着校服呢，宽宽松松的，也不指望了。

这时候他倒忘记了，前不久他还和徐胖子一起讨论过班里女生的……胸。

他一次次地做实验，即便是最讨厌的英语课都开始积极回答问题，可是丁然就像老僧坐定似的。别人偶尔都会回头瞥他一眼，怎么偏偏就她无动于衷呢？

少年的心里有点儿骄傲，所以他懒得和前面那个女生计较。于是，两人明明是前后桌，但几乎从来没什么交流。他一方面比较郁闷：她为什么不和我说话啊？一方面他也比较欣慰：她和别的男生好像也没有多深的交情。然后他又开始郁闷：我是谁啊，别的男生能跟我比吗？

少年的心纠结来纠结去，一学期就这么过去了。

第二学期开学，林励泽经过了寒假的反思，决定先打破这层寒冰。

放学路上，他骑着车看着前面那并肩而行的两个女生，不由得放慢了速度，心里纠结着要不要上前打个招呼。

这时，他听见了丁然有些不屑的声音：“林励泽？你居然也喜欢他？我就不明白了，他到底有什么好啊，不就是长得帅一点儿吗，你们怎么一个个都喜欢他啊？”

林励泽那颗火热的心像是被浇了一盆冰水，瞬间拔凉拔凉的。

另一个女生在维护他：“他可不光是长得帅，篮球打得也好，成绩也好啊！简直就是童话里的王子！”

“噗——”丁然嘴里的牛奶喷了出来，然后哈哈大笑起来，“王子？就他？你有见过把人家女生气哭的王子吗？醒醒吧，就他那模样，肯定是一个花心大萝卜。他的成绩也不怎么样啊，虽然物理、化学、数学都好到逆天，可高考看的是总分，你看看他那惨不忍睹的英语成绩……”

林励泽再也听不下去了，狂蹬了两下脚踏板，潇洒地骑着车子从她们身边擦过。

他决定将这个丁然狠狠地忘掉，再也不要去管她，可目光就是不争气地朝她投去。

他看她上课趴在桌上睡觉，百思不得其解：物理课有那么无聊吗？

他看她课间安静地在桌上奋笔疾书写作业，又不明白了：怎么好不容易休息十分钟，都不知道好好珍惜呢？

他看着她对着发下来的试卷苦苦哀叹，忍不住一乐。

他看她……

他不知道自己什么时候养成了观察她的习惯，她从来不知道。

直到有一天，她终于转去了文科班，他在教室里忽然失去了视线的落脚点，陷入了深深的茫然：我这是怎么了？

于是，丁然的暗恋之谜成了林励泽少年时期最复杂的谜团，任凭他那顶尖的大脑，也百思不得其解。最终只把这个问题的答案勉强归结为：女孩的心思可真难猜。

很多年后，霍小西请他喝咖啡，才淡定地告诉他一个事实："林励泽，你知不知道，其实上高中的时候丁然暗恋过你？"

林励泽一口咖啡卡在了喉咙里。

"但是暗恋的时间并不长，我也不记得当时你到底做了什么大逆不道的事情，她就忽然把你放弃了。"

林励泽终于将那一口卡住的咖啡咳了出来，满是狼狈。

曾经的那些迷茫、郁闷、无解……好像一下子变得澄明了。

原来如此！

等他注意到她，开始喜欢上她的时候，她却是早已放下……这到底是怎样的阴差阳错？可若是她没有放下，像寻常的女孩子那样喜欢着他、暗恋着他，说不定他也同样会不以为然，又怎么会去注意她？

这一切兜兜转转，好像命运开的一场玩笑，让人哭笑不得。

霍小西却依旧淡定地搅拌着自己的咖啡，云淡风轻地说道："你别看丁然好像一副懦弱的样子，遇到什么事就像缩头乌龟——不是躲，就是缩，其实她的心比谁都要决然。她在心里判了死刑的东西，一般很难再有复活的机会。"

林励泽想起前不久丁然闹着要辞职的坚决模样，苦笑着摸了摸自己的鼻子："这点我很清楚。"

"所以，我怀疑她早就在心里给许默山判了死刑。"霍小西语出惊人道。

林励泽十分诧异。

"你没有听错，我说的是许默山。"霍小西看穿了他的想法，淡淡地解释道，"她跑去上海，看见了顾夏笙和许默山说要订婚，那一幕冲击力太大了，换了我，我也得立马给许默山判死刑。”

林励泽想起她那日疯狂癫狂、要死要活的模样，不由得苦笑了一下。

“我猜想，她现在还和许默山在一起，不过是因为她得到了合理的解释。她是个写小说的，最能体会别人的感受，所以她知道了许默山的故事之后，能感同身受地体会他的痛苦和无辜。她觉得自己不能在这时候离开他，不能再给他那些血淋淋的伤口再添上一道……”

“而且，他叫许默山。”林励泽苦笑着补充道，“她对这个名字抱有太多的幻想。”

这回倒换成霍小西吃惊，她盯着眼前这张英俊迷人的脸，若有所悟：“原来你看得很清楚。”

林励泽的嘴角勾出算计而又自信的弧度：“是，所以我离开，让她留在许默山身边。”

只要相处的时间够长，她终究会明白，她对许默山的感情不是真正的爱情。

霍小西面露微笑，眼里闪出一道精光，双手交叉放在桌上：“林励泽，我想问你一个问题。”

“什么？”

“你觉得丁然是个什么样的人？用三个词概括一下。”

林励泽一下子陷入了回忆。

他想起了自己曾经做过的很多傻事，可是那个女人对他越来越疏远。

他想起自己在大学期间曾交往过的两任女朋友，或多或少好像都有点儿丁然的影子，最后都无疾而终，他也没有什么遗憾。

他想起自己得知被分配到小广告公司的那晚很是郁闷，郁闷到做了一个梦，梦见丁然在他背后说他坏话，也是那么让他郁闷。没想到第二天他就在那破公司遇见了那个人，刹那间仿佛顿悟了那句俗语——“塞翁失马，焉知非福”。

他想起自己在茶水间听到有人在议论他的八卦，竟然觉得无比欣喜——这些八卦自然是丁然泄露出去的，看来她对他也不是完全不注意嘛。

他想起自己曾经为了把丁然带到杨悦家，还扯了一个不大不小的谎。看见她远远地出现，就拿起手机假装说话，把“失约的同学”谴责一番。

他想起自己拒绝了Linda的约会，想约她去看电影，可是又怕她暗示自己不要和她走得太近，只好放弃。他不远不近地留意着她，没想到不过一个国庆节，就让别人钻了空子。

他想起自己见到许默山和他的那辆车子，立马就察觉到了危机，马上动手查到了许默山的前女友韩筱秋身上，却怎么也不敢把这件事告诉丁然，生怕她嫌自己多管闲事，其实也是怕她伤心。

他想起为了让自己放弃，一次次地逼问丁然对许默山的感觉，引起的却是丁然的反感和厌恶，只好一杯杯地给自己灌酒。

他想起真心话大冒险，他看着手机不敢拨打第十个号码，想都没想把那名字改成了“阿丁”，然后大晚上的拿着手机对一位姓陈的同事肉麻地表白。

他想起自己在酒吧买醉，终于下了决心，无论如何也要让她知道自己的心思。于是，他把手机里唯一一张丁然的照片设成了壁纸，塞给酒吧服务员一笔钱，说道：“待会儿给我手机电话簿里的第一个号码打电话，就是手机上这个女人，就说我喝醉了，让她一定过来接我，知道吗？”在酒吧做事的服务员就是聪明，一点就通。

他想起了她从他家跑出去，他跌跌撞撞地跟着跑了出去，在她家楼下守株待兔，果然看到她大清早匆匆出门。他万分庆幸自己的警觉，万分庆幸自己陪着她去了上海，万分庆幸自己在她最脆弱的时候守在她身边。

他想起她喝了酒把他当成许默山时两人之间缠绵的吻，想起了她指着他破口大骂说自己讨厌他，想起了她撕心裂肺地大哭着，他抱着她，只觉得自己的心一片冰凉。

他想起了她大病一场在医院里和他插科打诨的模样，他以为她是忘记了前一晚醉酒的事情，可是没想到她都记得，只是假装忘记，强颜欢笑。

林励泽想了很多很多，可他还是没有想出这个问题的答案来。她到底是个什么样的女人，用三个词概括怎么能够？他刚想说点儿什么，霍小西却已经站起来了。

“行了，我知道了，你不用再想了。”她举起手中的咖啡杯，递过来碰了碰他面前的那一杯，露出一个微笑，“兄弟，祝你早日抱得美人归。”

“怎么说？”

霍小西眨了眨眼睛，意味深长地说了一句：“谈恋爱又不是面试，哪里只能用三个词来概括爱人？两个人在一起，不是因为欣赏对方的优点，而是因为能容忍对方的缺点。所以我一直坚信，概括出对方缺点的人才是真爱。当然，答不出来往往也差不离，因为毕竟还要在别人面前照顾爱人的面子嘛。”

那一刻，林励泽突然对眼前的这个女人刮目相看。也是，搞得定傅景行的女人又怎么会简单？

他不由得露出了笑容，学着霍小西的模样和她碰了碰杯，和她相视一笑。

“借你吉言。”

# 番外 成全

◎许默山，我要忘了你了。这回，我要真的忘了你。

又是一年12月14日。

许默山来到了公墓，在韩筱秋的墓碑前放下一束白菊花。

他坐在地上，看着墓碑上的三个字，久久地出神。

山上的风很大，他却一点儿也不觉得冷。

他对韩筱秋的感情到底是怎么样的呢？虽然在丁然面前他承认了自己从头到尾爱的都是韩筱秋，但他的心里是糊涂的。

不知不觉，筱秋已经过世了这么多年。太久了，他已经记不清自己当年对韩筱秋的感情，只是一想起她的死亡，心里就会一阵刺痛。

她还那么年轻，她刚刚要投入新的生活，那场车祸就这样无情地结束了她的生命。有时候，命运真的很会开玩笑。

这时，许默山的面前出现了一双女鞋，然后他听见一个充满疑惑的声音："请问你是……"

他抬起头，却发现不是孤儿院的院长，而是一个穿着黑色呢绒大衣的女人，不过三十出头，戴着一副黑框眼镜，隐隐有种女强人的气势。

许默山站起来，自我介绍道："我是筱秋的朋友，今天是她的忌日，我过来看看她，您是……"

"难得有一个朋友还能在今天看看她。"她笑了，握了握许默山的手，"你好，我叫何以琳，是筱秋的姐姐。"

许默山吃惊地看着她："姐姐？"

何以琳苦笑道："是啊，我是她的亲姐姐，却是个不称职的姐姐，直到她过世后才找到她。"

何以琳和许默山说了一个故事。

改革开放初期，一对进城打工的农民工因为想要生个儿子，就生了第二胎，没想到生下的非但不是男孩，还是个有先天性心脏病的女孩。因为无力承担手术费，只好将这个孩子扔在了孤儿院门口。这个秘密一直在母亲去世之前才说出来，要何以琳一定要找到妹妹好好补偿她。何以琳找到了当年的孤儿院，和韩院长核对了信息，才被告知韩筱秋已经车祸过世。

许默山静默了很久，才轻轻地叹了一口气。

“对了。”何以琳忽然想起了什么事，“你认不认识一个叫丁然的女孩？”

许默山一怔：“丁然？”

“刚才我上来的时候碰见她了，怎么你没有见到她吗？”

许默山苦笑道：“大概是错过了吧。”

“是吗？筱秋的朋友不多，这个丁然算是比较好的一个了，筱秋的日记里经常出现她的名字。她是不是一个作家？那天她看了筱秋的日记，眼泪停都停不下来，我在一旁看着都觉得心酸。”

“等等……”许默山迅速捕捉到了什么信息，急切地问道，“筱秋的日记？丁然？她什么时候看的筱秋的日记？”

“有大半年了吧，还是快一年了？她说是从韩院长那里得知筱秋临死前还留有日记本的，但是韩院长已经将那些日记本交给了我。她来找我，说她想看一看筱秋生前最后的想法。”

许默山呼吸急促，问道：“那个日记本里写了什么？”

何以琳笑了，眼里有几分精明，却没有任何敌意：“你大概就是那位……许默山吧？”

2010年9月1日

又开学了，默山在大洋彼岸，应该也已经开学了吧？

英国到底是什么样的国家呢？

学校还是这个学校，可是哪里都没有默山了。

我后悔了，其实我很早就已经后悔了。

如果我不先说分手，默山是不是就不会去英国？他是不是就会留下来陪我？

可是，我必须和他分手。他说得没错，我已经把默山的大学生活搞得一团糟了，我不能再毁了他的人生。

默山，你知道吗？我很讨厌“成全”两个字，可是为了成全你，我撒了一个很大的谎，你那么好，我怎么可能不喜欢你呢？

2010年10月1日

每次想念他的时候，我都会通过看网络小说来麻痹自己。好像沉浸在别人的喜怒哀乐里面，自己的感情就会淡一点儿。我可以暂时把他从脑子里踢出去，但是后遗症似乎太严重。因为我会情不自禁地把小说里男主角的脸换成默山。

国庆节，我哪里都没有去，就窝在宿舍看了一整天的小说。

2010年10月3日

我好像发现了一件很神奇的事情。

昨天，我无意中发现了一篇小说。开头写的是一个女孩被车撞，然后遇到了一个男人。而这个女孩是先天性心脏病患者，这简直跟我和默山一模一样。

作者还让人帮忙取名字，我本来也只是抱着试试的心态，说不如取名叫许默山，没想到今天的更新里，男主角真的叫许默山。

我看到屏幕上的那三个字，脑海里就会情不自禁地浮现出默山的脸……我决定追这部小说追到底。

## 番外·成全

许默山，我要忘了你了。这回，我要真的忘了你。

2010年10月7日

我很怀疑这个叫丁然的作者是不是虚拟世界里的另一个我。不然，她怎么会这么听我的话？男主角的名字、男主角的家世、男主角的车子……凡是我建议的，她几乎都会听从。

这个作者也太没有原则了吧？

可是……为什么她写的许默山和真的许默山越来越像了？

2010年11月9日

我似乎已经养成了习惯。每天天一黑，我就忍不住开始数时间，我要等着20点整丁然小说的更新。

百无聊赖的时候，我会忍不住把之前的章节翻出来，一遍又一遍地翻看。

可是看着看着，我就会觉得这才是真的默山。

说起来，我都快忘记远在英国伦敦的默山到底长什么模样了……

2010年12月4日

今天，丁然还是照样采纳了我的建议。

苏桢坐了过山车。

小说果然还是小说啊，现实中哪里能实现这样的愿望？

现在我的心脏病明明已经治好了，可我还是不敢去坐过山车。

我小时候会经常去游乐园，可是只能看着别人玩。所以后来，我就再也没有去过那里了。

其实不能做的事情还有很多，不能看恐怖电影，不能做剧烈运动，不能……

我又开始想默山了。

他知道我不能做那些，所以他会带我去慢跑、去钓鱼、去看文艺片……

我曾经以为我失去他就会死，可是现在我还好好地活着。

虽然我每天都活得像行尸走肉，丁然的小说就是我唯一的精神食粮。

我突然很希望，希望丁然的小说能永远连载下去，永远都不要有结局。

2010年12月11日

丁然的小说终于还是要完结了。

人生无不散的筵席，即便我千万次请求这一天不要到来，可它还是残忍地到来了。

我看到底下有很多人的评论，问她能不能有一个好的结局。

我也想要一个好点儿的结局。

我已经不能和默山在一起了，能不能让苏桢和许默山在一起呢?

就像童话里，公主和王子永远幸福地生活在一起。

2010年12月12日

我改变主意了。

苏桢的手术即便成功了，她也不会和许默山幸福地在一起。因为苏桢爱许默山，她会成全许默山。她会放手，就像我一样。

我爱默山，所以我必须放手。

只有苏桢死了，许默山才能永远记住她，他们的爱情才能真正地天长地久。

我像往常一样，把我的想法留在了留言板里，丁然会看吗?

她还会让我左右结局吗?

许默山终于翻到了日记本的最后一页，他的手一直在颤抖。

2010年12月13日

丁然，谢谢你。

谢谢你成全了我的结局。

谢谢你最终将我从梦中彻底拉出来。

许默山，我要忘了你了。这回，我要真的忘了你。

我不是苏桢，我没有死在手术台上。所以，我要重新开始我的生活。

许默山将日记本还给何以琳，神情恍惚地离开。

他疲惫地躺在自己的路虎车里——他已经将那辆迈巴赫卖了，而且目前也没有买新车的打算。

他忽然笑了一下，因为他终于明白了丁然放弃他的原因。

筱秋的放手是为了成全他。

而她放手是想要成全筱秋。

而他也放手了，是为了成全她和林励泽。

原来有些人输在爱情上，其实是输给了自以为是的风度。

牺牲自己成全别人，最终却只感动了自己。

许默山转过头，瞥了一眼副驾驶座，上面躺着一封烫金的婚礼请柬。

**某编（接收到安大示意的眼神，第一时间提条件）：**可以啊，不过我今天中饭还没着落呢，饿着肚子传稿子，没动力啊……

**大喇叭（咬牙）：**好吧，中饭我包了！想吃什么帮你点！

**某编：**旺角清粥的豆豉排骨，外加一份鲜果刨冰。

**大喇叭（望着某人扬长而去的背影，无语凝噎）：**趁火打劫太没良心了，下次再让我逮到你上班时间偷看小哇的剧照，一定飞奔去报告总裁大人！

滴答滴答，几个小时过去了，漆黑的房间内，一个披头散发的身影在键盘上十指如飞……

如果说，初恋和注定要与你步入结婚礼堂的那个人，
分别占据天平的两侧，
越到彼端，爱便越深，那这一生，海洋便站在了尹墨染右边的最彼端，
给了她一段青春年少时最美好的时光。
可天妒人怨，海洋因车祸离世，尹墨染一直无法走出失去他的阴霾。
直到解雨臣出现——
这是个有些不羁的男子，拥有一双和海洋近乎相同的眼睛，
他就站在她天平的左边，随着时间的流逝，缓缓向最彼端靠近……

尹墨染刚回国，便和当红明星解雨臣意外重逢。她没有认出他，可他一眼就认出，她是两年前醉酒后倒在他车前，在共度一晚后不告而别的女孩。

因为尹墨染就职的杂志社要为解雨臣拍摄照片，两人有了越来越多的交集。而让尹墨染感到意外的是，当年因为海洋出事后就消失不见的好友姚怜姗，现在却成了解雨臣的金牌经纪人。

同样的事件再度上演，两人又一次爱上了同一个男人，只是当尹墨染得知海洋的眼角膜捐献给了曾经眼部受伤的解雨臣时，她退缩了。接着，妹妹尹墨言又因为无意中知晓了姚怜姗的一个重大秘密而发生了意外，陷入昏迷……

**大喇叭：**以上是大喇叭看完稿子后，顶着两只“熊猫眼”写出来的精彩剧情哦，你们不要不领情啊，一定要多多支持我——不，是支持安大才对！这样子，以后喇叭我才有动力“深挖洞，广积粮”——啊呸，应该是深度挖掘作者们“背后的故事”，比如谁和谁关系最铁啦，谁和谁可能有暧昧啦，某人暗恋某某啦，啊哟喂，不能再多说了，再说下去要被群殴了！先走了！下回见！

夏桐 著

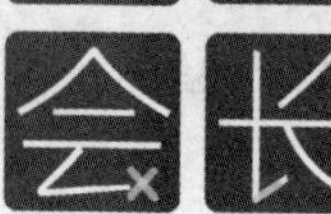


THE STRONGEST UNION PRESIDENT

网游里，
他是呼风唤雨的大神；
现实里，
他是无所不能的天才会长。

想要追到最强会长，可不是那么容易的事，咱们先来玩个迷宫练练脑。

游戏规则如下：

迷宫当中只有一个正确出口，《最强会长》的男女主角将会在这里顺利会面，幸福地在一起！但是如果误闯到别的出口，女主角将遭遇一些小意外……为了主角们的幸福，赶快找到出口吧！

被会长大人丢进体育部当苦力，累得躺在操场上，还被会长说：“还不起来？就算你想把这里当成动物园，也没有人会有兴趣看你的。”

又看见这个抓住她乱扔垃圾的讨厌男生，哼，这次看她怎么整他！他说：“同学，帮我拿包纸巾。”她毫不犹豫地把旁边货柜上的卫生巾递给他！

会长带来了家乡特产，看起来黑乎乎的。但是不吃白不吃啊！结果她刚吃下去，会长就若有所思地说：“原来真的有人会吃老鼠肉啊。”

兜兜转转一大圈，终于走到一起啦！扮猪吃老虎的天才会长，以后就请多指教了！

毒舌爱搞怪的游戏少女，能欺负你的人只有我一个！Happy ending!

白喜　宋滩杨